KB018387

데이비드 호킨스의 지혜

데이비드 호킨스의 지혜

데이비드 호킨스 **지음**
박찬준 옮김

영적 진실과 깨달음에 관한
대표 강연 모음집

The Wisdom of
Dr. David R. Hawkins

판미동

일러두기

❶ 이 책은 데이드 호킨스 박사님의 강연을 발췌해 엮은 것입니다. 문맥상 이해가 어려운 부분은
   옮긴이가 주석을 통해 설명하고자 했습니다.

❷ 주요 용어의 원어는 파란색으로, 독자의 이해를 돕기 위한 단어의 원어는 회색으로 병기했습니다.

❸ 주석은 모두 옮긴이가 붙인 것입니다.

차례

의식의 지도®

신을 보는 관점	삶을 보는 관점	수준		로그	감정	과정
큰나	존재한다	깨달음	⇑	700~1000	형언 못할 강도	순수 의식
모든 존재	완벽하다	평화	⇑	600	지복	광명 얻기
하나	완전하다	환희	⇑	540	평온	변모하기
사랑한다	상냥하다	사랑	⇑	500	존경	계시받기
지혜롭다	의미 있다	이성	⇑	400	이해	추상하기
자비롭다	조화롭다	받아들임	⇑	350	용서	초월하기
격려한다	희망적이다	자발성	⇑	310	낙관	마음먹기
가능하게 한다	만족스럽다	중립	⇑	250	신뢰	풀려나기
허용한다	해낼 수 있다	용기	⇕	200	긍정	힘 얻기
무관심하다	부담스럽다	자부심	⇓	175	경멸	부풀리기
앙갚음한다	적대적이다	분노	⇓	150	증오	공격하기
부인한다	실망스럽다	욕망	⇓	125	갈망	사로잡히기
벌주려 든다	공포스럽다	공포	⇓	100	불안	물러나기
업신여긴다	비극적이다	비탄	⇓	75	후회	낙담하기
심하게 나무란다	절망적이다	무의욕	⇓	50	절망	팽개치기
앙심을 품고 있다	악의적이다	죄책감	⇓	30	원망	망가뜨리기
하찮게 여긴다	비참하다	수치심	⇓	20	굴욕	없애기

영적 학인들에게 '닥Doc'이라는 애칭으로 불렸던 데이비드 호킨스 박사는 2012년 9월 19일 85세의 나이로 애리조나주 세도나의 자택에서 평화롭게 영면에 들었습니다. 마지막 숨을 거두는 순간까지도 힘을 다해 타인에게 도움이 되고자 했던 그는 열다섯 권 이상의 저서와 수백 시간의 강연 영상을 포함하는 방대한 저작을 남겼습니다.

호킨스 박사의 강연을 직접 듣는 큰 행운을 누렸던 사람들은 그 경험을 결코 잊지 못합니다. 매월 매진되었던 그의 세미나에는 각계각층의 사람들이 참석했고, 그 가운데는 먼 나라에서 온 사람도 많았습니다. 사람들은 그의 강연을 들으며 말보다 심오

한 무언가를 체험했습니다. 말없이 모든 곳에 스며드는 사랑Love
의 반송파를 타고 정보가 전달되었습니다. 역사적으로 이런 비
언어적 전달을 일컬어 '스승의 은총'이라고 했습니다. 말로 가르
칠 때면 그는 듣는 사람의 내적 큰나Self를 일깨우는 심오한 진실
을 흡인력 있게 전달했습니다.

이런 큰 변화를 일으키는 효과는 그의 글을 통해서도 일어납
니다. 고인이 된 영적 자기 계발서 저술가 웨인 다이어는 호킨스
박사의 책『의식 혁명』을 가리켜 "내가 지난 10년 동안 읽은 책
들 가운데 아마도 가장 중요하고 가장 의의 있는 책"이라고 했습
니다. 콜카타의 성녀 마더 테레사는『의식 혁명』원고를 읽고 호
킨스 박사에게 "당신의 아름다운 글쓰기 재능을 계속해서 최대
한 발휘하세요."라고 답했습니다. 전설적인 음악가 닙시 허슬은
때 이른 죽음을 맞기 직전에 한 인터뷰에서 "제가 지난 10년간
읽은 것 중에서 가장 강력한 영향력을 지닌 책은『의식 혁명』입
니다."라고 했습니다.

호킨스 박사의 첫 번째 영적 저술인『의식 혁명』은 25개 이상
의 언어로 번역되어 100만 부가 넘게 판매되었습니다. 하지만
그는 익명으로 출판하고 싶었다고 했습니다. 그 저술이 그'에게
서from' 나온 것이 아니라 그를 '통해서through' 나온 것이기 때문이
라고 했습니다. 또한 책의 의의에 대해 "이 책이 쓰여짐과 함께
인류의 카르마가 바뀌었다."라고 했습니다.

『의식 혁명』에 이어『나의 눈』과『호모 스피리투스』가 출간되었습니다. 호킨스 박사는 이 세 권의 책이 그의 가르침의 토대를 이루는 '삼부작'이라고 했습니다. 그리고 삼부작 이후로도 많은 책을 써서 삶의 모든 방면에 그의 가르침을 적용했습니다. 그 범위는 육체의 치유, 중독의 극복, 성공과 행복 등을 망라합니다. 2019년에는 입문서『의식 지도 해설』이 출간되었습니다. 이 책은 그가 발견한 가장 중요한 것인「의식의 지도」®를 놓고 그 다양한 측면을 알기 쉽게 설명합니다.

놀랍게도 호킨스 박사는 65세가 되어서야 영적 저술을 시작했습니다. 이 사실 자체로 우리 같은 독자들은, 사람의 삶에는 잠재력이 숨어 있어 실현되기에 알맞은 때를 기다리고 있다는 그의 가르침에 더욱 믿음을 갖게 됩니다. 사실 지금 독자들이 손에 들고 있는 이 책이 내면의 잠재력이 실현되는 데 필요한 촉매일 수도 있습니다. 그는 이렇게 설명합니다.

> 이것이 스승의 존재가 지닌 가치다. 스승의 에너지 장은 촉매처럼 작용하기 때문이다. 큰나의 높은 에너지 장은 제자에게 이미 존재한다. 이 장은 획득될 필요가 없고 활성화될 필요만 있는데, 긍정적인 카르마적 잠재력이 가져오는 결과로 활성화된다.
>
> ―『내 안의 참나를 만나다』 7장: 면도날 위에 머무르기. p.147

이 책『데이비드 호킨스의 지혜』는 호킨스 박사에게서 나온 유일무이하고 경이로운 가르침들의 보고입니다. 최고의 강연 녹음들에서 발췌해 책으로 만든 것으로, 육성을 통해 가르침이 전달되는 현장의 분위기를 독자가 느낄 수 있게 해 줍니다. 이 책을 읽으며 지금 청중 속에 앉아 있다고 상상해 보는 것도 좋을 것입니다. 강연장에 있을 때처럼 경청하고, 지켜보고, 웃고, 받아들이는 것입니다. 단짝이자 공동 연구자이자 '오른팔'로서 항상 함께 무대에 올랐던 그의 아내 수잔 호킨스는 강연을 이렇게 묘사했습니다.

> 그와 함께 무대에 있을 때면 그가 어떻게 말을 해서 강력한 영향을 미치는지를 보게 되었습니다. 문득 사람들의 얼굴이 환해지곤 했습니다. 알아들은 겁니다! 그런 반응을 보고 누군가의 삶이 바뀌었음을 알게 되면 정말 뿌듯했습니다. 데이브에게 강연은 자신을 위한 일이 전혀 아니었습니다. 그는 메시지와 그 메시지가 타인에게 미칠 영향에만 관심 있었습니다. 그의 유머 감각은 전염성이 강했습니다. 그가 웃고 있을 때면 같이 웃지 않을 수가 없었습니다. 그는 외모나 타인에게서 받는 인정에는 관심이 없었습니다. 자신이 어떤 사람이고 어떤 존재인지 알고 있었으니까요.
>
> ─ 『의식 지도 해설』 머리말 p.14

이 책을 읽으면서 독자는 누가 호킨스 박사의 강연 스타일을 보고 아인슈타인과 붓다와 미스터 마구Mr. Magoo*를 섞어 놓은 것

같다고 표현한 까닭을 알게 될 것입니다. 그는 해방된 존재였습니다. 자유롭고, 자연스럽고, 동정심 많고, 유머러스하고, 사람들을 위해 언제든 시간을 냈습니다. 여유롭게 모든 사람과 모든 일을 반겼습니다. 그와 함께 있으면 그가 우리를 들여다본다는 것, 겉모습을 꿰뚫어 보고는 우리를 있는 그대로 사랑한다는 것을 알게 되었습니다. 그는 우리 내면의 더 큰 자아Self를 마주 대했습니다.*

그는 남자의 모습이었지만 어딘가 모르게 남성과 여성, 인간과 비인간을 넘어서 있는 듯했습니다. 그는 만물에서 신의 빛Devine Light을 알아보았습니다. 심지어 작은 딱정벌레와 어미 스컹크에게서도 신성함을 보았습니다. 그는 그야말로 '나의 눈Eye of the I'이어서 그 눈 앞에서는 아무것도 숨을 수 없었습니다. 그 사랑Love에 감싸이지 않는 것은 아무것도 없었습니다.

그는 세상에서 '깨달음'이라 일컫는, 세속과 동떨어진 영역에 거했으면서도 한편으로는 사람들이 매일의 삶에서 겪는 고통스러운 장애를 극복할 수 있도록 돕는 일에 전념했습니다. 그저 사람들에게 도움이 되며 평범하게 살려고 노력했습니다. 여러분은 이 책을 읽어 나가면서 최대한 단순하게 전달되는 매우 높은 수준의 가르침을 만나게 될 것입니다. 그 메시지가 순수한 것은 그

---

* 호킨스 박사처럼 자그마한 체구의 만화 캐릭터. 지독한 근시 탓에 우스꽝스러운 사고들을 몰고 다니지만, 매번 묘한 행운 덕분에 자신은 사고를 모면한다.

가 개인적 이익을 완전히 항복했기* 때문입니다. 돈을 벌기 위한 마케팅 전략 같은 것은 전혀 없었습니다. 흰 가운이나 의식 절차, 성자 같은 꾸밈새나 특별한 주문 외기 같은 것은 전혀 없었습니다. 연극적인 언동이나 기적적인 일이 무대에서 벌어진 적도 전혀 없습니다. 그는 진정한 스승은 특별한 의상이나 극적인 행동, 칭호 같은 것에 전혀 관심이 없다고 했습니다. 그런 것에 신경 쓸 '사람person'이 사실 전혀 존재하지 않기 때문입니다.

이 책을 통해 알게 되겠지만 호킨스 박사의 대표적 연구 성과는 국제적으로 널리 알려진 선구적 업적인 「의식의 지도」입니다. 「의식의 지도」는 양자 물리학과 비선형 동역학의 발견을 통합하여, 전 세계의 신성한 문헌들에서 발견되는 전형적 영적 진화 단계들이 실제로는 끌개 장들이라는 사실을 확인시켜 줍니다. 그런 영적 수준은 성자와 현자, 신비가들이 상세히 설명한 것들이지만, 그 내막을 이해시켜 줄 과학적 토대가 제시된 적은 한 번도 없었습니다.

「의식의 지도」는 각 의식 수준의 감정상 기조, 신을 보는 관점, 삶을 보는 관점 등을 임상적으로 정교하게 묘사합니다. 예컨대 '공포'의 수준에서는 신이 벌주려 든다고 보지만 '사랑'의 수준에서는 자애롭다고 봅니다. 「의식의 지도」는 이전까지 알려지지 않았던 의식의 측면들을 명확히 설명해 줍니다. 의식의 수준이 점

---

* 여기서 '항복하다(surrender)'는 타동사로, '포기하다'의 뉘앙스다.

진적으로 올라갈 때마다 에너지의 주파수 내지는 진동수가 증가합니다. 따라서 의식의 수준이 높을수록 세상에 더 큰 혜택과 치유를 가져옵니다. 그리고 이 사실은 사랑과 진실이 존재하면 강하게 유지되는 인간의 근육 반응으로 확인됩니다. 반대로 진실성의 수준 이하로 측정되는 부정적인 에너지 장들은 약한 근육 반응을 유발합니다. 파워와 포스의 차이에 대한 이 놀라운 발견은 사업, 광고, 교육, 심리학, 의학, 법률, 국제 관계 등 인간의 노력이 기울여지는 수많은 분야에 영향을 미쳤습니다.

수잔 호킨스는 이렇게 설명합니다.

> 나는 거의 매일 누가 데이브의 「의식의 지도」 덕분에 삶이
> 바뀌었다고 말하는 것을 듣습니다. 어떤 사람들은 헤로인 중독이나
> 알코올 중독, 기타 가망 없는 중독에서 벗어났습니다. 어떤 사람들은
> 다양한 질병이나 감정상 장애가 치유되었습니다. 삶에서 겪는
> 문제가 무엇이든 「지도」는 사람들이 고통에서 벗어날 수 있는 길을
> 제시합니다.
>
> — 「의식 지도 해설」 머리말 p.16

여러분은 이 책을 통해 가장 중요한 영적 목표가 왜 자신의 의식 수준을 올리는 것인지 이해하게 될 것입니다. 예를 들어 호킨스 박사는 「지도」 상의 긍정적 수준들이 질병에 대한 더 강한 면역력, 더 높은 행복률, 더 높은 직무 만족도, 전반적으로 더 큰 성

취감과 상관관계가 있다고 설명합니다.

이런 개인적 이로움으로는 동기 부여가 되지 않을 수도 있지만, 호킨스 박사는 의식의 수준을 올리면 모든 생명에게 이롭다는 점도 설명합니다. 단 한 번의 용서나 단 한 번의 친절한 행동이 만인과 만물을 축복합니다. 우리가 우리의 작은 자아self를 항복할 때 더 높은 자아Self 본연의 생명 에너지가 우리를 통해 자유롭게 흐릅니다. 그가 이 책에서 말하듯이 "모든 인간의 내적 가치는 무한하며 그 잠재력도 무한합니다."

그러므로 이 책의 독자들이 내적으로 타고난 무한한 잠재력대로 되길 기도하겠습니다. '닥'이 즐겨 말했듯이 "길은 곧고 좁습니다. 시간 낭비하지 마세요!"

— 프랜 그레이스 박사

데이비드 호킨스 박사가 애리조나주 세도나의 자택에서 평화롭게 영면에 든 지 10년 가까이 되었지만, 영적 진실과 깨달음과 성장에 대해 그가 남긴 심오한 메시지는 오늘날까지 면면히 이어지고 있습니다.

이 책에서 여러분은 호킨스 박사의 대표적인 가르침들을 만나게 될 것입니다. 총 열 장에 그가 가장 중시한 영적 주제들을 담았습니다. 이를 접하는 것은 삶이 바뀌는 잊을 수 없는 체험이 될 것입니다.

전국에서 명성이 높았던 정신과 의사이자 학자, 영적 스승이자 강연자였던 호킨스 박사는 '영성연구원Institute for Spiritual Research'

의 창립자이자 '헌신적 비이원성의 길'의 창시자이기도 했습니다. 그는 웨스트민스터 사원, 옥스퍼드 포럼, 노트르담 대, 미시간 대, 하버드 대 등 세계 각처에서 강연했고 가톨릭, 개신교, 불교의 승원에서 수도자들에게 조언했습니다. 한편 국제 외교에 관한 외국 정부들의 자문에 응해 세계 평화를 심각히 위협해 온 오랜 분쟁을 해결하는 데 중요한 역할을 하기도 했습니다. 그는 건강, 치유, 회복, 영성과 현대 생활, 명상, 의식 측정 등의 분야에서 그가 해 온 일을 이야기해 달라는 요청을 받아 다큐멘터리에 출연하고, 잡지에 등장하고, 오프라 윈프리나 '지력 과학 연구소Institute of Noetic Sciences'와 인터뷰를 가졌습니다. 구체적인 의식 측정 방법과 「의식의 지도」에 대해서는 이 책 2장에서 자세히 알아볼 것입니다. 하지만 호킨스 박사가 책 전체에서 수시로 (어떤 것의 측정치가 190이다, 210이다 하는 식으로) 측정치를 언급할 것이므로, 읽다가 언제든 볼 수 있도록 「지도」를 가까이 두면 편리할 것입니다. 「의식의 지도」는 https://veritaspub.com/map-of-consciousness에서 온라인으로 볼 수 있습니다.*

이 책의 끝부분에는 호킨스 박사의 어느 강연 내용을 담은 보너스 장이 있습니다. 이 '영적 구도자의 가장 귀중한 자질'에서 그는 깨달음에 이르는 길에서 모든 영적 구도자가 필요로 하게

---

* 현재는 위 링크에서 「의식의 지도」를 확인할 수 없지만, 이 책 6쪽에는 원서에는 없는 「의식의 지도」가 한국 독자들을 위해 특별히 수록되어 있다.

될 소박하면서도 파급 효과가 큰 자질 몇 가지를 설명합니다. 이 '자질'은 지상에서 여정을 마치기 전 호킨스 박사가 강연한 마지막 주제들 가운데 하나입니다.

이제 읽을 준비가 되었나요? 그럼 시작하겠습니다.

1장

에고의 길에서 봉사의 길로

자조 self-help를 가르치는 대다수 사람들은 오래갈 부와 행복을 성취하려면 외적이고 적극적이고 에고 지향적인 방법을 취하라고 우리에게 권합니다. 그러나 생의 초기에 그런 길을 따라가 보았던 호킨스 박사는 에고의 길이 결국에는 막다른 곳에 다다를 뿐임을 알았습니다.

이 절에서 호킨스 박사는 에고의 길에서 벗어나 더 큰 보람과 성취감을 얻을 수 있고 봉사 지향적인 깨달음의 길로 나아가라고 권할 것입니다. 그리고 그가 설명하듯이 우리 노정의 출발점은 개인의 선택에 따라 정해집니다.

모든 사람은 높은 길과 낮은 길 사이에서 선택의 기로에 놓이는 순간을 알아차립니다. 흔한 경험이지요. 예를 들어 부정행위를 해서 높은 성적을 받을 수도 있고 부정행위를 하지 않고 정직한 성적을 받을 수도 있습니다. 우리는 이런 결정을 거듭거듭 내려야 합니다.

매 순간 선택을 해야 한다는 점이 곧 인간으로 존재하는 데 따른 딜레마라고 봅니다. 매초 매분 우리의 마음은 끊임없이 선택을 하고 있습니다. 인간으로 존재한다는 과제를 잘 살펴보면 그 자체가 참으로 놀라운 것임을 알 수 있습니다. 이 과제에 길들어 있어 우리가 그 점을 깨닫지 못할 뿐입니다.

말을 하는 순간마다 나의 마음이 단어들을 선택하고 있습니다. 이 단어는 어떻게 명확히 발음하지? 나의 메시지들은 어떻게 표현하고 어떤 맥락에서 논하고 어떻게 더 설명하지? 이러면서 나는 더 설명할지 아니면 듣는 사람이 고심하게 놓아둘지를 결정하고 있습니다. 그러니 내가 선택하는 단어마다 다르게 선택할 수 있는 단어가 50가지는 될 겁니다. 나는 갑자기 익살을 부려 진지함을 버릴 수도 있습니다. 그러면 일부 사람들에게는 그게 도움이 되겠지만 다른 사람들은 "저 사람 말에 믿음이 안 가. 그냥 사람이 가볍네."라고 할 겁니다. 유머의 영적 가치를 모르는 거죠.

이렇게 인간은 아주 짧은 순간순간마다 이 생각과 저 생각, 이 선택 사항과 저 선택 사항 사이에서 고르고 있습니다. 의자에서 자세를 바꿔 앉을까? 나는 방금 이 결정을 해야 했습니다. 내가 선택할 수 있었던 의식적인 선택 사항이 아마도 대여섯 가지는 되었을 것이고 무의식적인 선택 사항은 수십 가지는 되었을 겁니다. 사람들에게 그 방향으로 가라고 권해야 할까, 아니면 그 길로는 가지 말라고 말려야 할까? 우리는 항상 애써 영향을 미치려 하고, 그래서 항상 선택을 하고 있습니다. 나는 인간 특유의 상태human condition가 늘 안타깝습니다. 우리가 결코 만족할 수 없다는 점 때문이지요. 우리는 어떤 것에 만족하는 순간조차 이것에 만족해야 하는지 의문이 들기 때문에 만족할 수가 없습니다.

인간은 쉴 틈이 거의 없습니다. 우리의 마음이 끝없이 긴 선택 사항의 목록을 끊임없이 제시하기 때문입니다. 카르마를 믿지 않는다는 사람들이 있습니다. 그렇다면 그 단어를 쓰지 않아도 됩니다. 그래도 우리는 우리의 마음이 끝없이 끊임없이 선택 사항들과 맞닥뜨리고 있어 어떤 선택을 하느냐에 따라 우리의 인생 전체가 바뀔 것임을 알 수 있습니다. 삶은 마치 거대한 지도, 전자 지도electronic map와 같습니다. 이 방향을 선택하면 저 방향을 선택한 경우에 비해 수백 킬로미터 떨어진 곳에 도달하게 됩니다. 따라서 선택을 하는 것이야말로 인간의 주업입니다. 그런데도 아무도 이 점을 언급한 적이 없습니다. 다른 모든 것을 능가하는 인간의 주요 관심사는 끊임없이 선택을 하는 일입니다. 이 방향을 바라봐야 할까, 말아야 할까? 이 일자리를 얻으려고 노력해야 할까? 이렇게 말해야 할까, 저렇게 말해야 할까? 이걸 입어야 할까? 건너편 보도를 따라 걸어야 할까? 아무개에게 전화를 해야 할까? 이 청구서 지불을 2주 더 미뤄야 할까?

우리가 보고 있는 것들은 우리 각자의 의식을 투영하고 있습니다. 이 세상을 슬픈 곳으로 보든 행복한 곳으로 보든, 터무니없는 곳, 유익한 곳, 아름다운 곳, 신성한 곳, 불만스러운 곳, 부도덕한 곳, 사악한 곳, 한없이 선한 곳으로 보든 우리는 스스로 세상에 투영한 바를 봅니다. 인간이 자기 존재의 핵심인 궁극의 신성을 깨닫도록 진보하게 되어 있다면 그런 차원의 알아차림awareness에 이르도록 계속 더 성장할 필요 또한 있을 것입니다. 그래서 붓다가 말했듯이 인간으로서의 생 자체에 카르마적 이익이 있습니다. 인간으로 태어난 것 자체가 행운이기 때문이지요. 그리고 깨달음에 대해 들어 본 것은 더욱 드문 행운입니다. 태어나서 깨달음에 대해 듣고 깨달음을 추구하기에 이르는 것은 훨씬 더 드문 행운이고요. 그리고 그보다도 드문 것은 깨달음을 이루는 것이라고 덧붙이겠습니다. 그러려면 대단히 집요한 끈기가 있어야 하기 때문입니다. 깨달음에 도달하는 길을 가려면 험난한 곳들을 통과해야 합니다. 늪지대를 뚫고 나아가야 합니다.

인간으로 태어난 것 자체가 행운입니다.

깨달음에 대해 들어 본 것은 더욱 드문 행운입니다.

태어나서 깨달음에 대해 듣고 깨달음을 추구하기에 이르는 것은

훨씬 더 드문 행운입니다.

포스와 파워의 차이

포스Force는 선형적입니다. 포스는 경계가 정해져 있습니다. 분자처럼 형상이 있습니다. 귀와 눈과 발이 있거나 뭐든 있을 수 있습니다. 구조가 있습니다. 따라서 포스는 한정됩니다. 형상이 있는 것은 한정되기 마련입니다. 형상에 의해 한정됩니다. 형상이 없는 것은 무한정합니다.

인류를 오래 괴롭혀 온 수수께끼가 마침내는 짧고 단순한 공식 하나로 풀 수 있게 되었습니다. $E=mc^2$. 이것은 형상에 한정되어 있는 포스를 말합니다. 파워Power는 비이원적이고 무한합니다. 파워는 한정되지 않습니다. 사실 파워에 대한 요구가 커질수록 파워는 더욱 증대되어 요구를 충족합니다. 반면에 포스는 고갈되지요. 포스는 이곳에서 저곳으로 이동하면서 자체의 에너지를 늘려야 합니다.

우리는 포스에 점점 더 많은 에너지를 끊임없이 불어넣어야

합니다. 돈, 많은 병사, 많은 신자, 그들의 금붙이, 그들의 생명, 그들의 땀을 동원해야 합니다. 하지만 세계 역사상 가장 위대한 제국이었던 로마 제국도 천년 뒤에는 쇠퇴했습니다. 이렇듯 포스는 한정되어 있습니다. 반면에 파워는 무한정합니다.

진실과 주관성

맥락을 규정하지 않고 진실을 규정하는 것은 불가능합니다. 이것이 역사상의 위대한 철학자들 모두가 인식론 문제를 전혀 해결하지 못한 이유입니다. 그들은 이 미묘한 점을 전혀 이해하지 못했습니다. 이해하려면 객관성에서 주관성으로 옮겨 갈 필요가 있습니다. 객관성이 우리를 (「의식의 지도」 상) 499까지 데려갈 것인데, 거기서 주관성으로 옮겨 가는 것입니다. 신의 존재는 생각을 통해 경험할 수 있는 것이 아닙니다. 경험상 신은 주관적인 것입니다.

의식 측정은 의식이 진실의 유무를 알아본다는 점을 보여 줍니다. 나는 처음에 측정이 진실 대 거짓의 문제인 줄 알았습니다. 의식이 진실과 거짓의 차이를 안다고 생각했지요.

의식이 실제로 알아보는 것은 진실의 유무입니다. 의식은 진실인지 진실이 아닌지만 알아봅니다. 진실인 것은 알아보고 진실이 아닌 것은 알아보지 못합니다. 이 사실 덕분에 우리는 양극화에서 벗어날 수 있습니다. '거짓'과 '진실 아님'은 미묘하게 다르기 때문입니다. 그리고 양극화가 주는 영적 죄책감에서도 벗어날 수 있습니다. 왜냐면 영적이려면 어떤 것도 싫어해선 안 된다는 이유로, 이것은 좋지만 저것은 싫은 상황에서 우리는 죄책감이 들기 때문입니다.

아이스크림은 초콜릿도 있고 바닐라도 있습니다. 우리는 바닐라를 싫어하지 않고도 초콜릿을 좋아할 수 있습니다. 바닐라를 싫어할 필요가 없습니다. 그냥 초콜릿을 선택하면 됩니다. 진보주의자가 죄다 바닐라여서 싫다고 하지 않아도 당신은 보수주의자일 수 있습니다. 또한 당신은 바닐라 진보주의자일 수 있습니다. 보수주의자는 죄다 초콜릿이어서 싫다고 할 필요가 없습니다. 그냥 바닐라를 좋아하면서 '초콜릿이 어떻게 목에 넘어가는지 모르겠지만 알아서 하겠지, 뭐.'라고 하면 됩니다. 초콜릿 파라면 이렇게 말하면 됩니다. "바닐라는 겁쟁이들 겁니다. 바닐라가 좋으면 바닐라를 즐기세요. 하지만 우리 같은 사람은 초콜릿을 좋아해요." 우리는 우리의 대의를 옹호할 수 있습니다. 다른 사람들에게 우리가 최고라고 주장하면서 몸에 문신도 새기고 행진도 하고 뭐든 할 수 있어요. 하지만 대의가 다르다고 싫어할 필요는 없습니다.

인류의 의식 수준을 측정해 보니

이런 논의를 하는 목적은 물론 의식의 진화를 촉진하는 것입니다. 책을 쓰거나 강연을 하는 유일한 목적도 더 높은 의식 수준 추구를 선택한 개인의 내면에서 의식이 진보하도록 지원하는 것입니다.

대다수 사람은 자신이 존재하는 곳이 인과율에 지배되는 평범한 세계라고 생각합니다. 그리고 현재의 자신이 과거의 산물이라고 생각하지요. 하지만 실상은 이렇습니다. 우리가 되겠다고 선택한 바의 잠재력*potentiality*이 우리를 현재로 끌어당깁니다. 그래서 누가 지금 이 책을 읽고 있다면 그것은 그의 과거가 그를 현재 단계로 몰아붙이고 있기 때문이 아닙니다. 반대로 그는 현 단계를 넘어선 어떤 것이 되고자 선택을 했고, 선택한 그것이 그로 하여금 현 단계를 통과하도록 끌어당기고 있기 때문입니다. 즉 그가 이미 영적 의도를 통해 선택을 했기 때문입니다.

"카르마의 본질은 뭐냐?"라고 묻는 사람이 많습니다. 카르마는 영적 의도와 영적 결정에 자동적으로 따라오는 에너지일 뿐입니다. 우리가 내리는 모든 결정이 자신의 의식 수준 측정치에 영향을 미친다, 이렇게 우리의 카르마를 표현할 수도 있습니다. 처음에는 영적인 것에 호기심이 생깁니다. 그러다 어느새 자동적으로 영적 성장과 영적 개념에 끌리고 그런 것을 이해하여 혜택을 얻으려는 욕구에 끌립니다. 그리고 우리가 성장할수록 세상에 혜택을 준다는 사실을 깨닫게 됩니다. 우리가 하고 있는 일이 모두에게 영향을 미친다는 것을 깨닫습니다. 전 세계가 우리에게 혜택을 받습니다. 이 사실을 양자 역학으로 증명할 수도 있습니다. 관찰자의 의도에 따라, 즉 하이젠베르크 원리에 따라 파동 함수가 붕괴되면 의식의 장 전체가 영향을 받기 시작합니다. 그래서 영적 노력에 전념하는 모든 개인은 인류 전체에게 혜택을 줍니다. 이것은 개인의 선택과 결정에 따라오는 자동적인 결과입니다. 각 개인이 잠재성을 붕괴시켜 실제가 되게 하고 그에 따라 인류 전체의 집단적 의식이 영향을 받기 때문이지요.

이 사실이 매우 흥미로운 것임을 알게 된 것은 의식 수준을 한창 측정하던 때였습니다. 그때 이렇게 질문했습니다. 인류 전체는 의식 수준이 얼마인가? 그 결과로 상당히 중요한 발견을 하게 되었습니다. 인류의 의식이 오랜 세월에 걸쳐 지속적으로 느리게, 아주 느리게 진보해 왔음을 알게 되었습니다. 붓다가 탄생한 시점에서 인류의 의식 수준은 90이었고 예수 그리스도가 탄생한 시점에서는 100이었습니다. 그런 다음 여러 시대에 걸쳐 천천히 진화했고 1200년대, 1400년대, 1700년대 내내 190에 머물렀습니다. 수 세기 동안 190에 머무르며 바뀌지 않았습니다. 그러다 갑자기 1980년대 후반 '조화로운 수렴the Hormonic Convergence' 행사*

---

* 1987년 태양계 행성들의 이례적인 정렬과 함께 세계 곳곳에서 열렸던 최초의 동시다발적 명상 행사

가 열렸던 시기에(그 일로 인해서가 아니라 그 일이 있었던 시기에), 또한 거대 공산주의 체제와 기타 많은 것이 붕괴되던 시기에 인류의 의식 수준은 190에서 207로 도약했습니다. 200은 진실의 수준입니다. 진실성integrity의 수준입니다. 이렇게 200을 넘어선 일은 인류의 역사에서 아마도 가장 중요한 사건일 겁니다. 모르는 사이에 190에서 207로 의식의 전환이 이루어졌습니다. 이 사건으로 현재 우리 모두가 삶을 영위하고 있는 장field이 완전히 바뀌었습니다.

그러면 이 사건으로 인류는 어떻게 바뀌었을까요? 190 수준에서 전 인류의 멸망은 피할 수 없는 일이었습니다. 모든 생명을 전멸시킬 거대한 폭탄이 등장할 가능성이 충분히 있었습니다. 현재의 207 수준에서는 현실의 패러다임이 완전히 새롭습니다. 나의 성장기였던 1930년대를 포함해 20세기 세상에서는 사람들의 인생 목표가 성공이었지요. 그래서 다들 대학을 가고 돈을 벌고 출세를 하고 명성을 얻는 등의 일을 해내야 했습니다.

207의 수준에서는 세상 사람들이 내가 성공하든 말든 관심이 없습니다. 주식을 잘 사서 백만장자가 될 수도 있지만 '그래서 뭐?' 한다는 말입니다. 성공이 아닙니다. 이제 우리가 관심을 두는 것은 진실성입니다. 대단한 기업이었다가 쓰러진 곳들은 모두 진실성 결여 때문에 비판을 받았습니다. 정치인들이 책망받는 것도 진실성 때문입니다. 출세, 돈, 큰 자동차 같이 1950년대라면 사람들을 행복하게 해 주었을 그 모든 것이 더 이상 만족을 주지 못합니다. 이제 사람들은 묻습니다. 이 기업의 진실성은 어떤가? 이 정치인의 진실성은 어떤가? 우리는 그들이 진실한지를 봅니다. 그들이 자신의 말을 어떻게 뒷받침할 것인가? 진실성은 사회적 가치가 달라졌음을 보여 주는 신호입니다. 우리는 진실성이 입증된 인물과 정치인과 스승에게 투자하기를 원합니다.

어떻게 하면 진실성을 검증할 수 있을까요? 한 가지 방법은 사실 그 수준을 측정하는 것입니다. 진실한 것은 가치가 있습니다. 진실성은 파워가 있습니다. 진실성 결여를 통해서도 돈의 힘 monetary force 같은 포스를 잠시 가질 수는 있습니다. 하지만 그런 것은 무너지기 마련이라 성공 지향적인 삶은 위태롭습니다. 따라서 가치의 새로운 패러다임은 진실성이고 앞으로는 진실성을 기준으로 모든 사람이 평가될 겁니다. 저 사람은 얼마나 진실한 스승인가? 저 영적 멘토나 영적 조직은 얼마나 진실한가? 이런 점을 측정해 보면 누가 진실성을 저버렸는지 알 수 있습니다.

이미 아주 많은 것을 측정해 놓았습니다. 그 목록*을 보면 어떤 것들이 진실성을 저버렸는지 알 수 있습니다. 이제 우리는 측정을 해서 진실과 거짓을 밝힐 수 있기 때문에 인간의 발전을 가늠하는 새로운 척도를 갖게 될 것이고, 그래서 발전 자체가 이전보다 빨라지리라고 봅니다. 인간의 의식은 수 세기 동안 190 수준

* 저자의 책 『진실 대 거짓』에 특히 측정치 목록이 많다.

에 머무르며 바뀌지 않았습니다. 하지만 역사적 관점에서는 엄청난 사건들이 일어났다고들 말합니다.(영적인 관점이 아니라 인식의 관점에서 보기에 엄청난 사건들입니다.)

인간은 이제 차원이 달라졌습니다. 207이 왜 중요하냐면, 깃털 하나 같은 작은 차이로 천칭의 균형이 부정에서 긍정으로 바뀌기 때문입니다. 우리가 내리는 모든 영적 결정은 눈금을 긍정 쪽으로 기울입니다. 그러면 그 덕분에 우리 삶의 운명이 완전히 바뀔 수 있습니다. 바다에 나와 있을 때 나침반 바늘의 1도 변화는 별것 아닌 것처럼 보일 수 있습니다. 하지만 그 1도 때문에 며칠 동안 항해한 뒤에는 다른 대륙에 도착하게 되지요. 즉 1도가 상당한 차이를 만듭니다. 이렇게 우리는 선택의 자유, 즉 영적 선택의 자유를 매 순간 직면합니다. 매 순간 끊임없이 선택할지 말지를 결정하고 있습니다. 그러면 그런 선택들이 우리의 영적 수준을 결정하고, 우리의 의식 수준 측정치를 결정하고, 우리의 카르마적 운명을 결정합니다.

에고의 이원성

에고의 이원성을 발견한 까닭에 나는 결국 영적 스승이 되었습니다. 나의 주관적 상태를 공유하고 싶었고 이전까지 한 번도 언급된 적이 없는 것들을 공유하고 싶었습니다. 나의 가르침을 나는 헌신적 비이원성의 길이라고 부릅니다. '헌신적'이라고 한 것은 이 길에서는 진실을 깊이 사랑하기 때문입니다. 진실을 통해 신에게 이르는 길을 깊이 사랑합니다. '비이원성'은 깨달음의 상태에 도달하려면 에고를 초월해야 함을 의미합니다. 에고는 본성 자체가 이원적이기 때문입니다. 인간의 생각은 본성 자체가 이원적입니다. 둘 중 하나, 아니면 이것 혹은 저것이라는 식이지요. 그래서 일반적으로 영적 학인student은 먼저 에고에 맞서 예로부터 죄라고 부르는 것(그리고 안 좋은 이름이 붙은 온갖 것)과 대치합니다.

나는 내 학인들이 맨 먼저 에고의 본성부터 이해하고 에고와 친해져서 그것이 어디서 기원하는지 이해하기를 원했습니다. 에고를 악마 취급하지 말아야 합니다. 에고는 적으로 여겨야 하는 것이 아닙니다. 에고는 동물적 본성에 불과합니다. 동물의 왕국을 다룬 TV 프로그램에서 우리가 보는 모든 것이 인간의 에고라 불리는 그것입니다. 그런 것을 동물에게서 보면 우리는 그냥 "그게 본성이지." 합니다. 하지만 같은 것을 인간에게서 보면 "으, 끔찍하지 않아?" 합니다. 아닙니다. 끔찍하지 않습니다.

진화를 통해 파충류 뇌에서 포유류 뇌가 출현하면서 지구상에 처음으로 사랑이 출현했습니다. 수십억 년 만에 포유류 뇌가 출현하자 비로소 이 행성에 사랑이 출현했습니다. 어미 새가 알을 돌보고 새끼를 돌보는 모습에서 우리는 포유류 뇌의 싹을 볼 수 있습니다. 즉 모성 본능이 출현하면서 비로소 사랑이 출현할 수 있었습니다. 사랑이 나타나려면 먼저 아이, 아기, 새끼 새에 대한 어미의 염려가 출현해야 했습니다. 동물의 세계가 진화하던 초기에는 사랑의 발생을 볼 수 없었지요.

사랑은 모성이 나타나면서 출현하기 시작했습니다. 그리고 근세에도 여러 시대에 걸쳐 사랑이 개화했습니다. 로맨틱한 사랑은 오늘날에는 자연스러운 것으로 여겨지지만 비교적 근래에 생겨난 것입니다. 옛날 사람들은 로맨틱한 사랑 때문에 결혼하지 않았습니다. 결혼은 곧 권력 이양이었습니다. 옛날 사람들은 집안에서 주선한 대로 결혼했습니다. 영국의 왕과 여왕은 막강한 권력에도 불구하고 사랑을 선택할 자유가 없었습니다. 그 당시 사람들은 결혼과 사랑은 서로 다른 것이라고 생각했습니다. 즉 우리가 알고 있는 로맨틱한 사랑은 다소 근래에 생긴 현대적인 것입니다.

영적 작업work에 들어가는 사람들은 으레 에고 극복에 관심을 쏟습니다. 그래서 맨 먼저 에고를 재맥락화해서 우리 내면에 있는 동물의 잔재로 여기라고 말하는 것입니다. 인간의 뇌 안쪽에는 여전히 오래된 동물 뇌가 존재합니다. 전두엽 피질은 비교적 최근에 출현한 것입니다. 크로마뇽인, 네안데르탈인 등으로 진화한 사람과 동물의 의식 수준을 측정해 보면 네안데르탈인은

(「지도」 상에서) 75 정도로 측정됩니다. 아주 동물적인 수준입니다. 말을 하고 이야기를 할 수 있다고 해도 여전히 동물에 가깝지요. 윤리, 도덕, 영적 알아차림 같은 것은 전뇌부와 전두엽 피질이 출현한 뒤에 비로소 등장했습니다. 그렇다면 우리 인간이 하려고 하는 것은 동물적 본능의 지배를 초월하는 것이라고 할 수 있습니다. 에고를 죄의 관점에서 보지 않고 동물로 여기게 되면 도움이 됩니다. 동물은 어떤 것일까요? 동물원에 가면 인간의 에고가 전시되어 있는 것을 볼 수 있습니다. 동물원에서 원숭이 섬에 가 보면 영역 보호 습성을 볼 수 있고 갱단도 볼 수 있습니다. 무리 지어 단결을 하고 세력권 다툼을 합니다.

전 세계에서 늘 세력권 분쟁이 벌어지고 있습니다. 약자를 착취하거나 종속시킵니다. 속임수와 거짓말과 위장술을 볼 수 있습니다. 오늘날 우리가 주요 뉴스에서 보는 모든 것은 인간 식으로 나타난 원숭이 섬입니다.

영적 작업은 이기주의, 자기 본위, 자기중심성이 다양한 모습으로 변장한 것을 모두 극복하는 일입니다. 어떤 다양한 모습으로 변장하고 있을까요? 차지하고 소유하고 출세하고 승리하려는 충동, 그리고 자기중심적인 것으로 알려진 모든 것입니다. 어떻게 하면 이런 것을 초월할 수 있을까요? "영적으로 진화하고 싶습니다. 실천적으로 뭘 하면 될까요?"라고 묻는 사람들이 있습니다. 내가 방금 설명한 것이 모두 상당히 어렵거나 이론적인 것으로 들릴 수 있고 영적 작업에 익숙하지 않은 사람에게는 상당히 부담스럽게 들릴 수 있어 그렇게 묻는 것입니다.

사실 이 작업은 꽤 쉽습니다. 실천하면 할수록 '이거 내내 알고 있던 거네.'라는 느낌이 들게 됩니다. 물론 내내 알고 있었습니다. 하지만 그런 느낌이 실제 일상이 되게 하는 방법을 알고 싶기 때문에 사람들은 이렇게 묻습니다. "어떻게 하면 영적으로 성장할 수 있나요? 어딘가로 가야 하나요? 구루를 찾아야 하나요? 명상 모임에 가입해야 하나요? 만트라 같은 것을 외워야 하나요?"

아니요, 그런 것은 전혀 할 필요가 없습니다.

너무 간단해서 맨날 간과하는 것이 있습니다. 무슨 일이 있어도, 언제 어느 때나, 자신을 포함한 모든 생명에게, 자애롭고 친절하겠다고 결정하는 것입니다. 관대하고 온화하고 생명에 힘이 되어 주는supportive 것입니다. 그러면 내가 하는 행동what you do이 아니라 나라는 존재what you are 자체가 그렇게 됩니다. 생명에 힘이 되어 주고 그들의 모든 노력에 힘이 되어 주는 존재가 됩니다. 이 존재는 격려가 필요한 생명들을 격려합니다. 그리하여 생명 자체의 에너지가 됩니다. 마치 신성한 어머니Divine Mother와 신성한 아버지Divine Father가 이 존재로 나타난 것처럼 됩니다. 둘이 하나로 합쳐집니다. 양육하는 존재와 탁월함을 요구하는 존재가 하나로 합쳐집니다.

너무 간단해서 맨날 간과하는 것이 있습니다.

무슨 일이 있어도, 언제 어느 때나, 자신을 포함한 모든 생명에게,

자애롭고 친절하겠다고 결정하는 것입니다.

관대하고 온화하고 생명에 힘이 되어 주는 것입니다.

비이원성의 길에서 출발하기

요컨대 비이원성의 길은 영적 원칙에 헌신하는 것입니다. 영적 원칙에 헌신하게 되면 둘 중 하나를 택하는 마음의 성향과 대면하게 됩니다. 선 아니면 악을 택하고 진보 아니면 보수를 택하는 성향입니다. 우리는 양극성이라 일컫는 것에 끊임없이 직면합니다. 그래서 매우 고도의 의식 상태에 도달하려면 둘 중 하나라는 양극성을 초월할 필요가 있습니다.

에고는 우리로 하여금 자기가 우리의 생존을 책임지고 있다고 생각하게 만듭니다. 에고는 "내가 이토록 영리하지 않았으면, 비타민 먹으라고 널 챙기지 않았으면, 기타 등등을 하지 않았으면, 넌 이미 죽어서 뻣뻣해졌을 거야."라고 속삭입니다. 즉 모든 일의 원인인 분리된 *나*가 존재한다는 환각이 이원성 때문에 일어나는 것이 문제입니다. 완전성totality의 무한한 일체성oneness과 분리되어 있는 개인적인 *나*가 존재한다는 환각이 이원성 때문에 일

어납니다. 이 자기중심적인 지점point이 에고의 핵이고, 우리는 그것이 모든 일의 원인이라고 추정합니다. 인과 관계를 믿는 한 '이것이 저것을 일으킨다.'는 이원성에 갇혀 있게 됩니다. 비이원성을 통한 깨달음의 길은 그런 상반되는 것들이 사라지게 합니다.

에고가 홀딱 반하는 일은 인기 끌기, 자신이 맞기를 바라기, 자만하기, 자부심 가지기입니다. 자신이 맞기를 바라는 자만을 버리세요. 영성이란 사실 세상에서 존재하는 태도입니다. 사람들은 에고의 기능이라는 관점, 무엇을 한다는 관점에서 영성을 생각합니다. 영성은 뭔가를 하는 것이 아니라 세상에서 *존재하는* 태도입니다. 끊임없는 감사와 봉사의 상태로 세상과 함께 존재하는 태도입니다. 왜 그럴까요? 영성을 통해 우리는 존재의 아름다움을 알아보게 되고, 상냥해지고, 타인을 우호적으로 정중하게 대하게 되고, 만사에 자애로워지게 되기 때문입니다. (5장에서 이야기할) 방울뱀에 자애를 느끼지 못했다면 나는 이미 죽고 없어 그 이야기를 들려주지 못하게 되었을 겁니다. 영성은 존재하는 모든 것을 존중하는 것입니다. 진정으로 영적인 사람들은 존재하는 모든 것의 고유한 아름다움을 기꺼이 보고자 합니다. 언제 어느 때나 모든 것을 상냥하게 대하고자 하고 무조건 자애롭게 대하고자 합니다.

영적으로 진화한 존재가 되고 싶다면, 그건 아주 간단한 일입니다. 예를 들어 *세상을 있는 그대로 보고 싶다*는 것이 우리의 이상이라고 합시다. 세상을 있는 그대로 볼 수 있는 유일한 방법은 무슨 일이 있어도 모든 것을 자애롭게 대하겠다고, 존재하는 모든 것을 존중하여 자애롭게 대하겠다고 결정하는 것입니다. 온갖 것으로 나타나 있는 생명에 헌신하는 것, 존재하는 모든 것의 아름다움과 완벽함을 알아보는 것은 세상에서 존재하는 태도의 한 가지입니다. 그래서 앞에서 말했듯이 중요한 것은 무엇을 하는_doingness_ 것이 아닙니다. 존재하는_beingness_ 겁니다. 빠르게 영적으로 진보하려면 생명의 잠재력을 실현하는 존재가 되기로, 온갖 것으로 나타나 있는 생명의 아름다움과 완벽함을 목격하는 존재가 되기로 결정합니다.

에고는 모든 것을 원인의 관점에서 봅니다. 에고는 모든 것이 완벽하지 않음에서 완벽함_perfect_으로, 완전하지 않음에서 완전함_complete_으로 옮겨 간다고 봅니다. 영적 시력_vision_이 생기면 모든 것이 완벽함에서 완벽함으로 옮겨 간다고 보게 됩니다. 모든 것은 완벽함으로부터 옮겨 가고 있습니다. 그리고 모든 것은 현 순간에 이미 완전합니다. 창조가 이 지점까지 진화한 결과로서, 모든 것은 완전히 있는 그대로입니다. 그래서 우리는 모든 것이 불완전함이 아닌 완전함에서 완전함으로, 완벽함에서 완벽함으로 옮겨 가고 있음을 봅니다. 이것은 내 손등의 완벽한 벤상처입니다. 이 상처는 완벽한 딱지의 형태로 완벽하게 나타나 있는 것이고, 완벽한 치유에 이를 것이고, 완벽한 흉터를 남길 것입니다. 모든 것은 완벽하게 운명지어진 대로 되어 가면서 그 잠재력을 실현하고 있습니다. 그래서 우리가 인과 관계 대신 보게 되는 것은 출현emergence입니다. 이 세계는 원인의 세계가 전혀 아닙니다.

> 모든 것은 완벽함으로부터 옮겨 가고 있습니다.
> 그리고 모든 것은 현 순간에 이미 완전합니다.
> 창조가 이 지점까지 진화한 결과로서,
> 모든 것은 완전히 있는 그대로입니다.

우리는 출현의 세계에서 살고 있습니다. 모든 것, 모든 순간에는 어떤 잠재력이 있습니다. 그래서 우리는 이런저런 일이 벌어지는 것이 인과 관계 때문이 아니라는 것, 개인적 자아 때문이 아니라는 것을 보게 됩니다. 잠재 상태potentiality가 실제 상태actuality로 출현하는 것을 보게 됩니다. 장미가 피어나 완전한 장미가 되는 일이 이루어집니다. 어떤 것도 이 일을 일으키지 않고, 어떤 것도 이 일을 강제하지 않고, 어떤 것도 이 일을 결정짓지 않습니다. 꽃잎을 완전히 펼칠 잠재력이 이미 장미 안에 매 순간 거하고 있습니다. 완벽하지 않은 반쯤 핀 장미는 없습니다. 완벽하게 반쯤 핀 장미가 있을 뿐이지요. 따라서 인생과 세상과 현실에 대한 우리의 경험이 완전히 달라지게 하는 길은 모든 것이 매 순간 완벽함을 보는 것입니다. "어떻게 하면 이 세상을 개선할 수 있나?"라고 묻는 사람들이 있습니다. 나는 그들에게 신경 쓰지 말라고 말합니다. 이 세상은 있는 그대로 완벽합니다. 세상을 개선하려고 애쓰는 것은 아무 의미도 없습니다. 우리가 보고 있는 세상은 심지어 존재하지도 않는 것이기 때문입니다. 카르마적 이익과 의식의 진화를 위해 세상이 존재하고 있는 것이라면 이 세상은 있는 그대로 완벽합니다. 이렇게 보는 것이 매우 수준 높은 영적 이해입니다.

2장

측정

이제 우리는 깨달음의 길을 걸을 생각과 의욕이 생겼고 감화도 받았습니다. 이 길을 벗어나지 않고 계속 가려면 어떻게 해야 할까요? 길을 잘 따라가고 있는 건지, 길을 잃고 빙빙 돌고 있는 것은 아닌지 어떻게 확신할 수 있을까요?

호킨스 박사는 잘 알려진 기법을 활용해 이런 의문을 해결하는 데 도움이 될 획기적인 영적 도구를 개발했습니다. 영적 진실과 거짓을 측정하기 위해 그가 활용한 방법은 신체 운동학입니다. 이 방법을 활용하면 우리가 진실된 사람이 제시한 규범을 따르는 중인지 아니면 양의 탈을 쓴 늑대를 따르는 중인지 확인할 수 있습니다.

이 측정 방법을 활용해 호킨스 박사는 「의식의 지도」를 개발했습니다. 이 「지도」는 0에서 1,000까지 눈금이 매겨진 의식 수준들의 요점을 보여 줌으로써 우리가 깨달음의 길을 따라 나아가며 들여다볼 지도가 되어 줍니다.

이 장에서 호킨스 박사는 측정 방법과 「의식의 지도」를 설명하여 우리가 가장 높은 수준의 깨달음에 도달할 수 있도록 인도합니다.

진실을 접하면 몸이 강해지고 거짓을 접하면 몸이 약해진다는 것은 생물학적인 사실입니다. 이 현상은 굳이 설명할 필요가 없는 것입니다. 그냥 사실이지요. 내가 한 팔을 옆으로 들고 부정적인 어떤 것을 마음에 품으면 순간적으로 근육의 힘이 약해져서, 그 순간에 누가 내 팔을 내리누르면 팔이 내려갑니다. 반대로 행복감을 주거나 진실하거나 측정치가 높은 어떤 것을 마음에 품으면 팔의 힘이 강해져서 눌러도 내려가지 않습니다.

이때 나는 그런 반응과 아무런 연결점이 없습니다. 그것은 내 몸의 생리적인 반응일 뿐입니다. 강연할 때 나는 반응의 근거를 제시하는데, 가능성 있는 것은 진화적인 근거입니다. 동물은 체내에 에너지원이 없습니다. 식물은 엽록소가 있고요. 그래서 햇볕을 쬐기만 하면 에너지를 흡수합니다. 달리 에너지를 마련하거나 구해 올 필요가 없습니다. 동물은 원형질로 이루어져 있습니다. 그 안에는 에너지원이 전혀 없습니다. 그래서 동물은 외부에서 에너지를 마련해야 하죠. 인간을 포함한 동물은 원형질 생명체로서 생존하려면 어떤 것이 영양가 높고 생명 유지에 도움

되는지 알아낼 수 있어야 합니다.

아메바는 무엇을 먹으면 기운이 나서 생존에 유리해지고 무엇을 먹으면 죽게 되는지를 제일 먼저 배워야 합니다. 아주 낮은 수준의 의식 상태에서 아메바는 무엇이 생명에 도움이 되고 무엇이 생명에 해가 되는지를 배워야 합니다. 생명에 도움 되는 것은 강하고 활기차게 해 주고 번식하거나 성공하게 해 줍니다. 이 식별 능력이 없으면 우리는 죽습니다. 한 번만 실수해도 영양가 높은 것과 유독한 것을 혼동하게 되기 때문입니다. 다시 배울 기회는 없습니다. 배우지 못한 것들은 죽으니까요.

따라서 인류가 현재 살아 있는 것은 단지 이 식별법을 배웠기 때문입니다. 배우지 못했다면 인류는 오래전에 죽고 없을 것입니다. 진실과 거짓, 영양가 높은 것과 유독한 것의 식별법을 배우지 못하는 원형질 개체는 살아남지 못합니다. 어떤 종류의 유기체든 그것이 아직도 살아 있다는 사실은 생명에 도움이 되는 것과 생명에 해가 되는 것을 식별할 수 있는 능력이 선천적으로 안에 있음을 의미합니다. 그렇지 않으면 그것은 죽었을 겁니다.

악의에 찬 독재자와 혜택을 줄 훌륭한 지도자를 식별하지 못한 유럽 사람들은 목숨을 잃었습니다. 200 이상으로 측정되는 것과 200보다 한참 밑으로 측정되는 것의 차이를 알지 못하면 천만 명의 생명이 대가를 치릅니다. 나의 생애 동안 유럽에서 천만 명이 죽었습니다. 한 팔을 옆으로 뻗고 히틀러를 마음에 떠올린 순간 그 팔을 다른 사람이 누르게 하면 팔 힘이 약해진 것을 느끼게 됩니다. 작은 책을 드는 것조차 순간적으로 힘들어집니다. 반대로 예수 그리스도를 떠올리면 팔의 힘이 아주 강해집니다. 처칠을 떠올려도 강해집니다. 스탈린을 떠올리면 약해지고요.

이런 인물들이 누구인지를 팔의 주인이 전혀 모른다 해도 반응은 똑같습니다. 이 사실을 확인해 보려면, 팔을 누를 사람이 어느 인물의 모습을 마음에 떠올린 뒤에 다른 사람이 뻗고 있는 팔을 누릅니다. 이때 그 사람이 어떤 영향도 받지 않도록 인물의 이름은 말하지 않고 "내가 마음에 품고 있는 것은 진실로 측정된다."라고만 말한 다음 팔을 누릅니다. 진실이라면 그의 팔은 강해집니다. 거짓이라면 약해집니다.

이렇게 말하면서 의식의 '수준'을 측정할 수도 있습니다. "이것은 200 이상으로 측정된다." 팔이 강해져서 '그렇다.'를 나타내면 다시 "이것은 300 이상으로 측정된다."라고 말합니다. 또 '그렇다.'로 나오면 그것은 300 이상이고, 팔이 약해져서 '아니다.'를 나타내면 그것은 300 미만입니다. 진실인 것은 생명을 유지시키는 것이고 생명을 유지시키는 것은 침술 경락 내의 에너지 시스템을 통해 우리 몸을 즉각적으로 강하게 만듭니다. 이 요점만 숙지하면 측정법이 이해됩니다. 인체의 생리를 이해한다고 해서 산소통 없이 1만 미터 상공에 있을 수는 없습니다. 못합니다. 하지만 근육 테스트는 기본 원리만 이해하면 아주 쉽습니다.

측정 시 진실성의 중요성

의식 수준이 200 이상인 인구의 약 10퍼센트는 이 측정법을 활용할 수 없습니다. 이유는 아직 모릅니다. 어쩌면 카르마 때문일 겁니다. 200 미만인 사람들은 정확성 있는 측정을 전혀 할 수가 없습니다. 진실해야integrous 하기 때문입니다. 그리고 측정하려는 의도도 진실해야 합니다. 은행을 털기에 가장 좋은 방법을 찾기 위해 이 기법을 활용한다면 믿을 만한 답을 얻지 못할 겁니다!

자선기금에 기부하고 싶다고 합시다. 그러면 "이 기금은 진실하다."를 측정합니다. 그런 다음 '그렇다.'가 나오면 "이 기금은 200 이상이다, 300 이상이다, 400 이상이다." 등을 측정해서 그 기금이 얼마나 진실한지를 알아봅니다. 이런 식으로 기금들을 측정해 보면 세상에서 가장 위대한 자선 단체인 것 같지만 사실은 광고에 엄청나게 지출해야 명성이 유지되는 조직들이 있음을 알게 됩니다. 그런 곳을 측정해 보면 팔이 약해집니다. 정말로 진실한 기금이라면 팔이 강해져야겠죠?

기법을 활용하는 양상은 사람마다 다릅니다. 나는 근육 테스트를 실용적으로 사용합니다. 곧바로 명백한 답을 알 수 없는 문제를 해결하는 데 사용하기도 하고, 답이 명백하다고 추정되지만 잘못 인식한 것은 아닌지 확인하는 데 사용하기도 합니다. 이렇게 산발적으로 사용하다가 때로는 집중적으로 사용합니다. 어떤 연구를 할 때는 상당히 집중적으로 사용합니다. 오늘날의 세계를 진단할 때면 모든 정치인과 거물급 대변인들, 말주변으로 한몫하는 모든 사람들, 그들의 해명과 변명을 측정하고 싶어 합니다.

이런 의문을 측정합니다. "이 후보자의 에너지는 어떨까? 이 후보자는 이렇게 이야기하는데 과연 그럴까? 아하, 이 후보자는 이러이러한 사람과 어울려 다녔네. 그 사람은 얼마로 측정될까?" 그러면 얼마 안 가 전체 그림이 채워집니다. 다양한 측면으로 이루어진 전체 그림을 얻습니다. 완전한 영화 세트장이 세워집니다. 벽이 세워지고, 카펫이 깔리고, 벽에 액자가 걸리고, 배우들이 들어옵니다. 그러면 그림이 들어맞기 시작하고 줄거리가 아주 명백해집니다. 왜 이 사람이 이 시간에 이 말을 했는지 알게 되지요. 이렇게 계속해서 검증합니다.

사람들은 또한 변화합니다. 저명인사가 사람이 달라질 수도 있습니다. 그러면 "이 사람은 여전히 같은 수준일까? 아니면 양심을 팔았을까?" 같은 의문을 제기해 볼 수 있습니다. 측정 결과가 마음에 들지 않을 수도 있지만 진실을 알아내겠다는 각오가 미리 되어 있어야 합니다.

이 점을 기억하세요. 더 자주 측정해서 더 많은 경험을 쌓을수록 측정의 정확도도 더 높아집니다. 만 번을 측정한 뒤에는 어떤 것을 보든 그것이 얼마 정도로 측정될지 거의 정확하게 미리 알 수 있습니다.

근육 테스트는 훌륭한 학습 도구입니다. 자신의 의식에 대해 많이 배울 수 있고, 자신의 동기에 대해 많이 배울 수 있습니다. 하지만 측정 결과가 이렇게 나오거나 저렇게 나오기를 바라는 자기 나름의 개인적 편견을 배제할 수 없으면 정확한 답을 얻지 못합니다. 남을 중상하는 못된 인간이라고 생각한 인물이 200 이상으로 측정될 수도 있습니다. 세상의 구원자가 될 것이라고 믿은 인물이 200 미만으로 측정되는 허풍쟁이일 수도 있습니다. 그런 인물이 노련한 정치인일 수는 있지만 정치인은 정치가와 다릅니다.

대체로 미국 사람들은 그 차이를 알아보지 못합니다. 정치인 politician과 정치가statesman가 똑같다고 봅니다. 그들은 아주 다르고, 아주 다르게 측정됩니다. 정치인은 오직 나, 나, 나에게 관심 있을 뿐이지만 말주변이 아주 좋습니다. 자기 개인의 이익을 위해 자기가 원하는 것을 손에 넣습니다. 정치가는 세상을 위하는 사람, 국가를 위하는 사람입니다. 예를 들어 윈스턴 처칠 같은 사람입니다. 처칠의 지도력이 아니었다면 영국은 무력하게 패배했을 겁니다. 처칠은 500으로 측정됩니다.

시작

여러분도 직접 근육 테스트를 할 수 있습니다. 왼손의 중지 끝과 엄지 끝을 맞대서 O자형 고리(오링)를 만듭니다. 그런 다음 오른손의 검지를 왼손의 오링에 집어넣고 잡아당겨서 중지와 엄지를 떼어 놓으려고 해 봅니다. 이때 마음에 떠올린 것이 진실이면 오링을 벌려 놓는 데 힘이 많이 든다는 것을 알게 될 것이고, 반대로 마음에 떠올린 것이 부정적인 것이면 오링의 힘이 약하다는 것을 알게 될 겁니다.

근육 테스트는 여럿이 함께 할 수도 있습니다. 방법은 이렇습니다. 한 사람이 오른팔이나 왼팔을 지면과 평행하게 뻗어서 들고 있습니다. 그런 다음 그 손목을 다른 사람이 두 손가락으로 누릅니다. 100그램 남짓한 무게를 싣는다는 느낌으로 합니다. 팔을 꺾어 내리려는 것이 아니니까요. 이 측정법의 정확도는 참여자들의 의식 수준에 달려 있습니다. 두 사람 다 200 이상이면 정확한 결과를 얻을 가능성이 높습니다. 참여자 둘 다 진실해야 한다는 점을 잊지 마세요.

*진실하다*integrous는 것은 대체 무슨 의미일까요? 선입견을 증명하려고 애쓰기보다는 진실을 알아내는 데 더 관심이 있다는 의미입니다. 팔을 들고 있는 사람의 명치에 에너지가 부정적인 어떤 것을 대고 그의 손목을 누르면 팔이 내려갑니다. 팔이 밑으로 떨어집니다. 힘이 아주 약합니다. 또는 어떤 헤비메탈 음악이나 랩 음악을 생각합니다. 아니면 팔을 들고 있는 사람의 오라aura 범위 안에 살충제나 뭐든 부정적인 것이 있습니다. 이때 그 사람의

팔을 누르면 팔심이 약해져 있음을 알게 됩니다. 반대로 긍정적인 사물이나 인물을 마음에 품고 누르면 그 사람의 팔심이 강해져 있음을 알게 됩니다.

차이가 상당히 뚜렷합니다. 팔을 들고 있는 사람이 원래 힘이 아주 세면 손목을 두 손가락으로 눌러도 팔이 내려가지 않습니다. 이때 그 사람을 약하게 만들 무언가를 활용하면 어린아이도 두 손가락으로 그의 팔이 내려가게 할 수 있습니다. 약하게 만들면 약해지기 때문이지요. 예를 들어 플라톤이나 소크라테스의 책을 명치에 대면 그 사람은 팔심이 강해집니다. 하지만 『공산당 선언』을 배에 대면 약해집니다. 카를 마르크스는 130으로 측정되니까요.

'마르크스의 의식 수준을 어떻게 알지?'라는 의문이 들 수 있을 것입니다. "마르크스는 110 이상이다, 120 이상이다, 130 이상이다."라고 말하면서 측정하면 됩니다. 그러면 "130 이상이다."까지는 '그렇다.'고 나옵니다. '135 이상이다.'에서는 어떻게 나올까요? '아니다.'라고 나옵니다.

레이건 대통령도 같은 방법으로 측정할 수 있습니다. 에이브러햄 링컨도 측정할 수 있습니다. 이집트의 피라미드도 측정할 수 있습니다. 지구상의 어떤 것도 측정할 수 있습니다. 진실은 우리를 강하게 만듭니다. 거짓은 우리를 약하게 만듭니다.

여기에는 생물학적인 근거가 있습니다. 본질과 외관을 식별하는 능력은 생명 유지에 필수적입니다. 박테리아가 유독한 것과 영양가 높은 것의 차이를 알지 못하면 다들 곧 죽어서 살아남은 것이 전혀 없게 될 겁니다. 원형질의 관점에서 볼 때 생존을 좌우하는 능력이란 생명에 도움 되는 것과 생명에 해되는 것을 식별할 수 있는 능력입니다. 그리고 거짓은 생명에 해가 되고 진실은 생명에 도움이 되지요.

근육 테스트는 자전거를 타는 것과 같습니다. 어느 정도 경험이 필요합니다. 어떤 사람들은 측정에 아주 능숙합니다. 무엇보다도 그들은 내 이야기를 절대적 진실로 받아들이고 그다지 의심하거나 의아해하지 않습니다. 나는 근육 테스트가 실제로 되는 것이니까 되는 것이라고 말합니다. 되지 않는 것이라면 뭣하러 된다고 말하겠습니까? 우리는 사람들의 진정성을 어느 정도 신뢰할 줄 알아야 합니다.

근육 테스트 방법을 공유하는 이유는 그것이 지극히 유용하기 때문입니다. 근육 테스트를 일상적으로 사용하는 사회도 있습니다. 극동에 갔더니 그곳에서는 아주 일상적으로 쓰고 있었습니다.* 토마토를 살 때 그것을 몸에 붙이고 오링의 힘을 시험합니다. 힘이 약해지면 토마토의 질이 좋지 않은 겁니다. 근육 테스트가 이미 문화에 통합되어 있습니다. 그런 문화에서는 진실은 우

---

* 호킨스 박사는 1999년과 2000년 내한 강연 때 한국에서는 이미 체질 감별 등에 근육 테스트를 일상적으로 활용하고 있음을 알게 되었고, 이후 여러 강연에서 이 사실을 유머러스하게 표현하곤 했다.

리를 강하게 만들고 거짓은 우리를 약하게 만든다는 사실이 너무나 기본적인 상식이어서 지성인들의 논쟁거리가 안 되는 것으로 보입니다.

내가 근육 테스트를 할 사람이라고 합시다. 그래서 내 파트너가 들고 있는 팔을 두 손가락으로 누를 참입니다. 그리고 파트너의 생각에 영향을 미치거나 내가 생각하고 있는 것을 그에게 알리고 싶지 않습니다. 진실한 사람들하고 테스트하면 큰소리로 입 밖에 내서 말해도 영향을 미치지 않습니다. 하지만 대부분의 사람이 그 정도로 진실하지는 않습니다. 그래서 "내가 마음에 품고 있는 것은 100, 150, 200, 250, 300 이상으로 측정된다."라고 계속 말하면서 '아니다.'가 나올 때까지 측정합니다. 이렇게 하면 측정에 영향을 주지 않습니다. 팔을 들고 있는 사람은 내가 마음속에 무슨 생각을 품고 있는지 모르기 때문입니다.

나는 측정에 악영향을 주고 싶지 않습니다. 잘못된 답을 얻느라 시간 낭비하지도 않을 것입니다. 내가 잘못된 답을 얻으려고 작정했다고 생각하는 사람들이 있습니다. 내가 재미로 헛수고를 하면서 잘못된 답을 얻느라 시간 낭비할 이유가 있을까요? 나는 측정이 그다지 재미있지는 않습니다. 단지 의미 있는 결과를 얻고 싶어서 합니다. 그래서 정치적 입후보자나 계획 같은 것을 놓고 "지금 내가 마음에 품고 있는 것은 이러이러하게 측정된다."라고 말합니다. 나는 측정에 영향을 미치지 않습니다. 정확한 답을 알고 싶기 때문이지요. 측정의 두 참여자 모두 진실 자체를 위해 무엇이 진실인지 알고 싶어 한다면 성공적인 측정 팀이 될 것입니다.

다른 모든 일과 마찬가지로 약간의 연습이 필요합니다. 어떤 것으로 테스트하면 쉽게 약해집니다. 부정적인 헤비메탈 음악 같은 것이 그렇지요. 음악이나 TV나 기타 집중을 방해하는 것은 모두 끄는 것이 좋습니다. 그런 것을 통해 온갖 부정적 에너지가 들어오면 잘못된 부정적 결과를 얻게 됩니다. 배경 음향의 에너지 때문입니다. 그래서 그런 것은 다 꺼야 합니다.

나는 의문이 드는 것이나 논란이나 가십 등에 대해 알아보려고 이렇게 말할 때가 많습니다. "이 사람은 어떤 수준일까. 160쯤 될 것 같네. 이 사람은 얼마 얼마 이상으로 측정된다." 그리고 160이라는 결과를 얻습니다. 다시 말해 나는 내가 얻은 직감을 확인하고 싶어 합니다. 즉 인식된 것의 본질을 확인합니다.

내가 하는 일은 측정을 활용해 어떤 것의 본질essence을 확인하는 것입니다. 그러면 인식perception에 속아 넘어가지 않게 됩니다. 말을 아주 잘하는 사람과 처음 대면하면 그의 이야기가 상당히 설득력을 가질 수 있습니다. 그런데 "이야, 아주 멋진 친구인 것 같네." 하고는 근육 테스트를 해 보면 180이 나옵니다. 그러면 "와, 어느 쪽이 맞을까? 이거 골치 아프게 됐네." 하게 될 겁니다. 인식이 본질과 일치하지 않는 경우입니다. 이럴 때 나는 미처 알지 못한 요인들을 측정해서 이 대상이 얼마나 진실한지 빨리 알아내고 싶어 합니다.

어떤 것에 대해 아무것도 모르면 "이것은 200 이상이다." 또는 "이것은 200 미만이다." 등등을 말하며 근육 테스트를 해서 그것이 어느 범위에 있는지 알아냅니다. 이렇게 수천 번을 하고 나면 상당히 예리해지게 됩니다. 나는 보통 몇 점 이내의 오차로 추측할 수 있습니다. 이렇게 근육 테스트로 직관이 훈련됩니다. 살면서 이런 훈련을 할 수 있는 경우는 드뭅니다. 대개의 경우 어떤 것이 사실인지 확인할 방법 자체가 없으니까요.

앞에서 말했듯이 끊임없이 많은 것을 측정하다 보면 상당히 숙련됩니다. 90퍼센트 이상의 측정 건에서 실상이 어떤 건지 대략 알아내게 된다고 할 수 있습니다. 일반인은 이렇게 할 수 없습니다.

일반인은 속이기가 꽤 쉽습니다. 그들은 나를 속일 수는 없다며 자부하지만 통계는 그 반대가 진실임을 보여 줍니다.

측정, 무신론자, 자기도취

유명한 교수들은 이 측정법에 콧방귀를 뀝니다. 무신론자들은 제대로 측정할 수가 없습니다. 진실을 부정하면, 즉 신성의 한 측면인 진실의 실상을 부정하면 측정법 사용이 허락되지 않습니다. 사용할 권리가 박탈됩니다. 그러므로 무신론자는 측정법을 사용할 수 없습니다. 나는 그들이 측정해 보려고 시간 낭비하지 않기를 바랍니다. 애초에 경기장에 들어가지도 못하는 선수 꼴이 됩니다.

측정법을 놓고 논쟁을 벌이는 사람들은 흔히 무신론자입니다. 무신론자들이 이 방법을 싫어하는 것은 알고 보면 그들이 절대주의absolutism*를 싫어하기 때문입니다. 그들은 만사가 상대주의이기를 바랍니다. 절대자가 있어 그에게 우리의 행동을 해명해야 한다는 발상은 상대주의의 반대말과도 같습니다. 신은 에고의 자기도취와 대립됩니다. 에고의 자기도취는 통제 불능입니다. 에고는 신을 부인하려 듭니다. 자기가 신보다 위대합니다.

대학교 2학년생인 존이 있다고 합니다. 존은 신성이 존재하지 않는다는 것을 이미 '알고' 있습니다. 하지만 그는 192로 측정되고 신성은 무한대로 측정됩니다. 192인 친구가 무한인 것의 실상을 부정합니다. 인간의 에고는 무한정 부풀어 오를 수 있기 때문입니다.

무신론자는 신념 체계에 매여 있고, 신념 체계 이면의 주된 동기는 자기도취입니다. 즉 이면의 주된 동기가 순진합니다. 400대로 측정되는 지성은 500 이상의 영적 실상까지 고려하는 패러다

* 영원 보편의 타당성을 지닌 절대자의 존재를 인정하고 이에 대한 추구를 철학의 근본 문제라고 주장하는 사상

임을 포괄하지 못한다는 사실을 그들은 알지 못합니다. 농구장에서 카누를 타는 식으로는 증명도 반증도 할 수 없습니다. 그래서 나는 내 저작을 믿지 않는 사람들에게 "믿지 말라!"라고 합니다. 나는 그들이 믿든 말든 아무 관심이 없습니다. 그들이 믿든 말든 아무 신경도 안 씁니다. 어느 길이 동쪽으로 가는지 발견했기에 그 길을 알려 줄 수는 있지만 자기 나름의 길로 가고 싶은 사람은 자기 나름의 길로 가면 됩니다. 하지만 나는 어느 길이 동쪽으로 가는지 알고 있습니다. 그뿐입니다.

내게는 진실을 이야기할 의무가 있음을 이해하지 못하는 사람들이 있습니다. 나는 듣는 사람을 위해 말하고 있지 않습니다. 내게는 이야기할 책임이 있고 신에게 행동을 해명할 책임이 있기 때문에 말하고 있습니다. 내가 이해하고 있는 진실을 여러분에게 이야기하는 것은 신에게 해명할 책임이 내게 있기 때문입니다. 내가 한 일에 대해 신성에 해명할 책임*accountability*이 있기 때문입니다. 신성의 존재를 믿지 않는 사람은 자기 에고의 자기도취적인 핵을 제외하면 누구에게도 해명할 책임이 없습니다. 영적으로 보다 진화한 사람들은 죽음의 문턱에 이른 순간 곧 해명할 책임이 생긴다는 사실을 명명백백하게 깨닫습니다. 그들은 뿔이나 꼬리가 달린 악마 같은 것을 보거나 천사가 노래하는 것을 듣게 될 것입니다.

* 7장에서 상세히 설명된다.

눈금이 매겨진 「의식의 지도」

　근육 테스트를 통해 발견한 현상* 덕분에 의식의 수준에 눈금을 매길 수 있었습니다. 생명체가 선천적으로 보여 주는 현상입니다. 이 현상에서 기원한 것이 눈금이 매겨진 「의식의 지도」예요. 「지도」는 1부터 1,000까지의 로그 척도**로, 인간계에서 가질 수 있는 의식 수준의 모든 값을 포괄합니다. 1,000은 예수 그리스도, 붓다, 크리슈나, 조로아스터 같은 위대한 화신들의 수준입니다. 인간계에서 도달할 수 있는 최고의 수준이지요. 왜 그럴까요? 인간의 원형질은 1,000을 넘어서는 수준의 에너지를 처리할 수 없기 때문입니다. 사실 800 이상부터는 신경계가 에너지를 처리하는 것이 매우 힘들어집니다. 800대에 들어서면 몸이 매우 불편해집니다. 상당히 아프고 괴로울 때가 잦아집니다.

　의식 수준이 1,000을 넘어서면 다른 영역에 속하게 되어 이 세상을 떠납니다. 원형질이 햇볕에 지글지글 구워지는 소리가 들릴 정도가 되면 원형질을 놓아 버릴 때가 된 것입니다. 즉 인간의 신경계와 원형질이 지닌 한계 때문에 「의식의 지도」에는 최고 1,000까지만 나옵니다.

　대천사들은 진동수가 대단히 높게 측정됩니다. 나를 한 번 주

---

* 진실은 근육을 강화하고 거짓은 근육을 약화하는 현상을 말한다.

** 10^1, 10^2, 10^3, ... 10^{1000}의 로그 값인 지수 부분 1, 2, 3, ... 1000을 말한다.

목했던 대천사는 5만으로 측정됩니다. 그래서 그 잠깐의 주목이 내 삶을 완전히 바꿔 놓았습니다. 엄청나게 파괴적인 번개가 친 것과 같았습니다. 그러니 대천사가 여러분을 너무 생각하는 일이 없게 해 달라고 기도하세요. 높을수록 항상 더 좋은 것만은 아닙니다.

데카르트는 인간은 자신이 인식하는 바가 실상인지 아닌지 알지 못한다고 했습니다. 레스 인테르나res interna, 즉 자신이 인식하는 세상이 있고 레스 엑스테르나res externa, 즉 있는 그대로의 세상 내지 자연이 있습니다. 내가 좋아하는 옛날 스승인 소크라테스도 같은 말을 했습니다. 모든 인간이 순진한 것은 겉모습과 본질, 진실과 거짓을 식별할 수 없어 환상을 추구하기 때문이라고 했습니다. 인간은 늘 자신이 좋은 것으로 인식한 것을 추구합니다.

이 사실은 인간의 유일한 오류는 무지라는 오류라고 한 그리스도의 가르침을 상기시킵니다. 사람들은 오류를 저지릅니다. 어린아이의 순진함이 우리 모두의 내면에서 여전하기 때문입니다. 이것이 우리가 사기당하기 쉽고 프로그래밍되기 쉬운 이유입니다. 어린아이처럼 마음은 자기가 듣는 모든 것을 믿는 경향이 있습니다.

당연한 말이지만 우리가 측정을 통해 알아내는 사실들은 아주 충격적입니다. 세상에서 벌어지는 일들의 실제 내막은 겉모습과 다르게 상당히 놀랍습니다. 어떤 일이 벌어지고 있는지 세상에서 모르더라도 우리는 몇 초 안에 알아낼 수 있습니다. 온 세상 사람들이 같은 일을 파헤치더라도, 그들은 그 일이 뭐 하자는 것인지조차 알지 못합니다!

잊지 마세요. 측정 기법은 200 이상인 사람들이 200 이상의 의도로 측정하고자 할 때만 제대로 작동합니다. 자신의 주장을 증명해서 사람들이 동의하게 만들려는 목적으로는 기법이 제대로 작동하지 않습니다. 진실 자체를 위해 진실에 헌신해야 합니다. 그런 다음 진실을 알게 되면 그에 대해 뭘 해야 할지 고민하게 될 수도 있습니다. 하지만 먼저 어떤 일의 진실부터 알아내야 비로소 그 일에서 무엇이 문제인지 알 수 있습니다.

우리가 진실에 헌신하는 이유는 진실이 신에게 직행하는 길이기 때문입니다. 그리고 비선형적인 비이원성*이란 사물의 선형적 외관을 놓아 버리고 본질과 정렬하는 것을 말합니다. 이것이 깨달음에 이르는 가장 빠른 길입니다.

신을 보는 관점은 사람의 의식 수준에 좌우됩니다. 벌을 주려 드는 공포스러운 존재로 여기는지 아니면 무신론자라 신을 전혀 믿지 않는지에 따라 달라지지요. 자기 자신을 보는 관점도 그 사람의 의식 수준에 좌우됩니다. 사회적 여건이나 빈부 격차 같은 것에 전혀 좌우되지 않습니다. 여러분이 자신을 보는 관점은 여

---

* 원문의 'nonlinear duality(비선형적 이원성)'를 'nonlinear non-duality(비선형적 비이원성)'의 오기로 보고 '비선형적인 비이원성'으로 옮겼다. 앞 문장에서 '헌신'(dedication은 devotion의 유의어다.)을 말하고 뒤이어 '비이원성'을 말함으로써, 31쪽에서처럼 '헌신적 비이원성(devotioanl non-duality)'를 풀이한 것으로 보이기 때문이다.

러분 자신의 의식 수준이 가져오는 결과입니다.

부르기 편하게 의식 수준에 이름을 붙였습니다. 700 이상의 '깨달음'부터 아래로 500대의 의식 수준까지는 영적이라고 할 수 있습니다. 특히 '평화'의 수준인 600은 경탄스럽습니다. 인 간계에서 아주 소수의 사람들이 '사랑'의 수준인 500에 도달합니다. 그리고 더욱 소수의 사람들이 '무조건적 사랑'의 수준인 540에 도달합니다. 세계 인구의 0.4퍼센트만 무조건적 사랑의 수준입니다. 사람들이 "어떻게 하면 무조건적 사랑의 수준에 도달할 수 있을까요?"라고 물으면, 나는 "음, 알코올 중독자가 돼서 AA*에 가입하세요. 거기가 540입니다."라고 합니다. 아니면 '기적 수업A Course in Miracles'을 하는 방법도 있고요.

이런 길들은 모두 단순한 자발성에 의지합니다. 단순히 '한 번에 하루 동안** 뭐든 기꺼이 용서하며forgiving 살겠다.'는 자발성입니다. 이 핵심을 매일의 삶에서 실천해서 삶의 일부로 만듭니다. 사람들을 비난하는 즐거움을 포기해야 한다는 말입니다.

'이성'은 400대입니다. '사랑'은 500부터고요. '무조건적 사랑'은 540부터이고 '무조건적 사랑'을 넘어선 수준도 있습니다. 「지도」의 아래쪽에는 수치심(20), 대실패, 죄책감(30), 무의욕(50), 공포(100), 분노(150) 등이 있습니다. 아주 결정적인 것은 200의

---

* AA(Alcoholics Anonymous)의 한국 지부는 '익명의 알코올 중독자들'이다. www.aakorea.org

** AA는 과거의 짐이나 미래의 걱정을 벗어 던지고 '한 번에 하루 동안(one day at a time)' 현재에 살라고 말한다.

수준입니다. 200 수준에서 우리는 정직하고자 하는 자발성이 생깁니다. 자기 정직성은 AA나 기적 수업 같은 영성 프로그램에서 유일하게 요구하는 것이지요. 자기 자신에게 정직하면 자동적으로 200 이상으로 올라갑니다.

200 이상부터는 진실 자체를 위해 진실에 관심을 둡니다. 이때 일어나는 현상이 지극히 중요합니다. 뇌 화학이 바뀝니다. 사람이 좌뇌, 동물성, 에고의 본능적 지배에서 벗어나 변화합니다. 쿤달리니 에너지가 상승하고 사람이 우뇌적으로 변화합니다. 우뇌는 온화한 태도로 상황을 보고, 정보를 다르게 처리하고, 신경 전달 물질과 신경 호르몬을 방출해 뇌 생리의 작동 방식을 바꿔 놓습니다.

세상 사람 모두가 손을 잡고 노래를 부르며 다 함께 행복하기를 바라는 사람들은 200 미만인 사람들의 뇌 생리가 자기들과 다르다는 사실을 잊고 있습니다. 솔직히 말하자면 200 미만인 사람들은 모두의 행복을 바라는 사람들을 멍청이로 봅니다. 즉 평화로운 신세계를 꿈꾸는 공상적 평화주의자들은 세상 사람의 85퍼센트가 200 미만으로 측정된다는 사실을 잊고 있습니다. 미국에서는 약 50퍼센트가 200 미만입니다. 그리고 200 미만인 사람들은 뇌의 생리가 다릅니다. 이것은 우리가 하는 말이 그들에게는 터무니없고 무의미하고 우스꽝스럽게 들림을 의미합니다. 그리고 그렇기 때문에 그들의 마음속에서 우리는 사실 죽어도

싼 사람들입니다.

이 때문에 일이 좀 어려워집니다. 어떻게 하면 이 세상을 단합된 평화로운 곳으로 바꿀 수 있을까요? 사람들은 항상 "세상에 도움이 되기 위해 제가 어떻게 하면 될까요?"라고 묻습니다. 음, 조용히 있으면서 자신의 일부터 신경 쓰는 것이 좋습니다! 왜 그럴까요? 실제로 세상에 도움 되는 것은 여러분 개인의 영적 진화이기 때문입니다. 세상에 도움 되는 것은 *나 자신의 영적 진화*입니다. 여러분이 타인에게 친절하면 인류 전체의 의식 수준이 올라갑니다. 불행하게도 이 수준은 높아졌다가 다시 낮아지고 있고요.

알다시피 인류의 의식 수준은 아주 아주 오랫동안 190 이하였습니다. 예수 그리스도 당시에는 100 정도였다가 아주 천천히 190까지 올라갔고, 1800년대를 거쳐 1900년대 초에 이르기까지 수 세기 동안 계속 190이었습니다. 그러다 1980년대 후반 '조화로운 일치' 내지 '조화로운 수렴'이 있었던 시기에 갑자기 205로 도약했습니다. 그리고 계속 205이었지요. 또다시 '조화로운 일치' 내지 '조화로운 수렴'이 있었을 당시에 나는 샌프란시스코에서 강연을 하고 있었습니다. 그리고 정확히 그 강연이 있었던 시간에 인류의 의식 수준이 205에서 207로 올라갔습니다.(이 일은 문서로 기록되어 있습니다.)

그리고 그때 이후로 일정하게 유지되었다가 서서히 다시 내려가기 시작했습니다. 207이었다가 206으로 내려갔고 이제는

204로 내려갔습니다. 204는 경계선에 좀 가깝습니다. 정말로 결정적인 경계선은 200입니다. 200 밑에 있는 두 가지 때문인데, 하나는 상대주의 철학이 미치는 영향입니다. 상대주의가 진실성과 진실을 침략하고 있습니다. 다른 하나는 폭력적인 것에 헌신하는 사람들입니다. 한쪽에서는 진실에 폭력을 가하고 다른 쪽에서는 폭력적인 사람들을 옹호합니다. 그 사이에서 세상이 무너져 내리고 있습니다.

하지만 이런 일은 우리의 진짜 관심사가 아닙니다. 그런 일은 신이 걱정하도록 내버려 둘 것입니다. 세상은 있는 그대로 완벽합니다. 세상은 카르마적 가능성이 있는 선택의 폭을 최대한으로 제공합니다. 영은 선택의 폭 없이는 진화할 수 없고요. 항상 특정 방식으로 살도록 강제된다면 카르마적 공덕을 쌓을 수가 없기 때문입니다. 자신의 의식 진화를 책임지고 있기에 우리는 매 순간 이런저런 선택을 하고 있는 것입니다.

인간의 영은 카르마적 자취와 같습니다. 나는 항상 인간의 영은 고운 쇳가루와 같고 무한한 의식의 장은 무한히 강력한 전자기장과 같아서 자신이 되어 있는 존재that which you have become에 따라 전자기장 내에서 스스로 자리 잡는다고 상상합니다.

너는 못됐고 너는 착하다고 말하는 비판적인 신은 존재하지 않습니다. 착하게 굴면 보상으로 이 위쪽으로 옮겨 줄 것이고 못되게 굴면 이 아래쪽으로 보낼 것이라고 말하는 존재 같은 것은 없습니다. 우리는 각자 나름의 선택 폭을 갖고 있습니다. 나 말고는 누구도 내 카누를 조종하지 않습니다. 내 나름으로 선택하고 내 나름으로 동의함으로써 내가 나 자신의 극성을 다소 바꾸지요. 이것을 긍정과 부정의 관점에서 살펴봅시다. "넌 개새끼야. 그래서 네가 미워."라고 말하면 우리는 좀 더 부정적으로 바뀝니다. 그리고 그런 뒤에 "하지만 용서한다."라고 말하면 우리는 좀 더 긍정적으로 바뀝니다.

소크라테스가 말했듯이 우리는 아마도 자신이 무엇을 하고 있는지 알지 못했습니다. 이제는 알고 조금 나아지는 것이 좋습니다. 이렇게 우리는 전자기 스펙트럼 속에서 변동을 거듭하는 쇳가루와 같습니다. 그리고 영은 계속 살아남습니다. 육체를 떠나면 자기의 본색that which it is으로 돌아갑니다.

그래서 나는 신에 대한 부정적 묘사는 인간의 무의식이 투영된 것이라는 프로이트의 견해에 동의합니다. 하지만 프로이트는 거기서 더 나아가 오류를 범했습니다. 너무 멀리 나아갔지요. 그는 "그러므로 진짜 신은 존재하지 않는다."라고 했습니다. 아닙니다. 가짜 신이 존재하지 않는다는 것이 진짜 신이 존재하지 않음을 의미하지는 않습니다. 이것이 프로이트가 499로 측정되는 이유입니다.

400대는 대단히 영향력이 강하고 중요한 수준입니다. 사랑은 500이고 환희는 540입니다. 540을 넘어서면 무조건적 사랑을 발견합니다. 내 생각에 무조건적 사랑은 인간이 삶에서 추구할 최고의 목표입니다. 무조건적 사랑은 인간계에서 도달 가능한 수준입니다. 오늘날의 세상에서 깨달음의 상태까지 도달하기는 매우 어렵지만, 무조건적 사랑의 상태이기만 하면 육체를 떠날 때 천상계에 진입합니다.

세상을 구하고 싶은 사람에게 맨 먼저 할 일로 내가 권하는 것은 세상을 놓아 버리고 신에게 세상을 항복하라는* 것입니다. 다른 위대한 스승들도 똑같이 말했습니다. 여러분이 보고 있는 세상은 존재하지도 않습니다. 여러분 나름의 인식이 투영된 것일 뿐이지요. 우리는 세상을 바꾸고 싶은 마음을 놓아 버릴 수 있습니다. 그러려면 '저 밖'에 투영해 놓은 자기 나름의 인식만 바꿉니다. 세상의 어떤 것도 전혀 바꾸지 않습니다.

선과 악 사이에서 선택할 일이 없으면 왜 선악을 초월하게 될까요? 내게 어떤 적도 없다면 내가 용서할 사람도 없어지기 때문입니다. 무슨 말인지 알겠습니까? 망했다. 용서할 인간이 아무도 없네. 이제 '기적 수업'에서 몇 과를 할까? 이렇게 되는 것입니다.

영적 작업spiritual work은 주로 음적인 일입니다. 그 의도는 양적이지만 그 작동은 음적입니다. 이를테면 나는 어떤 일의 답이 무엇인지 신께 물은 다음 뒤로 물러나 계시를 위한 공간을 비워 놓습니다. 그러면 아무 생각도 안 했는데 진전이 이루어질 때가 많습

---

* 여기서 '항복하다(surrender)'는 타동사로, '넘기다'의 뉘앙스다.

니다. 알겠다는 느낌이나 직감이 그냥 듭니다. 이런 경우에 근육 테스트를 할 줄 안다면 측정해서 확인해 볼 수 있습니다. 내게 이런 방법은 매우 매우 유용했습니다.

깨달은 상태들, 신성한 상태들, 지고의 신 같은 것은 1,000이나 그 이상으로 측정됩니다. 알다시피 세계 인구의 대다수는 200 미만으로 측정됩니다. 그런데도 왜 세상은 박살 나서 자멸하지 않는 것일까요? 세상은 주기적으로 자멸에 가까워집니다. 인류는 역사가 기록되어 있는 시간의 93퍼센트 동안 전쟁 중이었습니다. 나머지 7퍼센트 동안은 너무 아프거나 너무 가난했습니다. 전염병이 도는 바람에 밖에 나가 서로를 죽이기 위한 활동을 할 수가 없었고요.

세상은 왜 그냥 자멸하지 않을까요? 의식 수준에 따른 파워의 차이가 로그 척도를 따르기 때문입니다. 의식 수준이 몇만 높아져도 영향력이 엄청나게 더 강력합니다.* 사실 미국 내에서 두어 사람이 매우 높게 측정되고 로그 척도에 따라 그 파워가 너무나 엄청나서, 자멸할 수도 있는 인류의 부정성을 그것이 완전히 상쇄합니다. 다시 말해 이 책의 독자 같은 200 이상의 사람들 덕분에 세상이 망하지 않고 있습니다. 로그 척도에 따른 상대적 파워가 너무나 막강해서, 그것이 세상의 부정성을 상쇄하고 있습니다.

---

* 의식 수준이 3인 존재와 6인 존재의 파워 차이는 2배가 아니라 10^3과 10^6의 차이, 즉 1000배 차이이다.

낮은 의식 수준들

이제 에고의 악이 비롯되는 근원을 제시하겠습니다. 의식은 아주 원시적인 의식 수준으로 시작되었습니다. 그리고 수십억 년에 걸쳐 수준이 천천히 올라갔습니다. 지구상 생명의 전체적 의식이 수십억 년에 걸쳐 아주 아주 천천히 진화했습니다.

때로는 동물들의 의식 수준 덕분에 전체 의식의 수준이 유지되었습니다. 인간은 오랜 세월 동안 200 미만이었지만 지구상에는 200 이상인 동물이 많습니다. 어떤 사람은 "인간의 의식 수준이 204 정도라면, 어떻게 하면 우리가 212 수준에서 살 수 있을까요?"라고 묻습니다. 우리에겐 야옹이와 멍멍이가 있습니다. 개가 꼬리를 치는 것은 500으로 측정됩니다.

기분 상하게 할 말은 하고 싶지 않지만, 고양이와 개가 인간보다 낫습니다. 침팬지와 고릴라도 그렇고요. 지하철을 함께 타는 대부분의 인간보다 고릴라 코코*와 함께 있는 것이 더 안전합니다. 코코는 지갑을 훔쳐서 달아나지 않습니다. 원숭이, 개, 고양이가 인간보다 낫습니다. 당연한 일이지만 집에 고양이가 많을수록 집의 의식 수준이 높아집니다. 나는 고양이의 열성 팬입니다. 고양이들이 없으면 우리 집의 의식 수준은 주저앉을 겁니다.

말과 코끼리와 소도 잊지 마세요. 모두 초식 동물입니다. 가장

---

* 「진실 대 거짓」에 의식 수준 측정치가 405인 것으로 나와 있다.

낮은 수준에서 시작한 생명이 물고기, 문어, 코모도왕도마뱀, 기타 포식성 포유류를 거쳐 진화하는 것을 추적해 보면 알게 되는 사실이 있습니다. 생명은 게걸스럽습니다. 의식 수준 200 미만에서는 남을 잡아먹어야 살아남을 수 있습니다. 그런 뒤에 의식 수준이 올라가면 초식 동물에 도달합니다.

의식 수준 200 밑에는 늑대(190)와 여우(185)가 있습니다. 200 이상에서는 갑자기 얼룩말(200), 기린(200), 사슴(205), 들소(205), 집돼지(205), 엘크(210), 젖소(210), 양(210) 같은 초식 동물이 등장하고요.* 뭐가 바뀌었는지 알겠습니까? 풀을 뜯어 먹고 살면 아무에게도 해를 끼치지 않습니다. 반면에 공룡은 죽여야 합니다. 먹고 살려면 죽여야 합니다. 공룡의 본성은 죽이는 것입니다. 공룡은 나쁘거나 사악하지 않습니다. 그 본성이 죽이는 것일 뿐입니다. 그런 의식 수준을 반영하고 있을 뿐입니다. 즉 죽이는 일에 몰두하는 것으로 보이는 사람들은 그들의 의식 수준이 200 미만에 맞춰져 있기 때문에 그러는 겁니다. 좌뇌의 본능적 생리에 장악되면 죽이는 일이 흥분되고 재미있고 보람차게 됩니다.

앞에서 400대에 대해 이야기했는데, 인간이 최고의 지적 탁월성에 도달한 시기는 기원전 350년경이었을 것입니다. 고대 그리스가 철학적으로 그랬습니다. 그 시기 이후로 인간의 지적 탁월

* 괄호 속 측정치들은 역자가 『진실 대 거짓』에서 옮겨 온 것이다.

성은 사실상 전혀 발전하지 못했습니다. 그리고 '서양의 위대한 책들Great Books of the Western World'을 측정해 보면 아주 흥미로운 사실을 알게 됩니다. 그 책들은 다 합쳐서 460 정도로 측정됩니다. 즉 지적 탁월성, 지적 진실, 이성은 400대입니다. 예전에는 교양 교육이라고 하면 이 저자들의 책을 죄다 공부하는 것을 의미했습니다. 그리고 이 '위대한 책들Great Books' 공부를 위한 재단*이 아직 있습니다. 거기서는 그 공부에 10년을 들이라고 권합니다. 10년을 들여 공부하고 나면 적어도 지적, 철학적 영역에서는 인류 역사상 가장 위대한 지성들이 이해한 바를 공유하게 될 겁니다.

측정치가 매우 낮은 어떤 것이 가져오는 문제는 그것이 어떤 트렌드를 일으키면 그 트렌드가 밈의 형태로 스스로 전파된다는 점입니다. 이런 감염이 전 세계로 퍼질 수 있습니다. 사람들이 "어떻게 하면 영적인 사람이 될 수 있을까요?"라고 물으면 나는 이렇게 말합니다. "먼저 괜찮은decent 인간이 되세요. 그렇게 해 보세요. 사려 깊은 괜찮은 사람이 되세요. 나갈 때 문을 닫겠다고 했으면 꼭 그렇게 하세요." 사람들이 나를 신뢰할 수 있어야 합니다. 정직해야 하고 현명함을 중시해야 하고요. 현명함은 385입니다. 현명한 사람들은 상냥한 경향이 있습니다. 그들은 함께 있기에 안전합니다. 고릴라 코코처럼 안전합니다. 인간적이고 행복하고 분별 있습니다. 그들은 종종 '세상의 소금'이라고 불립니다.

* www.greatbooks.org

이미 알고 있겠지만 에너지 장 시스템 내지는 차크라 체계라고 하는 것이 있습니다. 어떤 에너지 모음은 낮은 마음이라고 부릅니다. 낮은 마음은 155입니다. 높은 마음이라고 부르는 에너지 모음도 있습니다. 이 둘은 가치관 세트가 다릅니다. 이쪽 마음이 근거 있고 진실하고 윤리적이라고 생각하는 것들을 저쪽 마음은 근거 없고 사실상 부도덕한 것들이라고 생각합니다. 낮은 마음은 자극적인 감정 선동sensationalism에 강하게 끌리고 매우 쉽게 속습니다. 영리하게 굴어 생명을 착취하는 일에 끌리지요. 뉴스 보도들이 그렇습니다. 대중 매체는 센세이셔널한 것을 즐겨 이용합니다. 전혀 중요하지 않은 사소하고 하찮은 사건에 주요 방송 시간을 할애합니다. 정말로 심각한 중요성이 있는 일, 정말로 인류 전체를 위협하는 일은 기껏해야 흘끗 쳐다보고 맙니다.

높은 마음은 275 이상입니다. 높은 마음은 깊은 생각, 균형 감각, 적절한 것과 적절치 않은 것을 가릴 줄 아는 세심함 쪽으로 옮겨 갑니다. 높은 마음은 해결책을 찾는 경향이 있고 난관을 이용하는 경향이 있습니다. 그래서 큰 보상을 얻지요. 세계 인구의 85퍼센트는 의식 수준이 200 미만입니다. 미국에서는 약 50퍼센트만 그렇고요. 이 50퍼센트의 사람들은 아름다움이 포함된 것을 시청하느니 유혈 낭자하고 끔찍하고 센세이셔널한 것을 시청하려고 합니다. 이제 의식의 파워를 인정할 수 있을 겁니다.

아인슈타인은 선형적 차원의 대가였고 499로 측정되지만 의식의 역할을 인정하지 않았습니다. 의식의 실상을 부정했습니다. "나는 저 밖에 뚜렷이 구별되고 객관적이고 선형적인 실상이 존재한다고 생각하는 편을 더 좋아한다."라고 했습니다. 나는 수많은 것을 측정함으로써 이 현상계가 어떻게 생겨나는지 이해하는 데 필요한 과학적 근거를 독자에게 제공하고자 했습니다.

나는 항상 사람들에게 "모든 일은 자연발생적으로 벌어진다는 사실을 알아차리라."라고 말합니다. 에고의 한계는 원인으로 기능하는 개인적인 나가 있다고 생각하는 것, 또한 뉴턴식 원리에 입각하여 저것을 일으키는 이것이 있다고 생각하는 것입니다. 실제로는 어떤 이것도 아무런 저것을 일으키지 않습니다. 사실 그런 현상은 있을 수가 없습니다. 진화와 창조는 동일한 한 가지 것이기 때문입니다. 우리는 진화의 결과로서 잠재력이 현실로 출현하는 것을 보고 있을 뿐입니다.

에고의 한계는
원인으로 기능하는 개인적인 나가 있다고 생각하는 것,
또한 뉴턴식 원리에 입각하여
저것을 일으키는 이것이 있다고 생각하는 것입니다.
실제로는 어떤 이것도 아무런 저것을 일으키지 않습니다.
사실 그런 현상은 있을 수가 없습니다.
진화와 창조는 동일한 한 가지 것이기 때문입니다.

마음과 선형계의 초월

종교적 대립이 벌어지는 것은 신성의 본성을 이해하지 못하기 때문입니다. 어느 날 신이 존재하는 모든 것을 창조하고는 사라집니다. 우리는 죽은 뒤에야 그를 대면합니다. 심판의 날에 비로소 그를 맞이합니다. 그동안 어디에 가 있는 건지는 모르겠지만 아무튼 그는 어디론가 갑니다. 이렇게 이해하게 되는 것은 마음이 무한을 이해하지 못하기 때문입니다.

원인과 결과에 기초하는 마음을 초월하고 과학의 뉴턴식 패러다임을 초월하려면 알아차림awareness이 더 높은 수준으로 바뀌어야 합니다. 인과 관계라는 발상을 세상에 투영하지 마세요. 인과 관계는 이 세상에 존재하지 않습니다. 전혀요. 우리가 인식하고 입증하고 생각하는 모든 것은 우리의 머릿속에서 나와 세상에 투영된 것입니다. 이 세상 속에는 어떤 인과 관계도 없습니다. 사건이 벌어지는 순서 또한 이 세상에 존재하지 않습니다. 순서란 우리가 순차적으로 인식했음을 의미합니다. 우리는 세상에는 순서가 존재하는 것이 틀림없다는 생각을 투영합니다. 우리의 인식이 순차적일 뿐입니다.

사건들은 어떻게 발생할까요? 깨달음에 도달하는 가장 빠른 길은 만물이 전적으로 완벽하다는 점에 집중하여 그 점을 알아차리는 것입니다. 만물은 있는 그대로 정교하고 완벽하고 아름다우며 사건은 잠재력이 실현된 결과로 발생합니다. 잠재력이 인식 가능한 실상으로 실현됩니다. 우리가 목격하고 있는 것은 언제나 잠재력의 출현입니다. 이 팔이 올라가는 것은 잠재력의 출현입니다. 팔 스스로 그렇게 합니다. 우리는 자신이 이 일을 일으킨다고 생각하지만 우리는 이 일과 아무 상관도 없습니다. 팔이 자연발생적으로 올라갔습니다.

모든 일이 자연발생적으로 벌어지는 것은 조건이 사건 발생에 알맞을 때 잠재 상태가 실제 상태로 출현하기 때문입니다. 이것이 조건이 알맞을 때의 비선형 동역학입니다. 즉 조건도 사건 발생에 알맞아야 합니다. 우리는 꽃이 자라게 할 수 없습니다. 나는 꽃이 자라게 한 사람을 본 적이 없습니다. 꽃이 자라게 한 사람을 본 적 있으면 손 들어 보세요. 아무도 없군요. 신이시여, 감사합니다. 우리는 무엇을 심을 때 내가 방금 설명한 사실을 이용합니다. 즉 사건 발생에 알맞은 조건들을 추가해 주기만 하면 됩니다. 햇빛, 물, 비료 같은 것이죠. 하지만 잠재력은 씨앗 속에 있습니다. 그리고 잠재력이 현상계 내에서 실현됩니다. 인과 관계로서 실현되는 것이 아닙니다. 피어나라고 꽃을 강제할*force* 수는 없습니다.

우리는 완벽하지 않음, 즉 불완벽성이라는 발상을 버릴 필요가 있습니다. 불완벽성에 장미가 될 잠재성이 있기 때문입니다. 장미가 반쯤 피어 있습니다. 그러면 안 좋은 장미라고 불러야 할까요? 결함 있는 장미? 장미에 뭔가 문제가 있다고 해야 할까요? 아닙니다. 잠재성이 실현되고 있을 뿐입니다. 우리가 인식할 수 있도록 실현되고 있습니다. 장미로 하여금 그렇게 하게 만드는 원인은 전혀 존재하지 않습니다. 우리는 장미에게 어떤 일도 강제할 수 없습니다. 장미는 저절로 피어납니다. 선형계에 그런 식으로 나타날 잠재력이 장미의 본질 속에 선천적으로 들어 있기 때문입니다. 그리고 우리는 선형계 내에 실현되는 현상만 봅니다.

생명의 에너지는 비선형적입니다. 그래서 규정할 수 없습니다. 현재 나는 스코프스 재판the Scopes Trial의 딜레마를 해결하려고 노력하는 중*입니다. 실상이 선형적인 것에 한정되는지 아니면 더 나아가 실상이 비선형적인 것을 포함하는지를 놓고 논쟁을 벌인 재판입니다. 스코프스 재판이 해결될 수 없었던 이유는 당사자들이 서로 다른 두 패러다임을 이야기했기 때문이고요. 의식 수준의 범위는 1부터 1,000까지입니다. 과학은 400대에 속하고 영적 실상은 500 이상입니다. 이 둘은 서로 다른 두 패러다임입니다. 물을 기름으로 바꿀 수는 없습니다. 물과 기름은 서로 다른 두 패러다임이니까요. 과학은 영적 실상을 증명할 수도 없고 반증할 수도 없으며, 그 반대로도 마찬가지입니다. 패러다임이 다릅니다.

* 스코프스 재판은 1925년 미국의 고등학교 교사 스코프스가 진화론을 가르쳤다는 이유로 회부되었던 재판으로, 재판 과정에서 변론인들에 의해 진화론과 창조론의 대립이 가시화되어 크게 주목받았다. 저자는 『현대인의 의식 지도』에서 이 대립이 서로 다른 두 패러다임에서 기인함을 설명했다.

내가 하려는 일은 둘 다 포함하는 패러다임을 만들어 우리가 한 패러다임에서 다른 패러다임으로 이동하고 있을 뿐임을 보여 주는 것입니다. 이 패러다임은 과학과 종교를 모두 포함하게 될 겁니다. 알다시피 둘 다 진실입니다. 둘 다 나름의 패러다임 내에서는 100퍼센트 진실입니다. 그래서 한쪽 편에서 다른 편의 동의를 기대하는 것은 정말로 무지한 일입니다. 각자 서로 다른 실상의 패러다임에 입각해 살아가고 있기 때문입니다.

높은 의식 수준

나는 다양한 종교도 연구하고 영화와 책과 TV 쇼의 수준도 측정했습니다. 그 모든 것이 더 많거나 더 적은 양의 영적 에너지를 반영합니다. 영적 방향성이 진실과 정렬되어 있을수록 측정치가 높습니다.

그래서 이제 우리에게는 눈금이 매겨진 의식의 척도가 있습니다. 이것이 가장 유용한 때는 그런지$_{yes}$ 아니면 그렇지 않은지$_{not\ yes}$ 알아볼 경우입니다. 이를테면 "이 영적 스승은 진실하며 내 삶에 도움 된다."라고 말합니다. 그러면 그렇거나 그렇지 않다고 나옵니다. 또는 "너무 이르다. 아마도 나는 이 일에 있어 더 기다려야 한다."라고 말할 수도 있습니다. 그러면 그렇거나 그렇지 않다고 나옵니다. 영적 길잡이로도 활용할 수 있습니다. 에고를 초월해 더 높은 영적 상태에 도달하는 일에 정말로 전념하는 영적 학인들은 이 측정법이 매우 유용함을 알게 되었습니다.

우리가 깨달음이라고 부르는 상태는 600으로 측정되는 수준에서 발생합니다. 600에 이르기 전에 사람은 먼저 사랑의 수준에 이릅니다. 처음에는 조건적 사랑의 상태였다가 나중에는 무조건적 사랑의 상태가 됩니다. 그러면 많은 경우에 영적인 길, 명상, 영적 기법 같은 것에 관심을 갖게 되어 그런 것을 추구하는 일에 점점 더 전념하게 됩니다. 그러는 가운데 완전히 다른 변형적인 맥락에서 삶을 경험하기 시작합니다.

높은 500대는 매우 놀라운 상태입니다. 만물의 순전한 아름다움에 압도당합니다. 사랑만이 유일한 실상으로 존재합니다. 사랑만 존재하여, 보이는 모든 것이 사랑입니다. 경험되는 모든 것이 사랑과 아름다움입니다. 사랑과 아름다움과 조화와 기적적인 일이 자연발생적으로 일어나기 시작해, 마침내는 끊임없이 일어나게 되지요.

'기적 수업'을 하는 많은 사람이 그런 변형적 상태에 들어갑니다. 시내로 차를 몰고 들어가면서 주차 공간에 대해 생각합니다. 그런 뒤에 목적지에 도착하면 바로 앞에 주차 공간이 있습니다. 사실 거기가 유일한 주차 공간인데 내가 도착하자마자 거기 주차 중이던 차가 빠져나가고 내가 들어갑니다. 이런 일이 생기기 시작하면 처음에는 그에 대해 주변에 이야기합니다. 나중에는 그런 것이 그냥 삶이 이루어지는 방식이라고 느끼게 됩니다. 기적적인 일이 끊임없이 잇따릅니다. 기적적인 일이 계속되고 또 계속됩니다.

이런 상태와 함께 모든 사람이 눈부시게 아름답고 잘생겨 보이게 됩니다. 사랑하는 상태입니다. 사랑에 빠진다는 말이 아닙니다. 모든 것과 모든 사람을 항상 사랑하는 상태입니다. 그리고 만물의 아름다움과 완벽함만 보입니다.

그런 다음 매우 높은 500대에서는 황홀경ecstasy에 도달합니다. 말로 표현할 수 없는 황홀경에 들어가게 됩니다. 마치 사람의 의식 안에서 광채가 발하는 것 같습니다. 황홀경이 계속됩니다. 이 상태에서는 더 이상 세상에서 정상적으로 활동할 수가 없습니다. 라마크리슈나가 묘사한 황홀경이 이 상태입니다. 직접 이 상태를 겪었던 기억이 납니다. 정상적인 활동 같은 것은 단념하세요. 춤은 출 수 있습니다. 자신의 존재 자체에서 오는 환희 속에서 강렬한 황홀경을 표출하면서 춤출 수 있습니다. 하지만 정상적인 활동은 할 수 없습니다.

이후에는 그런 황홀경을 신에게 항복해야 합니다. 즉 의식 수준 상승의 각 단계는 무엇이 나타나든 그것을 신에게 항복하는 것을 의미합니다. 최종적으로는 심지어 황홀경 상태에서도 그 황홀경을 신께 항복해야 합니다. 그런 뒤에는 600 수준에 도달합니다. 600은 무한한 침묵과 지복의 상태, 모든 이해를 넘어선 심오한 평화의 상태입니다. 신의 평화는 심리적 평온이나 정서적 평온을 넘어선 것입니다. 차원이 다르지요. 그리고 이 상태에서는 먹거나 숨 쉬거나 기능할 필요가 없습니다. 시간의 밖에서, 지복을 누립니다. 이 상태를 일반적으로 *사치트아난다*Satchitananda 라고 부릅니다.

여러 가지 조건이 잘 맞으면 육체는 결국 음식을 공급받고 일어나서 걸어 다닙니다. 살아남습니다. 조건이 상황에 잘 맞지 않으면—솔직히 말하자면 그래도 전혀 상관없지만—육체는 쓰러지고 맙니다. 솔직히 말해 이런 잠재적 상태에 들어가는 사람들의 약 50퍼센트가 떠납니다. 이 상태에서는 세상을 떠나는 것이 허용됨을 아주 분명하게 알아차립니다. 여러분이 이 상태라면 지금 당장 떠나도 됩니다. 이 책을 그만 읽어도 됩니다. 허용되어 있습니다.

그렇다면 무엇이 육체를 유지시킬까요? 이 상태에서는 필요한 것도 없고 원하는 것도 없습니다. 만물이 완성되어complete 있고 완전합니다total. 이 상태의 지복은 만물이 완성되어 있다는 데서 옵니다. 그래서 이 상태에 이른 순간부터는 육체가 살아남은 경우라도 더 이상 아무것도 필요하지 않습니다. 사람들이 "무엇을 원하세요?"라고 묻습니다. 나는 아무것도 원하지 않습니다. 사람들이 "무엇이 필요하세요?"라고 묻습니다. 글쎄요, 나는 아무것도 필요하지 않습니다. 어떤 것들이 있으면 좋은 일이겠지만 나는 그런 것이 필요하지는 않습니다.

사람이 세상과 무관하게 됩니다. 세상의 말이나 일은 정말로 하나도 중요하지 않습니다. 이 상태에서는 활동하는 것이 불가능합니다. 살아남는다면 대다수가 세상에서 벗어납니다. 짐을 꾸리고 작별 인사를 하고 떠납니다. 내가 그렇게 했습니다. 국내 최대의 정신 병원과 매우 엘리트적이었던 라이프 스타일을 뒤로하고 차를 몰아 소도시로 갔습니다. 냉장고에 바나나 한 개와 펩시 두 캔, 치즈 한 조각뿐이었지만 상관없었습니다. 뭐가 더 필요하겠습니까?

3장

영적 의식

영적 진실의 측정법과 「의식의 지도」를 더 명확히 이해했으니 이제 우리는 영적 의식 수준을 가능성 있는 최고의 수준까지 향상시킬 준비가 되었습니다.

이 장에서 호킨스 박사는 그러기 위해 알아야 할 몇 가지 사항을 우리에게 제공할 것입니다. 완벽 추구를 포기하기, 독단적인 종교적 교리보다는 진화된 영적 가치관대로 살기, 감사하고 성찰하고 동정심 갖기 같은 것입니다.

'나'라는 것은 이 세계에 한정되지 않습니다. 정의하거나 측량될 수 없고 보이지 않습니다. 대신에 「지도」에서 의식의 수준을 보면 자신의 영적 가치가 어떤 것인지 알 수 있습니다.

우리는 세상을 초월하고 싶어 합니다. 세상 속에 있되 세상에 속하지 않고 세상에 제약되지 않고자 합니다. 세상에 제약된다는 것은 세상에서 주입받는 프로그램들을 죄다 믿는다는 말입니다. 믿고 있는 프로그램대로 살려면 여기저기 돌아다니며 세상에서 살 수 있는 온갖 것을 사야 합니다. 성공한 사람이라면 카펫도 새로 사고 집도 새로 사야 합니다. 이 세상에서 말하는 '성공했다.'의 정의를 죄다 충족하는 것은 불가능합니다. 친구도 많아야 하고 잘생겨야 하고 키도 180을 넘어야 하죠.

맨날 자신에게서 어떤 결함을 찾아낼 수 있습니다. 결코 만족하지 못합니다. 중요한 것은 현 순간의 자신에게 만족하면서 자신이 진화 중인 한 인간이라는 사실을 아는 것입니다. 그러므로 우리는 완벽할 필요가 없습니다. 완벽할 것을 요구받지 않기 때문입니다. 배우고 성장하기 위해, 다른 사람들에게 힘이 되어 주기 위해, 자애롭고 관대하기 위해, 이 세상에서 얻을 수 있는 이점들을 최대한 활용하리라는 기대만 받을 뿐입니다. 그렇게 우리는 인간으로서 할 수 있는 모든 일을 하고 있습니다.

영적 구도자가 된다는 것

이제는 영적으로 진화한 사람들이 종교인들보다 더 많습니다.

나는 영적인 사람이지 종교적인 사람이 아니라고 자처하는 사람들이 더 많습니다. 역사적으로 경험된 종교의 부정적 측면 때문에 그렇습니다. 모든 종교에는 스스로 종교로서 실격일 수 있음을 보여 주는 역사적 사건들이 있습니다. 그들은 어떻게 그러그러한 오류를 저질렀을까? 그러그러한 것을 신봉하거나 그러그러한 오류를 저지른 교회를 내가 어떻게 믿을 수 있을까? 그래서 자신은 영적이라고 자처합니다. 이것이 오늘날의 세계에서 볼 수 있는 가장 보편적인 양상입니다. 사람들이 영적 가치관대로 살기 시작합니다. 그리고 살아 있는 영적 스승이나 역사상의 영적 스승에게 배웁니다.

영적 스승들은 대개 따르는 사람이 상당히 많습니다. 의식 수준이 영적으로 성숙함에 따라 진화하고 성장하는 데 관심을 두게 된 사람들입니다. 이들은 한 스승에게 머무르기도 하고 여러 스승을 찾아가기도 합니다. 영적 구도자가 되는 시기가 있습니다. 그런 시기에는 유형이 다른 온갖 영적 스승의 강의에 참석합니다. 각 스승에게는 가치 있는 뭔가가 있어 그것에 감화될 수 있습니다. 그것은 어떤 기법일 수도 있고, 사물을 보는 관점일 수도 있고, 강의 듣기 전까지는 몰랐던 자신의 맹점을 깨닫는 것일 수도 있습니다.

이렇게 구하고 다닙니다. 영적 구도자가 됩니다. 어떤 면에서 영적이란 말은 사실 구하는 일seeking을 의미합니다. 반면에 종교는 답을 갖고 있습니다. 어떤 교회, 어떤 교파가 답이 됩니다. 그래서 그 답을 자신에게 완벽하게 적용하기만 하면 됩니다. "나는 영적일 뿐 종교적이지 않다."라고 말하는 영적인 사람은 대개 구도자가 됩니다. 갖가지 강의를 들으러 가고, 모임에 참석하고, 피정을 갑니다. 각기 다른 온갖 스승의 말을 경청하고 각각에게서 뭔가를 배웁니다. 영적 스승들은 각자 무언가가 있습니다. 그것이 비언어적인 것일 수도 있고요. 이를테면 어떤 개념 같은 것에 은근히 열정이 있을 수도 있습니다.

그러면 구도자는 그 열정에 감화됩니다. 즉 스승들은 각자 공유할 만한 어떤 것, 배울 만한 어떤 것을 갖고 있습니다. 내 청중은 대부분 다른 여러 강연자의 강의도 경청합니다. 인생의 여러 시기에 그런 스승들이 각기 적합할 수 있습니다. 영적 피정을 가는 것이 지극히 가치 있는 시기들이 있고, 그것이 그저 인생에서 책임을 회피하는 방법일 뿐인 시기들이 있습니다. 이번 주말에 집에서 해야 할 일이 많은데 바바 뭐시기의 캠프로 피정을 가는 겁니다. 집에 돌아오면 깎지 않은 잔디가 더 자라 있고요. 아이들이 여전히 보챕니다. 숙제하는 것을 도와주지 않았으니까요. 피해서 도망칠 때 우리는 사실 어떤 이익을 바라고 그렇게 합니다. 영적인 일의 대부분은 인생의 여러 시기에서 어떤 목적에 기여합니다. 나는 대부분의 사람들이 삶을 살아가다가 진화를 하려는 참일 때 생활 패턴을 바꾼다는 사실을 알아챘습니다. 그러지 않는 사람들은 완벽한 패턴을 개발하고는 그것을 유지합니다. 평생 유지합니다.

◇ ◇ ◇

영적 차원에 관심 있다는 사실 자체가 감사한 일입니다. 그 자체가 이미 감사히 여길 일입니다. 왜냐면, 눈먼 삶을 사는 사람들이 얼마나 많습니까? 이 행성에 올 때 192로 측정된 사람들이 떠날 때도 192로 측정되곤 합니다. 아무 변화가 없습니다. 그들은 변함없이 자기중심적으로 살며 내내 욕심부리다가 말 그대로 한평생을 날린 겁니다. 붓다가 말했습니다. "인간으로 태어나는 것은 드문 일이지만 더욱 드문 일은 깨달음에 대해 듣는 것이고 가장 드문 일은 깨달음에 대해 듣고 깨달음의 추구에 전념하는 것이다." 깨달음 추구가 가장 드문 일입니다. 진실을 찾는 일에 전념하는 것이 모든 가능한 선물 중에서 가장 희귀한 선물을 받는 것이지요.

인간이기에 우리는 부정적 카르마를 되무르고undo 긍정적 카르마를 얻을 수 있습니다. 즉 지구상에서 사는 생을 현명하게 활용하면 깨달음에 도달할 수 있습니다. 그러니 자신이 인간이며 진실에 대해 들었다는 사실을 감사히 여기세요.

◇ ◇ ◇

성찰적introspective이도록 하세요. 자신이 어떤 사람이고 사람들에게 어떤 인상을 주는지 알아채지 못한 채로 천진난만하게 돌아다니면 안 됩니다. 어느 정도의 자각self-awareness과 자기 비판 능력이 필요합니다. 자신의 긍정적인 면과 부정적인 면을 알고 자신의 한계도 알려면 말이죠. 자기 성격의 실상을 있는 그대로 받아들이세요. 그리고 늘 성찰하고 곰곰이 생각하세요. 누가 뭔가를 제안하거나 권하면 "음, 그 일을 곰곰이 생각해 봐야겠어."라고 말하는 것입니다. 그 일을 마음에 품고 있을 것이고 그러면 그 일의 다양한 측면이 드러날 것이라는 의미입니다. 그 일을 완전히 잊고 땅콩버터 샌드위치를 먹다가 먹는 도중에 그 일의 다른 중요성을 깨닫습니다. 그 일이 다른 사람들과의 관계에 어떤 영향을 미칠지, 마음에 품고 있는 다른 일들의 실현이 그 일에 어떻게 반영될지, 할 수 없을 것이라고 느끼는 일에 내재한 한계는 어떤 것인지 등을 깨닫습니다. 그리고 곰곰이 생각한 결과로 그 일의 중요성과 실현 등에 대해 깨닫습니다.

이런 격언이 있죠? "고찰하지 않는 삶은 살 것이 못 된다." 우리는 늘 의식하고 알아차릴 필요가 있습니다. 자신이 다른 사람들에게 어떤 인상을 주는지 전혀 알아채지 못하는 사람들이 많습니다. 그들은 중대한 맹점과 반복적인 행동을 알아차리지 못합니다. 그래서 수십 년 동안 같은 오류를 저지릅니다. 이런 의문이 듭니다. 저들은 왜 그 세월 동안 세상 사람들로부터 아무런 피드백도 받지 못했을까? 왜 오류에 대해 곰곰이 생각해 보지 못했을까? 나는 이것이 열린 마음으로 명민하게 계속 배우고 질문할 수 있는 능력과 관련이 있다고 봅니다. 파악하고 관찰하는 능력과 관련 있습니다. 의사의 자질 중 하나가 명민함*perspicacity*입니다. 예전에 나는 진료실 밖에 누가 있는지 늘 알 수 있었습니다. 다음 환자가 실내를 가로질러 진료실 문 앞에 다다르는 소리를 들으면 그 사람이 지난번보다 나아졌는지 나빠졌는지 이미 알 수 있었지요. 진료실로 걸어 들어오는 속도, 걸음걸이, 리듬, 자세 같은 것이 어딘가 모르게 그 사람에 대해 이미 많은 것을 말해 주었습니다. 즉 명민함을 가지고 사물이 아주 살짝 바뀌는 것도 목격할 수 있어야 합니다. 완전히 무딘 사람들이 있습니다. 그들은 꿈을 꾸는 것 같은 상태로 돌아다닙니다.

의식의 진화에 대한 관심, 즉 아주 오래전에는 의식이 어떻게 표출되었고 시간이 지남에 따라 어떻게 진화해 왔는지에 대한 진지한 관심은 오늘날의 세상에서도 여전합니다. 큰나Self에서 말이 나오는 신비가들도 여전히 세상에 있습니다. 호기심은 배움으로 이어집니다. 이것이 작은 아메바가 계속 살아남은 비결입니다. 아메바는 끊임없이 주변을 탐색해서 먹을 것을 찾아내지 않으면 존재할 수가 없습니다. 영성에서도 사람들은 지식을 축적하는 일 자체에 중독됩니다. 이것은 아마도 거쳐 가는 단계일 뿐이고 조만간 지식을 실천에 옮겨야 한다는 것을 깨닫게 됩니다. 그러니 그냥 지적으로 친숙해져 두세요. 그것도 영적 알아차림이 진화하는 과정의 하나입니다.

먼저 정보를 축적합니다. 그런 뒤에는 그 정보의 진실을 직접 경험하기 위해 정보를 추구합니다. 사람들은 흔히 지적 호기심으로 탐구를 시작해 영성에 관한 온갖 책을 최대한 사 모읍니다. 나도 그런 단계를 거쳤습니다. 벽 전체가 온갖 주제의 책으로 가득했지요. 가짜 영성, 진짜 영성, 심령 풀이, 채널링 등 없는 게 없었습니다. 그러고는 수년에 걸쳐 안목이 생겼습니다. 즉 처음에는 호기심이 생깁니다. 있는 줄도 몰랐던 세계가 있다는 사실에 눈이 휘둥그레집니다. 정규 교육을 통해서는 사실적인 것들의 이면에 논리적이거나 선형적이지 않은 것들이 있음을 전혀 알아차리지 못할 수 있습니다. 그러다 갑자기 전체 차원의 존재를 알아차리게 되는 것입니다.

작은 자아 항복하기

개인적 의지란 무언가를 아주 구체적인 목표로 삼아 성취하려는 것을 말합니다. 개인적 의지는 어떤 식으로든 이득이나 지배나 통제와 관련이 있습니다. 영적 세계는 항복의 장에 가깝습니다. 개인적 의지는 사람의 의식 수준만큼만 강합니다. 그래서 때로 개인적 의지로 무언가를 성취하고 싶은데 그 일에 개인적 의지보다 훨씬 큰 파워가 필요한 경우가 있습니다. 예를 들어 의식 수준이 190인 사람이 개인적 의지로 어떤 것을 극복하려고 하는데, 190 수준에서는 그것을 극복할 파워가 충분치 않습니다. 500 정도의 의식 수준에 도달하면 극복할 파워를 갖게 되지만 190 수준에서 극복하기에는 엔진의 마력이 충분치 않습니다. 이럴 때는 더 강력한 장에 자신을 정렬합니다.

예를 들어 중독에 대해 알아봅시다. 중독 때문에 당신의 의식이 90 수준까지 떨어졌을 때 스스로 신의 뜻에 항복한다는 것은 역부족입니다. 이때 어떤 사람이 당신을 540으로 측정되는 AA 모임에 데려갑니다. 그리고 그 540의 의식 수준에서 그 사람이 "원한다면 당신은 중독을 놓아 버릴 수 있다."라고 말합니다. 그러자 문득 그 말이 맞는다는 생각이 듭니다. 놓아 버리지 '못하겠다'가 아니라 놓아 버리지 '않겠다'는 상태이기 때문이죠. 영적 결정 때문에 애먹는 사람들에게 제시하는 다른 예가 있습니다. 누가 "난 전처의 오빠가 내게 한 일을 도저히 용서할 수가 없습니다."라고 말했다고 합시다. 내가 말합니다. "내가 당신 관자놀이에 45구경 총을 겨누고 있고 당신이 그 사람을 용서하지 않으면 바로 머리통을 날려 버릴 거라면 용서할 수 있나요?"

그러자 그는 "그럼요, 용서할 수 있죠."라고 합니다. 그러면 나는 "이제 '못 하는 것'인지 '안 하는 것'인지가 명확히 구분되네요."라고 말합니다. 사람들이 생각하는 '못 한다.'의 대부분은 '안 한다.'일 뿐입니다. 기꺼이 하려고 하지 않는 겁니다. 누구라도 기꺼이 용서하고자 한다면 누가 무슨 일을 저지르든 용서할 수 있습니다. 중요한 것은 의지입니다. 따라서 의지를 신에게 항복하는 것이 중요합니다. 신성한 의지는 850 정도로 지극히 높게 측정되기 때문입니다. 190 정도인 개인적 의지는 그와 다른 것입니다. 자신의 의지를 신에게 항복하면 *기적적인 일*을 성취할 수 있습니다. 내가 그 일을 성취하는 것이 아닙니다. 나는 큰 자아Self에게 작은 자아self를 항복했으니까요. 큰 자아Self는 자기의 목표를 성취하기 위해 신의 뜻에 의지하므로 기적적인 일을 해낼 수 있습니다. 그리고 의식 수준이 일정 수준에 도달하면 기적적인 일이 연속적으로 벌어집니다. 사람들이 어떤 일이 기적적이라고 생각하는 것은 실상을 몰라서 그러는 겁니다.

(570 내지 580 정도의) 일정 수준에 도달하면 기적적인 일이 일상이 됩니다. 어떤 것을 마음에 떠올려서 그것이 실현되어도 "와, 이거 놀랍지 않아?"라고 하지 않습니다. 기적적으로 모든 일이 벌어집니다. 마음에 어떻게 품고 있는지에 따라 모든 일이 펼쳐집니다. 왜냐면 자기 생명이 걸려 있더라도 작은 자아는 해낼 수 없는 일을 큰 자아Self는 해낼 수 있기 때문입니다. 사람들은 그런 일을 하려고 애쓰고, 애쓰다가 실제로 죽기도 합니다. 그들은 파워가 없습니다. 포스는 반대 포스를 낳기 때문입니다. 반면에 항복은 우리를 강력한 맥락으로 끌어들입니다. "신이시여, 저 자신은 어떤 일을 할 능력이 안 됩니다. 그래서 그 일이 당신의

뜻이라면 그 일이 이루어지도록 당신께 청합니다."라고 말한 다음 그 일을 항복합니다. 그 시점에서 정말로 그 일을 항복합니다. 신에게 그 일을 해 달라거나 하지 말아 달라고 계속 고집하지 않습니다.

그 시점에서 우리는 신에게 개인적인 의지를 넘깁니다*relinquish*. 그러면 불가능할 것이라고 생각했던 일이 가장 기적적이고 믿기지 않는 방식으로 이루어집니다. 이런 잇따르는 기적적 경험들을 한데 모아 놓으면, 현상들을 가장 잘 설명할 방법을 알아내려고 애쓰며 힘들어할 회의론자가 있을 수 있습니다. 싯디siddhi*가 생기는 단계로 접어들면 수없이 많은 기적적인 일들이 거의 끊임없이 벌어집니다. 상상력이 빈곤한 논법과 단순한 과학적 사고로 이런 현상을 설명할 길이 있을지 궁금할 사람도 있을 테고요. 주차 대란 중인 뉴욕에서 차를 몰고 목적지에 도착하자마자 주차할 자리 하나가 갑자기 비워지는 일을 어떻게 설명할 수 있을까요?

몇 년 동안 그런 식이었습니다. 도착 즉시 주차할 자리가 날 확률이 얼마나 될까요? 사실상 0입니다. 비슷한 다른 일도 잇따랐습니다. 통계적 확률이 사실상 0인 현상들이 꼬리를 물었습니다. 이럴 수 있는 총 확률을 계산하면 '사실상 0 × 사실상 0 × 사실

---

* 의식 수준이 540에서 500대 후반으로 상승하면서 생기는 기적적인 현상들. 저자의 책 『의식 수준을 넘어서』 15장에 자세히 설명되어 있다.

상 0 × 사실상 0 × …' 인데, 이런 현상을 어떻게 설명할 수 있을지 궁금하네요.

어디가 어디인지도 모르면서 처음 가 보는 도시로 차를 몰고 가서, 가고 싶었던 바로 그 장소에 차를 세우게 될 수도 있습니다. 그 장소를 마음에 떠올리기만 했는데 말이죠. 항상 그러곤 했습니다. 플로리다주를 마음에 떠올리고는 한 호수에서 다른 호수로, 가 본 적 없는 호수들 전체를 돌아다녔습니다. 가고 싶은 바로 다음 장소로 자동으로 차를 몰았습니다. 지도도 없고 그 지역에 대한 정보도 없었습니다.

이런 것은 하나의 예시일 뿐이고, 이런 일이 계속해서 벌어집니다. 수년간 지속되는 이 단계에서는 모든 일이 자동적으로 펼쳐지는 일이 연속됩니다. 펜치가 필요한 참인데 트럭 창밖을 내다보니 길가에 펜치 하나가 떨어져 있고 게다가 완전히 새것입니다. 손만 뻗으면 되는 곳에 떨어져 있습니다, 완전 새것이. 더 이상 '와우~' 하지도 않습니다. 삶 자체가 그런 식이 되었으니까요. 배가 고파지면 다음 길 모퉁이 근처에 햄버거 가게가 있습니다. "자, 여기 있습니다." 하듯이요. 이렇게 햄버거 가게가 줄을 잇는 삶이 됩니다.

목격자 되기

우리는 만사가 자연발생적으로 일어나고 있다는 것, 심지어 생각하는 상태thinkingness도 저 스스로 알아서 일어나고 있다는 것을 쉽게 알 수 있습니다. 우리는 자신이 무엇을 생각할지 결정하고 있다고 생각하지만 실제로는 그렇지 않습니다. 그래서 사람은 자신의 생각하는 상태에 무심해지면 세상에 대해서도 무심해집니다. 주변 세상이 나의 협조 없이도 돌아가고 있음을 알게 됩니다. 사람들이 이 세상에 존재하며 움직이고 말하도록 내가 돕지 않아도 다들 어떻게든 살아가고 있습니다. 그러니 무심해져서 목격자가 되는 일에 들어가세요. 목격자 되기는 어려운 단계가 아닙니다. 일을 일으키는 나가 존재한다고 멋대로 생각하는 자기도취를 놓아 버리기만 하면 됩니다. 그 어떤 것도 아무런 일도 일으키지 않습니다. 이 세계에 원인은 존재하지 않습니다.

결과만 존재합니다. 그러니 선형적인 것과의 동일시를 놓아 버리고 우리의 실상은 비선형적이라는 사실을 깨달으세요. 목격하고 있는 주체를 봅니다. 그런 다음 목격하고 있는 주체의 뒤에서 자신이 목격하고 있음을 알아차리고 있는 주체를 봅니다. 그러면 이미 우리는 '저 밖'에서 벗어난 것이고, 개별적이고 개인적인 나에게서 벗어난 것이고, 일어나는 모든 일의 원인이 되는 데서 생기는 죄책감과 불안에서 벗어난 겁니다. 겸손의 상태로 옮겨

간 겁니다. 깊은 겸손이 있으면 내가 그 어떤 것의 원인도 아님을 알게 됩니다. 이것은 또한 내가 어떤 죄도 저지르지 않음을 의미하니 반가운 소식입니다. 어떤 일이 일어나면 "난 몰라요. 마음이 그렇게 했어요. 마음이 그렇게 했다고요. 난 어쩔 수 없었고 마음이 그렇게 했다고요!"라고 하는 겁니다.

목격자가 된 뒤에 진화는 자연발생적으로 일어나는 일임을 알아차리게 되면 사람은 그냥 목격하기 시작합니다. 모든 현상은 창조의 진화입니다. 창조는 근원source은 있지만 원인은 없습니다. 그래서 시작도 없고 끝도 없습니다. 창조의 펼쳐짐을 목격하세요. 창조에는 어떤 문제도 없습니다. 창조란 우리에게 목격되고 있는 바일 뿐이니까요. 모든 것이 자연발생적으로 일어나고 있음을 아는 것은 어려운 일이 아니지만, 인류의 99퍼센트 가량은 이 관찰이 안 됩니다.

적어도 인류의 99퍼센트가 이 사실을 전혀 알아차리지 못하고 있습니다. 그래서 '나는 내용이 아니라 맥락이다.'라는 사실이 널리 받아들여지기를 기대할 수는 없습니다. 나로부터 알아차림이 발하고 알아차림으로부터 의식이 생깁니다. 근원은 의식 자체입니다. 신의 빛이 의식입니다. 신의 빛이 나 자신의 의식입니다. 내가 아닌 것과의 잘못된 동일시를 놓아 버림과 함께 이 사실은 깜짝 놀랄 만큼 분명해지게 됩니다.

신의 소리는 침묵이다

침묵은 1,000으로 측정됩니다. 신의 소리는 침묵입니다. 소리가 있으려면 선형성이 있어야 합니다. 소리인 것과 소리가 아닌 것이 있어야 하고, 나아가 그 소리가 배열되어야 합니다. 따라서 만트라를 외거나 '오움om'* 같은 것을 말하면 특정 수준을 만나게 됩니다. 그리고 그것을 넘어서면 소리 뒤의 침묵을 알아차리게 됩니다. 그래서 소리의 목적은 침묵을 만나는 것입니다. 이렇기 때문에 만트라를 반복하면 때로 변성 의식 상태와 황홀한 느낌에 도달합니다. 그리고 만트라 외기를 멈추면 자신이 사라지는 느낌을 받습니다.

신의 소리는 침묵입니다.

만트라는 용도가 한정되어 있습니다. 어느 정도까지는 도움이 되지만 만트라로서 평생을 살 수는 없습니다. 하지만 우리는 기도로서 평생을 살 수는 있습니다. 기도는 비선형적으로 의도하는 상태를 말로 표현하는 것이기 때문입니다. 삶 자체가 기도가 되기를, 나라는 존재that which you are가 내 말보다 중요하기를 의도하는 상태입니다. 본질이 인식보다 중요합니다. 의식 수준은 누가

---

* 보통 '옴'으로 표기하지만, 저자가 여러 강연에서 파탄잘리의 『요가 수트라』에 나오는 '아움(aum)'은 오류고 '오움(om)'이 맞다고 지적하며 발음도 그렇게 했기에 오움으로 표기했다.

누구보다 나음을 알려 주는 것이 아닙니다. '더 낫다.'의 문제가
아닌데 우리 사회 자체가 신분 지향적이다 보니 '더 낫다.'고들
말합니다. 나은 것이 아닙니다. 다른 것이지요. 그리고 현재 수준
에 걸맞지 않은 다른 의식 상태에 들어가는 것이 장애가 되는 경
우가 아주 많습니다.

　운전 중에 지복에 빠지는 것은 그리 좋은 일이 못 됩니다. 차를
세워야 합니다. 우리는 현 상황에 적절한 상태여야 합니다. 그러
면 자동적으로 상태가 맞춰지게 됩니다. 갑자기 높은 상태로 올
라가면 정상적으로 생활하기가 상당히 어려워질 수도 있습니다.
그래서 영적인 친구들이 있는 것이 좋습니다. 영적인 사람들과
어울려서, 여러분이 정말로 깊은 영적 상태에 이르렀을 때 그들
이 알 수 있게 하는 것이 좋습니다.

인류의 의식 수준 높이기

　사람들은 무슨 일을 하는가, 뭐라고 말하는가, 어떻게 처신하
는가 같은 것이 중요하다고 봅니다. 그렇지 않습니다. 그런 것은
나라는 존재가 가져오는 결과일 뿐입니다. 나라는 존재는 동굴
속에 홀로 앉아 있더라도 인류의 의식 수준에 영향을 미칩니다.
동굴 속에 홀로 앉아 있더라도 나라는 존재가 에너지로 퍼져 나

갑니다. 이렇게 각자 기여하는 바에 따라 바다의 수위가 올라갑니다. 사람들은 내게 "세상을 돕기 위해 제가 무슨 일을 하면 될까요?"라고 묻습니다. 우리의 최선은 자신의 잠재력을 실현하는 존재가 되는 것입니다. 왜냐면 바다의 수위가 1센티미터 올라갈 때마다 바다 위의 모든 배가 그만큼 들어 올려지기 때문입니다. 누구도 혼자서는 큰 배를 들어 올릴 힘이 없지만 모두가 공동으로는 기여하고 있습니다.

모든 사람이 영적 진실성에 정렬하여 가능한 한 무조건적으로 사랑하는 상태라면 모두가 바다의 수위를 높입니다. 그리고 바다의 수위를 높임으로써 바다 위의 모든 사람을 들어 올립니다. 그러니 인류의 의식 수준을 높이려면 자신의 잠재력 실현을 위해 할 수 있는 일을 하세요. 그것이 영향력을 갖게 될 것입니다.

영적 실상, 진실성, 보편적 사랑에 정렬할수록 우리는 아무 일도 하지 않고도 더 깊이 세상에 영향을 미칩니다. 물론 좋은 일을 하면 좋은 영향을 미칩니다. 그렇게 해도 아무 문제 없습니다. 하지만 그런 말이 아닙니다. 정말로 세상에 영향을 미치는 것은 나라는 존재, 내가 되어 있는 존재 자체라는 말입니다.

영적 실상, 진실성, 보편적 사랑에 정렬할수록
우리는 아무 일도 하지 않고도 더 깊이 세상에 영향을 미칩니다.

◇ ◇ ◇

사물을 보는 방식을 항복하려는 자발성이 있으면 삶을 바라보고 경험하는 방식이 변형되기 시작합니다. 분노하며 타인을 비난하는 대신 사람들이 있는 그대로일 수밖에 없다는 사실을 봅니다. 10대들이 돌을 던지며 경찰을 도발해서 경찰이 자기들을 공격하게 만든다고 합시다. 우리는 그들이 그렇게 할 수밖에 없음을 보기 시작합니다. 아주 깊이 들어가면 인간의 의식이 지닌 기본적인 순진함을 파악하게 됩니다. 의식 자체는 컴퓨터의 하드웨어와 같고 에고는 소프트웨어와 같습니다. 의식 자체는 진실과 거짓을 구별할 수 없고요. 나치에 세뇌된 나치 청소년단처럼 의식은 자신이 거짓을 믿도록 프로그래밍되고 있는지 아니면 진실을 듣고 있는지 분별할 수가 없습니다.

그러니 그리스도와 붓다가 왜 "저들은 자기들이 무슨 일을 하는지 알지 못하니 저들을 용서하라."고 했는지 이해하세요. 컴퓨터의 하드웨어는 소프트웨어에 의해 바뀌지 않습니다. 청소년의 의식은 순진합니다. 그러니 돌을 던진 아이들을 연민의 눈으로 볼 수 있습니다. 그들이 어떤 식으로든 학대를 당했음을 알 수 있습니다. 영적으로 학대받은 상태가 보입니다. 인간은 의식이 순진해서 진실과 거짓을 구별할 능력이 없기에 거짓의 길로 인도됩니다.

나치 독일의 젊은이들은 애국적이었다고 볼 수 있습니다. 보이 스카우트 캠프에 가는 것과 같은 일이었습니다. 모닥불가에서 노래를 부르고 도보 여행을 하는 등의 모든 일을 나라를 위해, 조국을 위해, 총통을 위해 했습니다. 그들이 그런 일을 달리 여길 수 있었을까요? 우리가 그때 그곳에 있었다면 우리도 똑같이 했을 것입니다. 그러니 순진함을 보세요. 인간의 의식이 지닌 근본적 순진함이 보이기 시작하면 모든 사람을 용서할 수 있게 됩니다. 모든 사람은 자신이 프로그래밍된 대로 프로그램에 의해 움직이고 있음을 보세요. 사람들이 달리 생각할 수 있을까요? 사람들이 대중 매체를 믿는 것은 TV로부터 너무 빠르게 인상을 받아 자신의 의문을 검토해 볼 기회도 없이 이미 믿어 버리게 되기 때문입니다. 마음은 프로그래밍됩니다.

한편으로는 에고가 살아남는 길은 부정성에서 단물을 빼는 것입니다. 다른 한편으로는 에고는 그렇게 할 수밖에 없습니다. 에고는 있는 그대로일 수밖에 없습니다. 솔직히 말하자면, 영적 진실의 파워가 없으면 에고는 자기를 초월할 수가 없습니다. 영적 진실이 가치 있는 것은 그것 없이는 누구도 에고를 초월할 수 없기 때문입니다. 에고의 초월이 가능한 것은 위대한 화신들과 영적 진실의 위대한 파워 덕분입니다. 그들은 실상을 깨달았고 그 실상에는 우리의 존재가 비롯하는 근원이 있습니다. 이 근원이 장의 파워를 창조하면 장의 파워에 감화된 사람들이 자신의 한계를 초월하려고 합니다.

이제 우리는 인간의 의식이 기본적으로 순수하다는 것, 진실과 거짓을 구별하지 못한다는 것을 알았습니다. 내가 『의식 혁명』을 쓸 수밖에 없던 것은 진실을 측정할 수 있다는 사실에 매우 놀라기도 했고 인간이 진실과 거짓을 구별할 기회를 가진 적이 전혀 없었음을 깨달았기 때문이었습니다. 인간이 할 수 있는 최선은 지성을 따름으로써 ('서양의 위대한 책들'이 보여 준) 460의 의식 수준에 이르는 것이고, 그 수준에서 우리는 마음과 마음의 이원성 한가운데에 남아 거기에 갇히고 맙니다. 그러므로 전쟁과 증오와 기타 모든 것이 계속되고 또 계속될 수밖에 없습니다. 마음을 초월할 영적 에너지와 진실이 없으면 마음은 탈출의 가망도 없이 저 자신의 거미줄에 갇히기 때문입니다. 그리고 그렇게 된 데 따른 대가를 치릅니다. 거기서 거기인 곳을 돌고 돌고 또 돌며 생각에 빠지게 되는 것으로 대가를 치릅니다. 그렇게 생각은 자기를 번식시킵니다.

영적 진실의 도움을 받지 못한 에고는 제 꼬리를 쫓아 영원히 돌고 또 돕니다. 각자 개인적인 영적 작업이라고 생각되는 일을 할 때 우리는 실제로는 장 전체에 영향을 미칩니다. 그래서 인류의 지배적 의식 수준은 우리 모두의 집단적 영적 노력이 가져오는 결과로 진보합니다. 우리가 하는 모든 선택, 우리가 내리는 모든 영적 결정이 우주 전체에 파장을 일으킵니다. 성경에 적혀 있듯이 "머리카락 한 올까지 빠짐없이 헤아려집니다." 나는 근육 테스트로 이 말이 사실임을 확인했습니다. 누가 무엇을 느끼고 무엇을 생각해서 무엇을 했든 지금껏 내려진 모든 결정은 의식의 장에 영원히 기록됩니다.

카르마의 존재를 믿지 않는다고 말하는 사람들은 신념 체계 때문에 그렇게 말하는 것일 수 있습니다. 하지만 그들은 카르마가 없다면 어떻게 전체 역사상의 모든 현상이 영원히 기록되는 것인지를 설명하지 못할 겁니다. 카르마 때문이 아니라면 모든 개체가 이 행성에 태어날 때 이미 의식 수준이 측정될 수 있다는 사실을 어떻게 설명하겠습니까? 즉 우리는 아무것도없음nothingness에서가 아니라 무언가있음somethingness에서 생겨났습니다. 우리 모두가 생겨나고 우리 모두가 되돌아가는 이 무언가있음은 어떤 것일까요? 무언가있음 덕분에 우리는 현재라는 시간 틀의 한계에서 벗어나 우리가 경험하는 삶을 더 큰 차원에서 바라보기 시작합니다. 그렇게 되면 이런 점을 숙고해서 알게 되는 영적 실상이 우리가 영적 진실을 탐구하는 데 격려가 되고, 영적 진실에 도달하는 것이 우리가 이런 노력을 하는 목적입니다.

나는 우선 의식의 파노라마 전체를 제시하고 싶었습니다. 그래서 의식의 진화, 의식의 특성, 의식의 본성을 이야기했고 과학, 이성, 논리, 철학, 윤리학, 신학, 종교를 통해 의식에 접근할 방법을 이야기했습니다. 인류의 의식은 어떻게 진화했는지, 의식이 일상생활에서는 어떻게 나타나서 자기 역할을 하는지를 이야기했습니다. 포스는 에너지가 필요해서 사람을 녹초로 만듭니다. 사람들은 어느 정도까지만 포스를 행사할 수 있고 그런 뒤에는 쓰러지게 됩니다. 반면에 파워는 소진되지 않습니다. 사실 파워는 사용될수록 더욱 강해지는 느낌이 듭니다. 예를 들어 사람들을 용서하고 기꺼이 사랑하고 무조건적으로 사랑하는 실험을 해보면, 그럴수록 사랑의 역량이 커진다는 사실을 발견합니다.

처음에는 사랑스럽게 여겨지지 않는 것을 사랑하는 것이 어렵게 느껴질 수도 있습니다. 하지만 세상 속에서 그런 태도로 존재하는 데 전념하는 사람은 시간이 갈수록 그러기가 점점 더 쉬워짐을 알게 됩니다. 포스로 주면 더 내줄수록 덜 갖게 되지만 파워로 주면 더 내줄수록 더 갖게 됨을 알게 됩니다. 그래서 사람은 자애로울수록 자신을 둘러싼 세상이 더욱 자애롭습니다. 우리는 자기 자신이 창조하는 세계를 경험하게 됩니다. 어떤 사람들은 "뉴욕에 가면 다들 냉정하고 지독해. 난 뉴욕 싫어. 사람들이 죄다 못됐어."라고 합니다. 그런가 하면 어떤 사람들은 뉴욕에 가면 "세상에! 최고로 멋진 사람들이네. 식당 종업원도 택시 기사도 다들 너무 훌륭해. 뉴욕은 정말 놀라운 곳이야!"라고 합니다. 사랑이 있는 사람은 다른 사람들에게서 사랑의 출현을 촉발하기 때문에 그렇습니다. 자애롭지 못한 사람은 사람들의 본성에서 부정적인 면을 끌어내는 경향이 있습니다.

포스로 주면 더 내줄수록 덜 갖게 되지만

파워로 주면 더 줄수록 더 갖게 됨을 알게 됩니다.

요컨대 우리가 경험하고 있는 모든 것은 우리가 촉발하고 있는 세상, 내가 되어 있는 존재를 가상으로 보여 주는 세상입니다.

파워와 포스의 차이를 극적으로 보여 주는 역사적 사례는 대영제국과 마하트마 간디입니다. 마하트마 간디는 알다시피 힌두교의 금욕주의자였습니다. 간디를 측정하면 700이 넘게 나옵니다. 그가 대영제국에 맞섰을 당시, 대영제국은 사상 최강의 포스였습니다. 세계의 1/4, 바다의 1/3을 지배했지요.

내가 자랄 때도 영국은 여전히 해가 지지 않는 위대한 제국이었습니다. 그리고 이 제국에 맞선 사람은 뼈에 가죽만 남은 40킬로 체중의 아담한 힌두교도였습니다. 이런 사람이 지구의 1/3을 지배하는 거대한 사자와 맞섰습니다. 흥미로운 사실은 마하트마 간디가 아무것도 하지 않음으로써 ― 즉 자신이 단식을 할 것이고 그래도 사람들이 상관하지 않는다면 그냥 굶어 죽을 것이라고 말하는 것만으로 ― 세상을 공황 상태에 빠지게 했다는 점입니다. 그리고 간디는 의식 수준이 700대였습니다. 700은 지구상에 극히 드물게 존재하는 엄청난 파워입니다. 이런 그가 대영제국과 대결했습니다. 자부심과 사리사욕에 빠져 있던 당시의 대영제국은 190으로 측정됩니다.

간디는 총 한 방 쏘지 않고 대영제국 전체를 물리치고 갈라놓아 식민주의를 종식시켰습니다. 그는 대영제국뿐만 아니라 식민주의 자체를 물리쳤습니다. 그리하여 자치가 세계의 지배적 정치 체제가 되었습니다. 간디가 실제로 보여 준 것은 파워의 영향력입니다. 파워는 일을 일으키지*cause* 않습니다. 포스는 뉴턴식 패러다임 내에서 일을 일으킨다고 할 수 있습니다. 파워는 일에 영향을 미칩니다.

입자는 자기가 현재 있는 매질의 밀도에 따라 상승하거나 하강합니다. 그래서 우리가 기도를 하거나 영적으로 진화하면 매우 강력한 장이 창출되고 그 영적 실상이 인류 전체에 영향을 미쳐 전체의 수준을 끌어올리게 됩니다. 현실과 가치관의 패러다임 전체에 영향을 미칩니다. 앞에서 말했듯이 이제는 진실성이 우리 사회의 지배적인 가치가 되고 있습니다. 대중 매체에서 끊임없이 진실성에 대해 이야기합니다. 가치 체계가 완전히 새로워졌습니다. 포스의 메커니즘을 통해 그렇게 된 것이 아닙니다. 매체들이 진실성을 중시하도록 누구도 강제하지 않았지만 진실성은 사회적 가치로 부상했습니다. 영적 가치가 아니라 사회적 가치로 부상했습니다.

모든 사람은 자기 나름의 원칙대로 살아갑니다. 그래서 영적 성장은 '어떤 원칙대로 살아갈지'가 달라짐을 뜻합니다. 성장하고 성숙해짐에 따라 우리는 다른 원칙을 선택합니다. 어떤 사람들은 "절대 실수하지 마라. 멍청이에게 공평한 기회 따위는 없다."라는 원칙에 따라 살아갑니다. 어떤 사람들은 자신의 원칙이 어떤 것이라고 대놓고 밝힙니다. 그런 사람들이 상당히 별난 것 같지만, 사람은 자신의 원칙대로 사는 만큼 진실한 것이라고 할 수 있습니다. 자신의 원칙대로 사는 만큼 자신이 서원한 대로 살아가고 있는 것이라고 할 수 있습니다. 그래서 나는 사람들의 서원commitment을 존중합니다. 그리고 사람은 자신의 원칙대로 사는 만큼 스스로 정의한 의미로 덕망이 높은 것이라고 봅니다. 그래서 의식 수준 측정치는 사람이 얼마나 스스로 천명한 영적 선택대로 살아가는지를 어느 정도 반영합니다.

카르마나 영적 운명이나 의식 수준 측정치는 선택의 영적 자유에 따라오는 결과라고 할 수 있습니다. 우리에게는 매 순간 선택의 자유가 있지만 이 선택의 자유는 이해하기가 어렵게 느껴집니다. 우리가 프로그램에 운영되는 것 같기 때문입니다. 우리가 에고를 초월하려고 노력하는 것은 에고에 영향받고 싶지 않기 때문이기도 하고요. 우리는 심사숙고해서 선택하기에 충분한 시간 동안 마음이 멈추어 있기를 바랍니다. 우리는 어떤 일을 급하게 하고는 후회할 때가 너무 많습니다. 울분 같은 것을 느끼면서 '으, 그 일에 대해 잘 생각할 시간이 없었어.'라고 생각합니다. 요컨대 우리의 영적 방향성이 우리가 선택의 순간을 맞이해 어느 방향을 선택할지를 결정짓는 경향이 있습니다.

의식의 침묵이 없다면 우리는 자신이 무슨 생각을 하는 중인지 알 수가 없습니다. 우리가 숲의 소리를 들을 수 있는 것은 숲의 침묵 덕분입니다. 우리가 지금 생각 중인 것을 듣거나 보거나 상상할 수 있는 것은 마음이 침묵하기 때문입니다. 따라서 마음의 내용은 무심no mind의 공간 속에서 벌어질 수밖에 없습니다. 무심은 고전적 용어로, 생각이 없고 형상이 없는 의식을 의미하고요. 생각들이 무심상에 나타납니다. 그래서 우리는 생각의 내용에 시간과 노력을 쏟으며 몰두하거나 내용과 동일시하기를 철회하고 '나는 생각이 일어날 수 있는 공간임'을 알기 시작합니다.

명상의 가치는 우리로 하여금 생각의 내용과 동일시하는 것에 시간과 노력 쏟기를 철회하고 생각이 일어나는 공간에 집중하도록 만드는 것입니다. 그리하여 생각의 목격자가 있음을 알기 시작합니다. 목격자에 대한 알아차림이 있습니다. 모든 것의 기저에 있는 기층substrate이 있습니다. 이 기층은 시간을 넘어서 있고 차원을 넘어서 있고 개인의 동일시와 무관합니다. 의식 자체와 동일시하면 몸이나 마음이나 생각이나 감정이 자신의 실상이라고 동일시하는 것에서 벗어나 더 큰 차원으로 옮겨 갑니다.

더 큰 차원으로 옮겨 가면서 우리 존재의 기저에 있는 영적 실상을 확인합니다. 실질적인 수준에서 영적 작업에 들어가게 됩니다. 어떤 사람들은 "내게 저지른 모든 일 때문에 나의 원수들이 너무 미운데 어떻게 하면 그들을 용서할 수 있을지, 정말로 우울한데 어떻게 하면 희망을 느낄 수 있을지, 항상 겁이 나는데 어떻게 하면 두려움을 없앨 수 있을지"를 알고 싶어 합니다. 매우 실질적인 수준에서 시작하는 경우지요. 또 어떤 사람들은 다른 수준에서 시작합니다. 감화를 받아 시작합니다. 감화를 주는 강연을 듣고 고양됩니다.

호기심에서 시작하는 사람도 있을 수 있고, 의식 내의 자연발생적 진화에서 시작하는 사람도 있을 수 있습니다. 이런 경우는 영적으로 진화한 다른 사람의 알아차림으로부터 감화를 받은 것이라고 봅니다. 그런 사람이 장에 영향을 미치면 보통 때는 영성에 관심이 없었을 사람들이 갑자기 호기심을 갖게 됩니다. 내면에서 촉발되어서가 아니라 장이 가져온 결과로 그렇게 됩니다. 그래서 영적으로 더 진화한 사람들 곁에 있다 보면 영성에 대한 자신의 관심이 저절로 더 강해지는 것을 알게 될 수도 있습니다. 의도적인 의사 결정을 통해 영성을 추구하는 것이 아니라 단지 더 관심이 생기는 겁니다. 스포츠 좋아하는 사람들 곁에 있다 보면 스포츠에 점점 더 관심 갖게 되기 쉬운 것과 같습니다.

삶에서 어떤 재난을 겪는 사람들, 그러니까 질병이나 약물 중독이나 알코올 중독이나 범죄 피해나 비탄이나 상실 같은 것을 겪는 사람들은 자신이 그런 일에 대해 어떻게 할 수 있을지 알고 싶어 합니다. 물론 신에게 삶을 항복하는 자발성은 가장 심오한 영적 도구 가운데 하나입니다. 사람들은 어떤 영적 도구가 가장 강력하냐고 묻습니다. 그러면 나는 겸손을 말하고 삶을 항복하려는 자발성을 말합니다. 즉 삶을 통제하고 싶은 마음이나 삶을 바꾸고 싶은 마음을 놓아 버리는 것을 말합니다. 벌어진 일을 보는 견해를 신에게 항복하거나 (대다수 사람에게 신은 실상이 아니라 단어일 뿐이므로 신 대신에) 어떤 높은 영적 원칙에 항복하려는 자발성을 말합니다.

대다수 사람에게 신은 대망의 실상일 뿐 경험적 실상이 아닙니다. 영적으로 더 발전해서 장 자체의 존재를 경험하고 그 엄청난 파워를 직감하게 되기 전까지는 그렇습니다. 그렇게 된 뒤에는 신을 경배합니다. 직감하게 된 무한한 파워를 존경하기 때문입니다. 요컨대 실질적인 수준에서 우리가 할 수 있는 일은 우리가 될 수 있는 최선의 사람이 되는 것입니다. 온갖 것으로 나타나 있는 모든 생명에게 무슨 일이 있어도 친절하라고 말하고 싶습니다. 여기에는 자기 자신도 포함됩니다. 기꺼이 자신을 용서하고 인간의 의식이 지닌 한계를 아는 것입니다.

내가 항상 느끼는 점은 의식의 특성이나 본성에 대해 더 많이 교육받을수록 영적 원칙을 따르기가 쉬워진다는 것입니다. 인간은 의식이 본래 순진하고 진실과 거짓을 구별할 수 없어 자신이 프로그래밍되는 것을 통제할 수 없다는 사실을 이해하면 자동적으로 연민을 느끼게 됩니다.

4장

영적 성장의 장애물

흔히 우리는 영적인 길을 추구하려고 힘들게 노력할수록 오히려 아무 데도 이르지 못한 채, 세상일 걱정에는 계속 끌리면서 신성으로 부터는 소외되고 버림받은 듯한 느낌이 커질 수 있습니다. 무엇 때문에 이렇게 되는 것일까요? 이 중요한 장에서 호킨스 박사는 우리가 영적 성장을 가로막는 장애물을 식별하고 극복하거나 우회해서 영적인 길로 복귀할 수 있도록 그런 장애물에 대해 논의합니다. 먼저, 미지의 영적 비밀을 알려 주겠다고 약속하는 가짜 영적 스승을 따르는 것이 어떻게 진짜 영적 지혜를 얻는 데 크나큰 장애가 되는지를 이야기합니다.

세상에는 영적 허구가 아주 많습니다. 사실은 가장 잘 팔리는 영적 서적들이 죄다 허구입니다. 『다빈치 코드』도 그런 예에 들어갑니다. 세계가 종말을 맞는다거나 우리의 유전자 속에 신의 암호가 숨겨져 있다는 등 온갖 이야기를 늘어놓는 온갖 심령술사들이 있습니다. 하지만 영적 진실은 눈에 안 보이지도 않고 암호화되어 있지도 않습니다. 완전히 활짝 드러나 있지요. 비밀로 숨겨져 있을 이유가 전혀 없습니다. 무슨 비밀이 있다는 걸까요? 숨겨진 비밀은 전혀 없습니다.

영적 진실은 투명합니다. 비밀에 싸여 있고 불가사의하고 은폐되어 있는 것에는 돈을 내야 합니다. "고대인의 신비로운 비밀! 50만 원만 내세요! 당신의 귀에 생명의 비밀을 속삭여 드립니다!" 동시에 만트라도 욉니다. "움 붐 부미 붐. 움 붐 부미 붐." 이윤이 동기임을 알 수 있습니다. 영적 진실*은 널리 알려서 얻을 금전적 이익이 전혀 없습니다. 영적 진실은 다른 사람이 동의하든 말든 전혀 신경 쓰지 않습니다. 누구든 내가 하는 말을 거부해도 됩니다. 그것은 분명 그 사람의 선택권입니다. 나는 그에 대해 결코 따지지 않습니다. 영적 진실을 접하는 데는 어떤 자격 요건도 없습니다. 아무것도 입증할 필요가 없습니다. 아무것도 지불할 필요가 없습니다. 어떤 것에도 서명할 필요가 없습니다. 영적 진실은 아무것도 정당화할 필요가 없습니다. 가르칠 권리가 있

* 여기서부터 영적 진실은 진정한 영적 스승을 의미하기도 한다.

다고 입증할 일이 전혀 없습니다.

영적 진실은 투명합니다.

진정한 영적 스승은 배우려는 사람에게 자유를 주지만 소위 돌팔이들은 구속하려 듭니다. 소유하고 통제하려 들고 뭘 하라고 시키려 듭니다. 영적 진실은 무상으로 주어지고 그 진위는 조건에 따라 바뀌지 않습니다. 누가 믿든 안 믿든 달라지지 않습니다. 증명할 수 있는가 없는가에 달려 있지 않습니다. 세상에서는 증명할 수 있다고 여기지만 사실은 증명할 수 없기 때문입니다. 영적 진실은 어떤 특정한 것에도 정렬하지 않습니다. 특정한 이곳이나 저곳에 있거나 산꼭대기에 있을 필요가 없습니다. 신성한 교단이 꼭 2000미터 산꼭대기에 있어야 한다고 주장하지 않습니다.

광신, 자기도취적 에고의 위험

자신이 종교적이라고 믿지만 실제로는 종교적 광신*religionism*을 실천하는 중인 사람들이 많습니다. 오늘날 종교의 주된 문제는 신이 아니라 종교를 신격화한다는 점입니다. 인쇄된 말이나 교사의 가르침이 이제는 신성 자체를 넘어섰습니다. 알고 보면 사람들은 신을 경배하지 않습니다. 종교를 경배하지 종교의 진리 *truth*를 경배하지 않습니다. 종교의 이름으로 종교 재판을 합니다. 그리하여 종교적 광신은 결국 종교와 반대되는 것이 됩니다.

어느 분야의 지식이든 그 끝에 '~주의-ism'를 덧붙이면 자동으로 190 수준으로 떨어집니다. 자기도취적 이익을 바라는 입장이 되어 버립니다. 그래서 환경주의를 강요해야 합니다. 자유주의를 강요해야 합니다. 보수주의를 강요해야 합니다. 군국주의든 반군국주의든 무슨무슨 '주의'가 되는 순간 그것은 십자군처럼 되고, 그러면 다들 그런 시류에 편승해 TV에 나오거나 플래카드를 들고 싶어 합니다. 자기도취적 에고의 자만은 한계가 없습니다.

교육을 받아 에고의 한계를 배우는 사람은 기본적으로 어느 정도 겸손하게 됩니다. 그 실상을 조금이라도 알게 되는 것이 운 좋은 것임을 깨닫게 됩니다. 왜냐면 에고는 자기 나름의 인식으로 현실을 대체하고는 그것을 세상에 투영하는 데 너무 골몰한 나머지 투영이 너무 많아져서 세상의 현실을 보기가 거의 불가능하기 때문입니다. 무엇보다도 대중 매체는 자기들이 선정한 것을 가지고 이미 사람들을 편견에 빠뜨려 왔습니다. 그들은 "오, 이것이 중요해요."라고 하거나 "그것 때문에 저것이 저녁 뉴스감이죠."라고 합니다. 대단히 중요한 일은 절대 저녁 뉴스에 나오지 않습니다. 사소한 일만 저녁 뉴스에 나오죠. 대단히 중요한 일은 사람들의 관심을 끌지 못할 것이기 때문입니다.

이 세상의 위대한 혁신자들과 창조자들은 어떻게 자신의 결론에 도달해 그것을 실행에 옮겼을까? 이런 이야기가 최신의 야하거나 유치한 오락물보다 시청할 가치가 있습니다. 위대한 인물들은 어떻게 사고해서 어떻게 그들이 도달하는 결론에 도달할까? 그리고 어떤 맥락에서 들여다보면 우리가 그런 것을 이해할 수 있을까? 세상을 이해할 길을 시청하는 것이 훨씬 더 흥미로울 것 같지만, 외관을 꿰뚫어 보는 일에는 그다지 관심이 없는 사람들이 훨씬 더 많습니다. 나는 항상 사물의 본질에 관심이 있습니다. 외관이 어떤지는 압니다. 뉴스만 켜면 직접 볼 수 있지요. 하지만 그 본질은 어떨까요? 순진할까요? 순진한 경우가 아주 많습니다.

영적 겸손은 나 자신이 지닌 마음가짐attitude입니다. 나의 마음은 그 자체로는 궁극의 진실을 파악할 능력이 사실 없습니다. 그렇기 때문에 위대한 화신들이 출현해 불가지한 것을 우리에게 밝혀 주는 겁니다. 이 점에 항상 감사하는 것이 겸손한 마음가짐입니다. 자신이 영성에 관심 있다는 것에 감사하기 위해 이렇게 말하는 마음가짐입니다. "내가 이 주제에 관심 있다는 것 자체가 감사하다. 이 길에서 훌륭한 스승들을 만나게 되어 감사하다. 진실을 알게 해 주는 삶의 경험들이 벌어지는 것에 감사하다."

겸손도 하나의 입장성positionality*이라는 점을 이해해야 합니다. 한발 물러서서 "나는 아직까지 그 일을 완전하게 이해하지 못한다."라는 식으로 말하는 입장성이지요. 그리고 진실이 밝혀지기를 끊임없이 청합니다. 이때 신에 대한 입장을 무드라적으로 합니다. 신에 대한 입장을 음적으로 합니다. 한발 물러서서 "오 주여, 당신께 항복합니다. 그리고 이 일에 대한 당신의 뜻을 구합니다."라고 말하는 입장입니다. 그런 다음 신성에 가장 정렬된 것으로 보이는 것에 항복합니다.

모든 부정적 감정은 서로 연결되어 있습니다. 예를 들어, 우리가 무언가를 원하는 것은 성취감을 느끼지 못해서 그렇습니다. 그래서 방해를 받으면 화가 납니다. 짜증이 나는 한편, 그 무언가를 얻으면 자부심에 차게 될 것임을 압니다. 하지만 어떤 것을 소유한다고 자부심에 찬다면 반대로 누가 내게서 그것을 빼앗거나 내가 그것을 얻지 못하게 될까 봐 겁도 나게 마련입니다. 그리고 정말로 그것을 갖게 되면 우쭐하게 됩니다. 이렇게 한 가지 감정이 다른 것으로 이어집니다. 누가 훼방을 놓으면 화가 납니다. 이런 부정적 감정들은 모두 동일한 망상에 근거합니다. 자신의 외부에 있는 어떤 것이 행복의 원천이라는 망상입니다.

* 입장(position)을 가지려는 성질

내가 그 직함을 얻으면, 내가 그 차를 가지면, 내가 그 일자리를 얻으면, 내가 그런 수입을 얻으면, 내가 그것을 얻으면 — 항상 '겟*get*'*입니다. — 내가 그런 관계를 맺게 되면, 내가 그런 인정을 받게 되면, 내가 TV 프로그램에 나오게 되면, 내가 야간 뉴스에 나오게 되면, 나는 대단한 사람이 될 거야. 이는 항상 무엇을 얻으려는 상태gettingness입니다. 내가 무엇을 얻는 데 어떤 것이 방해가 되면 나는 그것을 혐오하고 그것에 분노하고 그것을 파괴하고 싶어 합니다. 한 가지 감정이 다른 것으로 이어집니다. 성취하지 못하면 죄책감과 자책감이 들고 자신이 쓸모없게 느껴집니다. 그리하여 우울해집니다.

모든 부정적 감정은 나에게 필요한 것이 나의 외부에 있다는 추정에 근거합니다. 자신이 불완전하다고 보는 거죠. 그래서 '내가 유명해지면, 학력을 더 쌓으면, 나이가 더 들면, 돈이 더 많아지면, 어쩌어쩌하면 나는 행복해질 거야.'라고 생각합니다. 무슨 생각을 하든 그 생각은 항상 성취를 미래로 미루는 생각입니다. 그래서 우리는 항상 불완전에서 불완전으로 옮겨 갑니다. 나 자신이 불완전하기 때문입니다. 원하는 것을 얻고 나면 항상 더 나은 것이 보입니다. 나는 뉴욕시 동부의 많은 큰 부자들과 알고 지냈는데, 그들 사이에서 통용되는 속담이 있었습니다. "내 요트가 아무리 커도 곧 더 큰 것이 옆에 정박한다."

---

* '겟(get)'은 '얻다, 갖다, ~하게 되다' 등 얻음과 이루어짐의 의미가 있다.

끝없이 벌어지는 요트 경쟁이 너무 웃겼습니다. 물론 정말로 큰 부자들은 공적인 행사나 파티 때 말고는 아주 단순한 삶을 삽니다.

나는 많은 억만장자와 알고 지냈는데, 그들은 큰 사유지를 물려받은 경우가 많았습니다. 거대한 성 같은 저택과 여러 채의 부속 건물이 들어서 있는 5만 평의 땅 같은 것입니다. 그런데 그런 곳을 방문해 보면 땅 주인이 흔히 하인들이 사는 집에서 살고 있었습니다. 저택 밖에 있는 작은 집 여러 채 중 하나에서 사는 겁니다. 미국에서 가장 부유한 사람들이 말이죠! 그런 사람의 이웃에 산 적이 있었는데, 그의 저택에는 3층도 있었습니다. 그래서 "3층에는 뭐가 있어요?"라고 물었더니 "몰라요. 한 번도 올라가본 적이 없어요."라고 했습니다. 그들은 대개 거대한 저택의 방 두어 개에서만 살았습니다. 주방, 거실, 침실 정도였습니다. 거기서 99퍼센트의 시간 동안 살다가 조카의 딸을 위해 생일 파티를 열어줄 때만 저택을 활용했습니다. 그럴 때는 잔디밭에서 파티를 벌이지만 평소에는 저택의 한구석에서 살았습니다.

아름다운 가구들이 즐비한 3층에서 뭘 하겠습니까? 아름답고 고풍스러운 가구들이 즐비하고 전망이 끝내주는 곳에서 창밖의 아름다운 풍경을 본 다음에 뭘 하겠습니까? 아래층으로 내려와 주방에 가거나 받침대에 발을 올려놓고 TV를 보다가 난로에 장작도 넣고 그럽니다. 하인들이 하는 것과 똑같이요. 희극적입니다.

초자연적인 영역과 차원

길은 곧고 좁습니다. 여러분은 심령술사나 영매 같은 사람들이 펼치는 환상의 세계, 타로와 찻잎 읽기의 세계를 헤매며 꽤 많은 생애를 보낼 수도 있습니다. 그 대부분이 막다른 길입니다. 딴 세상에 있다는 어떤 존재가 우리에게 완전히 다른 차원의 세계에 대해 알려 줍니다. 덕분에 알고 보니 우리 모두가 그 세계에 연루되어 있는 겁니다. 그런 존재들은 이름이 괴상하고 위계가 복잡한 신들을 모십니다. 많은 경우, 돈을 더 내면 더 높은 새로운 위계로 옮겨 줍니다. 500만 원을 더 내면 더 높은 위계의 뭐시기 마스터에게 안내해 줄 것이고 그가 우리에게 어떤 마술적인 힘을 줄 것입니다.

이 모든 것이 유혹적입니다. 유혹받는 것은 내면의 아이가 지닌 천진한 호기심입니다. 500만 원이면 한 시간 만에 의식 수준을 100 높여 준다고 합니다. 5000만 원이면 6주 안에 깨달음을 얻게 해 준다고 보장하고요. 이러는 자들이 있고 그들에게 돈 보내는 것을 좋아하는 사람들이 있습니다. 논리를 초월하는 경이로운 세계가 있다는 사실을 처음 깨달으면 내면의 아이가 "오우, 와우." 합니다.

초자연적인 것이 존재하지 않는다는 말이 아닙니다. 하지만 성경에서는 그런 곳에 가지 말라고 합니다. 왜 그럴까요? 다른 영역을 접할 여러분이 그런 영역에 대해 배운 바가 없거나 해박하지 못하거나 그런 영역을 지배하는 규칙과 법칙에 대해 아는 바가 없기 때문입니다.

천사들도 그런 곳에 발 들여 놓기를 꺼립니다. 그런데 왜들 그러죠? 병적인 호기심입니다. 지옥 탐방을 원하는 건가요? 지옥을 탐방하고 화상을 입지 않을 수는 없습니다. 나는 사람들에게 '그런 데 발 들이지 말라.'고 조언합니다. 그런 곳의 드라마에 현혹되지 마세요. 가장 높은 산에 올라갈 참이라면 그러다 죽은 사람이 이미 176명이라는 사실을 메모하세요. 여러분도 똑같이 해 볼 수 있습니다. 몸 밖으로 나가 다른 차원들을 방문할 수 있습니다. 하지만 그런 곳에 갈 경력이 안 됩니다. 그런 곳의 누가 어떤 존재인지 아무것도 모르니 도착 즉시 순진한 희생물이 됩니다. 타로, 위저 보드, 심령 풀이, 룬스톤 점 등은 모두 마법의 일종입니다. 내면의 아이는 마법에 홀딱 빠집니다.

나는 사람들에게 펜듈럼으로 에너지 낮은 것을 측정하지 말라고 합니다. 사악하고 악마적인 것에 끌려 측정하려고 하면 펜듈럼이 그 에너지에 부딪힐 것이기 때문입니다. 게다가 여러분의 에너지 장과 차크라가 역전될 수도 있습니다. 함부로 갖고 놀지 마세요. 펜듈럼은 장난감이 아닙니다. 다른 점 치는 법과 마찬가지로, 장난삼아 다루면 안 됩니다. 많은 사람들이 점을 갖고 노는데, 이후에는 소식이 끊깁니다. 나는 사람들에게 그런 것을 추천하지 않습니다. 우리의 영적 목적지와 아무 관련도 없는 너무나 가설적인 것에 호기심을 갖게 만들기 때문입니다. 다시 말해 사람들은 단순한 호기심에서 그런 것을 시도하지만, 그러다 매우 부정적인 에너지를 갖고 놀게 되는 경우가 많습니다. 부정적인 것을 집적거리고도 화상을 입지 않으리라고 생각하지만 그런 경우는 없고요. 나는 펜듈럼으로 다른 차원 탐방하는 일에 들어간 사람이 맛이 가서 심지어 정신 이상이 된 경우를 많이 알고 있습니다.

많은 심령술사가 나중에 가짜로 판명됩니다. 사이비 종교 집단에서 전형적으로 벌이는 일을 다 하고 있는 사람이 근처에 있습니다. 그는 사람들에게 어떻게 살라고 시키고 자기에게 구속되게 하고 성생활에 대해서도 지시합니다. 돈을 모두 자기에게 넘기게 하고요. 이런 사이비 교주들의 눈에 띄는 특징 한 가지는 모든 추종자에게 섹스를 금지하지만 교주 자신은 예외로 한다는 점입니다. 그는 원하는 누구와도 잠자리에 들 권리가 있습니다. 그리고 딴 세상의 어떤 존재를 소환할 권한도 있습니다. 이 모든 일의 오류는 그런 것에 해박한 사람에게는 너무나 명백하지만, 그 덫에 걸린 사람은 내면의 아이가 그 모든 허튼소리에 세뇌됩니다. 그리고 물론 존스타운*의 예를 보면 어떻게 제정신인 성인

* 미국의 사이비 교주 짐 존스가 남아메리카 가이아나에 세운 공동체. 1978년 그 실상이 드러날 위기에 처하자 900명이 넘는 신도들이 함께 음독자살을 해 세계에 큰 충격을 안겼다.

1000명이 동시에 자살할 수 있었는지 의아해집니다. 어떻게 그럴 수 있었을까요?

사이비 종교 집단이 위험한 것은 그들에게는 사람들을 세뇌할 수 있는 능력이 있기 때문입니다. 스승은 사람을 구속하는 것이 아니라 자유롭게 해야 합니다. 여러분은 스승에게 구속되면 안 됩니다. 반대로 스승 덕분에 자유를 얻어야 합니다. 여러분은 스승에게 빚진 것이 전혀 없습니다. 원한다면 예의를 갖추고 경청하기만 하면 됩니다. 여러분은 스승에게 구속되어 있지 않고 빚진 것이 없고 의무가 없습니다. 진정한 스승은 여러분을 통제하거나 재산을 넘기게 하지 않아요. 가짜 스승들은 연출된 행동을 좋아한다는 특징도 있습니다. 화려한 예복, 여러 수행원, 놀라운 이적, 건물 같은 것으로 과시해서 자기가 중요한 사람이라는 인상을 주려고 합니다. 추종자 수로도 인상을 주려고 하고요. 인도에 1000만 명의 추종자가 있다든가 합니다. 하지만 1000만 명이라는 그 사람을 측정하면 140이 나옵니다.

우리는 낭떠러지 쪽으로 이끌려 가는 쥐떼와 약간 비슷합니다. 아돌프 히틀러는 그를 흠모하는 추종자가 4000만 명이었지만 90으로 측정되고, 독일과 유럽을 거의 다 파괴했습니다! 누구에게 추종자가 많다는 사실에는 아무런 의미가 없습니다. 게다가 어떤 스승들은 진실하게 출발해서 높은 곳에 이른 다음 추락합니다. 전에는 570으로 측정되었지만 지금은 190인 식이지요. 이런 사실을 순진한 사람이 알아보기는 어렵습니다.

나는 항상 학인들에게 언제가 되었든 당신도 스승이 된다고 가르칩니다. 그리고 각각의 의식 수준에는 부정적인 면과 함정이 있습니다. 스승이 되면 이런 유혹이 따릅니다. 미화되고, 우상화되고, 사람들이 사랑한다고 말하고, 성적으로 유혹받고, 돈과 명성에 끌리고, 많은 사람들에 대한 권력에 끌립니다. 그래서 높은 곳을 오르다 추락한 구루가 많습니다. TV나 인터넷에 나오는 사례가 예닐곱 있습니다. 그들은 한때 높은 곳에 있었습니다.

나는 스승이 학인들에게 '특정 의식 수준에 이르면 이러이러한 유혹이 제시될 것'이라고 가르쳐야 한다고 봅니다. 붓다가 악마들에게 시달렸다는 사실을 잊지 마세요. 사람들은 '아, 사악한 악마들의 형태로 뭐가 다가오나 보네.'라고 생각하겠지만, 그것들은 사악한 악마들의 형태로 다가오지 않습니다. 유혹의 형태로, '오, 스승님!' 하는 달콤한 흠모의 형태로 다가옵니다. 그렇게 각색되어 나타납니다. 초자연적인 것에 별것 없다고 말하는 것이 아닙니다. 성경에서는 그런 것의 존재를 부정하지 않는다고 말합니다. 다만 "그런 데 가지 말라."라고 합니다. 심령 풀이를 몇 번 받아 보고 매료될 수 있습니다. 그런 뒤에 갑자기 풀이가 잘 안 됩니다. 갑자기 풀이가 일부 틀립니다. 즉 이런 것은 모두 잠정적인 것입니다. 일시적인 영적 허구일 뿐입니다. 왜냐면 현실은 마술적인 경이로움이나 타로 풀이 같은 것에 비해 따분하고 재미없어 보이기 때문입니다. 그런 쪽은 방향이 잘못되었다고 봅니다. 여기서 오류는 유혹에 넘어가는 것입니다. 초자연적인 것이 내 개인적 자아의 특성이나 힘이라는 유혹입니다. 하지만 개인적이지 않습니다. 그런 현상은 저절로 일어나는 것입니다. 그런 현상을 일으키는 개인적 자아는 없습니다.

우리는 기적을 많이 목격했습니다. 여기서 함정은 누군가가 그 기적을 일으킨 사람이라고 생각하는 것입니다. 기적을 행하는 사람은 아무도 없습니다. 특정 에너지 장이 발생하면 사건의 가능성이 증대됩니다. 카르마적 조건을 포함한 모든 조건이 적절할 때만 사건이 벌어집니다. 사과는 때가 되면 나무에서 떨어집니다. 사과는 자기가 나무에서 떨어지는 일을 일으키지 않습니다. 중력장이 있을 뿐입니다. 진보한 스승의 영적 오라 내에서는 카르마적 이유와 기타 많은 이유로 일어날 예정인 현상이 더 쉽게 일어날 수도 있습니다. 하지만 인과율에 따라 기적적인 치유를 '하는' 개인적 자아는 존재하지 않습니다. 우리는 현상이 일어나는 것을 목격합니다. 우리는 현상의 목격자입니다. 에너지 장이 어떤 경향을 고조시킬 수는 있지만 그런 카르마적 경향이 그 사람 자신의 내면에 있는 것임을 누가 알아차립니다. 그러면 그 누구에 의해 그 일이 촉진됩니다.

예를 들어 몹시 아프고 장애가 있는 사람이 옆에 앉습니다. 그런 다음 에너지가 그 사람의 영역으로 이동하는 것이 느껴집니다. 그런 다음 그 사람이 일어나서 걸어갑니다. 그의 병을 없앤 것은 내가 아니라 에너지, 쿤달리니 에너지였음을 알아차립니다. 내면에 정직함과 알아차림을 가져온 이전의 영적 작업 덕분에 방금 그 현상을 목격한 것입니다. 이 현상을 둘러싼 에너지 장들이 가져온 결과로 잠재력이 펼쳐진 덕분에 이 현상의 발생이 가능해진 것입니다. 쿤달리니 에너지가 그 본성 덕분에 변형을 가져오고 기적적인 일을 이루는 것이지 개인적인 나 덕분에 기적이 이루어지는 것이 아닙니다.

모든 사람은 이런 일에 대해 경고해 줄 스승이 필요합니다. 기적을 행하는 사람들은 여기저기 많습니다. 기적이 일어날 때 그것은 하나의 현상입니다. 그런 뒤 개인적 자아가 자기에게 공을 돌립니다. 그러고는 에고가 부풀어 오릅니다. 이제 더 이상 기적적인 힘이 없습니다. 하지만 세상에서 그 사실을 알기를 원하지 않습니다. 그래서 힘이 있는 척하는 법을 익힙니다. 인도에서 근래에 가장 유명했던 구루 중 한 사람에게 처음에는 기적적인 현상이 자연발생적으로 일어났습니다. 그런 뒤 그는 자기에게 그 공을 돌렸습니다. 그런 뒤 사람들이 떼 지어 몰려왔습니다. 막대한 돈도 가져왔습니다. 그런 뒤 그는 이전에는 저절로 일어나던 현상을 날조하는 법을 익혔습니다. 이런 일은 감지하기가 매우 어렵습니다. 이런 일이 여러 구루에게 일어납니다.

영적 진실

다음은 영적 진실 이야기입니다. 세상에는 가짜 스승이 많습니다. 얼마나 많은지 알고는 깜짝 놀랐습니다. 세계적으로 유명한 사람들이 많더라는 말입니다. 여러분은 영원한 혼을 스승의 손에 맡기고 있는 것이니 그 스승이 어떤 사람인지 아는 편이 나을 겁니다. 나라면 그렇게 조심성 없게 맡기지 않을 겁니다. 혼이 영원함을 이야기하고 그 모든 시간 동안 카르마가 영속함을 이야기하면서, 요란한 광고를 믿고 어디를 찾아가서 딴 세상에 있는 아무개 선생한테 내 오라를 풀이해 달라고 한다? 물론 전 재산을 그 중개자에게 넘겨야 합니다. 그리고 그를 통해 마스터 아무개의 풀이를 얻습니다. 손녀 것까지 얻는 데 500만 원밖에 안 듭니다. 손녀가 아직 없다는 사실은 제쳐 두고 말이죠!

구루가 추락하는 것은 그를 지도한 사람이 부정적인 면에 대해 가르치지 않았기 때문입니다. 그래서 내 강연에서는 끊임없이 검토합니다. 각 의식 수준의 부정적인 면은 어떤 것인가? 어디에 함정이 있나? 사람들은 "난 그런 걸 넘어섰다."고 말합니다. 하지만 전혀 넘어서지 못했습니다. 850 이상의 수준에 이르면 매우 힘듭니다. 붓다는 이 사실을 인정하면서 "온몸의 뼈가 부러지는 것 같았다."고 했습니다. 왜냐면 악마들이 우리의 심령psyche에서 약점을 샅샅이 뒤져내기 때문입니다.

영적 진실의 특징들을 알아 두면 어려운 상황에서 도움이 됩니다. 그 측정치들의 목록은 (매우 유용하긴 하지만) 없어도 됩니다. 기본을 알면 됩니다. 기본을 이해하는 것이 더 중요합니다. 진실은 항상 진실입니다. 때와 장소에 상관없이, 문화나 성격이나 상황에 상관없이 진실입니다.

진실은 무슨 일이 있어도 늘 진실입니다. 샤르트르 대성당을 측정하면 그 측정치는 무슨 일이 있어도 똑같습니다. 진실은 언제 어디서나 맞습니다. 진실은 배타적이지 않습니다. 모두를 포함하고, 비밀이 없고, 종파가 없습니다. 누구도 진실을 소유하지 않습니다. 우리가 빠질 수 있는 최대의 함정 중 하나는 일시적인 사랑입니다. 사랑의 에너지가 커지면 다른 사람들에게 매우 매력이 있게 됩니다. 그리고 그들은 그것을 개인적인 사랑으로 해석합니다. 도처에서 사람들이 당신과 사랑에 빠집니다. 나는 하루에 몇 번씩 프러포즈를 받은 시기가 있었습니다. 그리고 내게는 경고해 줄 스승이 없었습니다. 하지만 나는 진실성을 시험받고 있음을 알았습니다. 이 현상에 속아 넘어가는 사람이 많습니다. 내 책에서 '구루'라는 용어를 써도 되는지 측정해 보면 매번 허락되지 않았습니다. 측정할 때마다 '그렇지 않다.'고 나왔습니다. '구루'가 원래 의미하던 것과 다른 어떤 것을 의미하게 되었기 때문입니다. 악용당했기 때문입니다. 구루에게 따르는 부와 명성, 많은 추종자… 이 모든 것이 자기 자신을 중요하게 여기도록 영적 에고를 유혹합니다. 그러면 영적 에고는 곧바로 개인적 자아에게 공을 돌립니다. 그리고 나 자신에게 공을 돌리는 순간 여러분은 그것을 잃은 것입니다.

진실은 무슨 일이 있어도 늘 진실입니다.

진실은 모든 곳에서 진실입니다. 누구도 배제하지 않으며 누구나 접할 수 있도록 열려 있습니다. 밝히거나 숨기거나 팔아먹을 비밀 같은 것은 없습니다. 마법의 공식이나 불가사의도 없습니다. 이런 것이 진실입니다. 아주 오래된 비밀의 존재를 밝힌다는 이야기를 따라가다 보면 도중에 꼭 가격표가 제시됩니다. 영적 사기꾼에게 붙들린 것입니다.

진실이 진실이라는 것은 언제나 영원히 진실입니다. 진실이 어떻게 누가 독점하는 재산이 될 수 있겠습니까? 진실은 모두가 접할 수 있도록 열려 있습니다. 진실은 목적이 진실합니다integrous. 이익 보거나 손해 볼 것이 전혀 없습니다. 진실은 종파가 없습니다. 진실은 제한 사항의 해설이 아닙니다. 의견에 종속됨 없이 진실은 비선형적입니다. 따라서 진실은 지성이나 형태에 제한되지 않습니다. 진실은 의견에 종속되지 않습니다. 입장성이 없기에 진실은 어떤 것에도 반대하지 않습니다. 왜 그럴까요? 진실에는 반대되는 것이 전혀 없기 때문입니다. 진실에 반대되는 것은 진실의 부재일 뿐이라고 할 수 있습니다. 거짓은 실상이 없습니다. 진실이 있고 진실의 부재가 있습니다. 우리는 진실의 부재를 거짓이라고 부릅니다. 빛과 어둠의 경우와 같습니다. 빛은 존재하거나 존재하지 않습니다. 빛에는 요건, 요구, 회원제, 회비, 요금, 규정, 맹세, 규칙, 조건 같은 것이 전혀 없습니다. 빛은 모두에게 회람을 돌려 기부를 요청하지 않습니다. 빛은 간섭하지 않습니다. 영적 순수성은 영적 열망자들의 개인 생활과 무관합니다. 옷 스타일, 성생활, 경제적 측면, 가정사, 라이프 스타일, 식습관 같은 것과 무관합니다. 강압이나 협박과 무관합니다. 영적 집단 내에서 협박받는 사람들이 있습니다. 종파에 속해 있다가 빠져나오려고 하면 비난을 받거나 합니다. 때로는 처벌이 매우 가혹합니다. 진실이 있는 곳에서는 강압이나 협박이 없고 세뇌가 없고 지도자에 대한 찬양이 없고 수련 일과가 없습니다. 수련 일과를 조심하세요. 세뇌하여 주입하기 위한 방법입니다.

진실을 안다면 무엇을 수련할 필요가 있겠습니까? 어떤 맹세도 하지 마세요. 어떤 서약도 하지 마세요. "내가 이 맹세들을 깨지 않고 지키면 바라건대 이러이러한 일이 내게…" 이런 맹세를 절대 하지 마세요. 진실은 자유입니다. 진실은 설득이나 강요, 협박, 대가 없이 자유롭게 오가는 것입니다. 위계질서가 없고 대신에 현실적으로 꼭 필요한 일들을 자발적으로 합니다. 나와 함께 일하는 모든 사람이 자기가 맡은 일을 하는 것은 할 필요가 있는 일들이기 때문입니다.

여러분이 지도자나 누군가를 공경한다면 그가 되어 있는 존재 때문이어야지 어떤 칭호나 과시적인 요소 때문이어서는 안 됩니다. 그런 것을 보면 진실을 알아보세요. 내가 존재하는 모든 것을 존중하는 것은 그것들의 본질 때문입니다. 나는 그것을 바로 감지합니다. 그러니 기어가는 작은 딱정벌레에게 경의를 표하세요. 동물들에게 경의를 표하세요. 북극곰에게 경의를 표하세요. 존재하는 모든 것에게, 그것이라는 존재 자체에 경의를 표하세요.

어떤 것의 본질은 그것이라는 존재 자체that which it is입니다. 어떤 것은 뭘 의미할까요? 어떤 것의 의미는 그것이라는 존재 자체입니다. 그것이라는 존재 자체가 그것의 의미입니다. 이 점을 알아보기는 힘듭니다. 하지만 알아보면 그 본질을 알게 됩니다. 어떤 것의 의미는 그것이라는 존재 자체입니다. 형용사나 부사를 덧붙일 필요가 없습니다. 언어화할 필요가 없습니다. 모든 것은 그것이 존재한다는 사실 자체로 자기를 보여 줍니다. 따라서 스승은 그것*이라는 존재 자체의 실상으로 자신을 보여 주어야 합니다. 말이 아니라 그것이라는 존재 자체로 보여 주어야 합니다. 그것은 물질주의적이지 않고 세속적인 부와 그에 수반되는 모든 것을 아쉬워하지 않습니다.

감화를 주는 진실은 미화하지 않고 유혹하지 않고 연출하지

---

* 앞에 나온 '스승'을 가리킨다.

않습니다. 영적 행사라고 하는 것에 가 본 적이 있습니다. 영상과 오케스트라 연주와 번쩍이는 조명으로 꾸민 브로드웨이 작품 같았습니다. 세속적인 부는 전혀 필요하지 않습니다. 부란 여러분이 바라는 것과 여러분이 가진 것 사이의 격차입니다. 영적으로 초월하고 싶으면 바람을 놓아 버리세요. 감탄을 바라고 소유를 바라고 통제를 바라는 마음을 놓아 버리세요. 마침내 모든 바람을 놓아 버리면 필요한 것보다 더 많이 생깁니다.

세도나에 처음 왔을 때 우선 집을 빌렸습니다. 침대도 없어서 염가 판매점에 가서 간이침대를 샀습니다. 굿윌 스토어*에서 담요도 좀 샀고요. 멋진 나무 상자를 구해서 그 옆에 촛대를 두었고, 저녁 식사로 먹을 사과를 냉장고에 넣어 두기도 했습니다. 뭐가 더 필요하겠습니까? 나는 부족한 것이 없었습니다. 필요한 것이 있으면 신이 주신다고 해서 시험 삼아 밖에 나가 보기도 했습니다. 돈도 음식도 없이 밖에 나가서 세도나를 돌아다녔습니다. 그러자 아침 식사에 초대받았습니다. 점심 초대를 받았고 저녁 초대를 받았습니다. "돈이 하나도 없다."라고 말하기도 했습니다. 그러면 사람들이 무료라고 했습니다. 필요한 것은 주어집니다. 따라서 필요한 것이 없으면 이미 풍족한 것입니다.

* 기증받은 물품을 수선해 저렴하게 파는 곳

스승의 진실성

스승의 진실성은 스스로 드러납니다. 어떤 사람들은 직감으로 알지만 어떤 사람들은 물론 그러지 못합니다. 나는 내가 매 순간 말하는 모든 것에 대해 전능한 신에게 책임져야 한다는 것을 늘 끊임없이 자각하고 있습니다. 그리고 스승으로서의 책임감은 더 큽니다. 나는 내가 말하는 모든 것을 지극히 예리하게 알아차립니다. 그래서 이를테면 강연 도중에 무엇이 어떻다는 것을 직감하지만 그것이 정말로 그런지 확인하고 싶을 때가 아주 많습니다. 그러면 "이걸 확인해서 정말 그런지 알아봅시다. 조금도 잘못 가르치고 싶지 않으니까요."라고 말하고 근육 테스트를 합니다.

나는 흥분해서 제정신이 아닌 이메일들을 여전히 받고 있습니다. 모든 저자는 말도 안 되는 이메일을 받지요. 이러저러하니 당신은 사기꾼이라고 비난하는 메일입니다. 그러면 나는 "몇 초 만에 진실과 거짓을 가리는 방법을 전 세계에 가르친 판에, 내가 거짓을 제시하려 들 가능성은 매우 낮습니다."라고 답할 것입니다. 진실과 거짓을 가리는 방법을 이미 사람들에게 알려 줘 놓고는 그 방법대로 하고 있는 사람들에게 내가 거짓을 제시할 가능성은 매우 낮다는 말입니다. 영적 현실이란 가르치고 배우는 일을 의미하고 이 일은 자립이 가능합니다. 우리는 누구한테든 행사 비용 외에는 아무것도 요구하지 않습니다.

신에게는 유발된 부자연스러운 의식 상태가 전혀 없습니다. 초심리학적인 상태, 비정상적인 호흡 패턴, 몸의 자세, 기타 쿤달리니 에너지를 강제하는 방법 같은 것이 없습니다. 쿤달리니가 상승할 준비가 되어 자동으로 상승하는 것은 그 자체의 진실 때문입니다.

자애로워지면 쿤달리니 에너지가 상승합니다. 가부좌를 틀고 붓다 그림 앞에 앉아 향을 피우고 온갖 신비한 주문을 외운다고 해서 상승하는 것이 아닙니다. 그저 친절하고 자애로워져서 딱정벌레를 밟지 않고 넘어가게 된 사람은 그 모든 것을 하지 않아도 됩니다. 향과 신비한 음악과 징에 돈을 쓰지 않아도 됩니다. 그 모든 연출된 모습이 보이게 됩니다. 영성 잡지를 보면 표지에 꼭 머리카락이 우아하게 흘러내리는 아름다운 금발 여성이 나옵니다. 성적 매력이 신에 이르는 길이라고 믿으라는 걸까요? 어쨌거나 그런 잡지의 표지에 매력적이지 못한 사람이 나오는 일은 절대 없습니다. 그래서 나는 한동안 긴 금발 머리가 아니면 천국에 갈 수 없다고 생각했지요. 꼭 신비로운 요가 자세를 취하기도 합니다. 이런 것이 영성을 미화하는 연출입니다. 부자연스러운 것들, 특히 신비한 힘을 가르치는 수련을 피하세요. 신비한 힘을 가르치는 수련들은 그 평균이 205 정도로 측정됩니다.

영적 에고를 유혹하는지 검토하세요. "나는 특별해질 거야. 그래서 초능력을 가질 거야." 정말로 초능력이 있다면 그걸 사람들에게 팔 생각이 없지 않을까요? 초능력이 있어서 아주 부유하고 영향력 있고 내면에 부족한 것이 없다면 무엇 때문에 그걸 팔겠습니까? 그걸 팔려는 이유는 뭔가가 아쉽기 때문입니다. 뭐가 아쉬울까요? 더 큰 힘과 부? 원 세상에. 나는 호주의 태즈메이니아 주인지 어딘지에 산다는 괴상한 구루에 관한 이메일을 너무 많이 받곤 합니다. 그 구루는 180 정도로 측정됩니다.

내면의 부름과 내면의 진정성

우리가 영적 추구를 하며 성장할 때 그런 영적 성장 추구를 이해하지 못하는 사람들이 우리 삶에 있을 수 있습니다. 이런 상황에 어떻게 대응하면 되는지 호킨스 박사가 알려 줍니다.

나는 우리가 입이 무거워야 한다고 봅니다. 무엇을 하고 있는지, 왜 그것을 하는지 사람들에게 알려 줄 필요가 없습니다. 나는 동부를 떠날 때 아무에게도 이유를 설명하지 않았습니다. 사람들이 전혀 이해할 수 없는 일이었으니까요. 우리가 사실 뭘 하고 있는지, 우리 삶에서 무슨 일이 벌어지는 중인지 털어놓을 수 있는 상대는 아마도 거의 없습니다. 모든 사람은 내면의 부름이나 소명에 대해 어느 정도 이해하고 있습니다. 내가 찾아낸 그걸 묘사할 수 있는 가장 좋은 방법은 이렇게 말하는 것입니다. "내가 내 인생의 어느 시점에서 만족하게 되었을 때 매우 강한 내면의 부름이 내게 '네가 발전하고 성장할 완전히 다른 영역이 있다.'고 했다. 그래서 나는 그 부름을 따라야 했다."

내면의 소명이 있다고 말하면서 그럭저럭 지낼 수도 있습니다. 물론 사람들은 당신과 논쟁하려 들 것입니다. 당신이 그들의 세계관에 이의를 제기하고 있기 때문입니다. 그들의 세계관이 지닌 가치를 얼마간 부정하고 있기 때문입니다. 그래서 그들은 당신이 당신의 소명을 옹호하기를 바랄 수도 있습니다. 나라면 옹호하지 않을 것입니다. 나는 그냥 "이봐, 이게 내 소명이야. 그리고 그건 원래 그런 식이야."라고 할 겁니다. 그러면 "아니, 아내와 아이들은 어쩌고? 일은 어쩌고?" 같은 이야기를 하겠죠. 나는 "글쎄, 그런 건 신이 돌봐야지. 신은 우주의 창조자라고. 인류의 구원자고. 그런 건 신이 걱정하면 돼. 나는 다른 일로 바쁠 것이거든."이라고 대꾸합니다. 그러면 "이 사람, 정신 나갔네." 할 것입니다. 네, 마음이 침묵에 들어가면 정신이 나간 것 맞습니다.

그래서 나는 그 말이 찬사임을 깨달았습니다. 나는 30년 동안 추구했습니다. 그리고 마침내 정신이 나갔습니다. 그랬더니 사람들이 "내가 보기에 저 사람 정신이 나갔어." 합니다. 내가 전에 살았던 삶을 생각해 보세요. 내가 한때 살았던 삶은 말도 못하게 최상류적인 것이었습니다. 세상 사람들이 알지도 못하는 여러 측면에서 최상류적이었습니다. 최고의 최상류층 사람들은 자신이 정말로 뭘 하는 사람인지를 오래도록 세상에 드러내지도 않습니다. 그들이 소속되어 있는 단체는 지도에 나오지도 않습니다. 나는 그런 세상을 버리고 떠나 진정성, 본래의 진정성이 중요한 다른 세상으로 들어갔습니다. 식당이나 가게의 종업원에게 고맙다고 할 때는 그 말이 진정으로 감사하는 마음에서 우러나야 합니다. 그들의 있음beingness과 ~임is-ness을 봅니다. 그러면서 하는 말은 진실입니다.

그저 겉치레로만 감사하면 효과가 같지 않습니다. 그 사람이 서두르는 모습, 열심히 그 모든 일을 감당해 나가는 모습을 보며 그 내면의 인간적 본성humanness에 감사합니다. 이렇게 우리가 그들의 인간적 본성이 지닌 진정한 가치를 되비출 때 실제로 되비추는 것은 그들의 존재가 지닌 신성함입니다. 사람들을 알아주는 것은 그들의 내적 가치를 되비춰 주는 것입니다. 그리고 그들의 내적 가치는 무한합니다. 모든 인간의 내적 가치는 무한합니다. 그 잠재력이 무한합니다.

신의 한 창조물이 다른 창조물보다 낫다고 할 수는 없습니다. 모두가 똑같이 신의 창조물입니다. 이와 같이 보이도록 여러분이 변형됩니다. 길을 걷다 작고 까만 딱정벌레가 뒤집힌 채로 다리를 허우적거리고 있는 것을 보았는데 사람들이 그걸 지나가 버린다고 합시다. 그게 신경 쓰여서 작은 딱정벌레가 제 발로 서게 뒤집어 주고 기쁜 마음으로 가던 길을 간다면 우리는 영적으로 발전하는 중이라고 할 수 있습니다. 이 시점에서 우리는 우리가 생명을 사랑하며 그 신성함을 알아본다는 사실을 깨닫습니다. 녀석의 작은 생명도 녀석에겐 똑같이 신성합니다. 그래서 녀석을 뒤집어 주라고 신이 우리를 보냈습니다. "신이시여, 제가 이 작은 딱정벌레를 뒤집어 주는 것은 당신이 제게 바라심을 제가 알기 때문입니다." (신과 농담을 주고받아도 됩니다. 나는 맨날 합니다.)

딱정벌레를 도와주지 않고 지나갈 수가 없게 되는 시점이 있습니다. 그런 뒤에는 의식의 수준이 다른, 훨씬 더 높은 곳에 이릅니다. 거기서는 딱정벌레의 카르마는 딱정벌레의 것이고 나의 카르마는 나의 것입니다. 모든 생명이 지닌 본래의 신성함을 보고 그것을 보호하기 위해 최선을 다하면 신의 종이 됩니다. 그것이 신이 우리를 통해 비추어지는 방식이기 때문입니다.

5장

항복

앞 장에서는 구체적인 영적 걸림돌들을 다루었고, 이 장에서는 모든 영적 구도자가 직면하는 아마도 가장 큰 도전, 즉 에고가 얻는 보상을 포함해 모든 것을 신에게 기꺼이 항복하는 일을 다룹니다.

쉬운 일처럼 들립니다. 항복한다는 것은 놓아 버리고 아무것도 할 필요가 없음을 의미하니까요. 이보다 쉬운 것이 있을까요? 사실 항복 과정은 깨달음에 이르는 길에서 가장 어려운 단계에 속합니다. 에고의 촉수는 영적으로 가장 소질이 있는 사람들에게도 깊고 굳게 뿌리 내리고 있기 때문입니다. 이 장을 읽고 나면 항복 과정에 전념하는 일이 왜 그리 어려울 수 있는지 알게 될 것입니다.

에고가 얻는 보상을 항복하고자 하는 자발성이 있으면 일이 벌어지는 대로 모두 놓아 버리는 것이 경험적으로 가능해집니다. 비탄, 분노, 울분, 증오에서 얻는 보상을 놓아 버리는 것도 포함됩니다. 항복할 때는 선택을 해야 합니다. 무엇을 신에게 항복하는 것인가? 어느 쪽에 헌신하는가? '오 주님, 당신을 사랑합니다.'인가? 아니면 '나의 증오, 나의 사악함, 나의 수치심, 나의 죄책감, 나의 보복에서 얻는 고소한 기분을 사랑합니다.'인가? 우리는 신을 사랑하거나 아니면 보복을 사랑합니다. 둘 다 가질 수는 없습니다. 우리는 신을 사랑하거나 아니면 자기 연민을 사랑합니다. 중요한 것은 사실 언제나 선택입니다. 나는 신을 사랑하기 위해 기꺼이 이것을 항복할 것인가, 그렇지 않은가? 깨달음을 얻으려면 이 파워가 강해야 합니다. 신을 위해 모든 것을 기꺼이 포기해야 합니다. 말 그대로 모든 것입니다. 궁극의 경험이 나타나기 전(이라기보다는 어떤 상태에 장악되기 전)의 마지막 순간에 당신의 생명을 항복하라는 요구를 받을 것이기 때문입니다. 생각의 핵core은 나의 생명입니다. 에고의 핵, 자아, 실제의 나입니다. 이것을 신을 위해 내려놓습니다. 겁이 납니다. 그 모든 보상을 놓아 버려야 하니까요. 그래서 그 모든 것을 살펴봅니다. 이제 갑자기 나 자신을 닮은, 나 자신이라고 생각되는 무한한 존재presence가 있습니다. 그리고 그것 또한 내려놓아집니다. 그러면 공포의 순간이 오고 죽음을 경험합니다. 단 한 번의 죽음이 있습니다. 두 번 다시 경험하지 않습니다. 겪은 뒤 살아남게 될 한 번의 죽음이 있습니다. 하지만 그것을 겪은 뒤 살아남을 것임을 알지 못합니다.

에고가 지닌 관념은 자기가 그대로인 채로 깨달음만 얻으리라는 것입니다. 에고는 "나는 여전히 나일 것이되 *깨달은* 내가 될 거야."라고 생각합니다. 그렇지 않습니다. 내가 아니게 됩니다. 마지막 순간에 대비해 여러분을 준비시키는 것이 나의 책임입니다. 이 자리에 있는 사람들 모두가 마지막 순간을 향해 가고 있기 때문입니다. 그 진실을 듣지 못하면 여러분은 어떻게 해야 할지를 모르게 됩니다. 따라서 카르마적으로 내가 지금 '나는 그 진실을 말했다.'고 천명하고 있는 것입니다. 마지막 순간에 여러분은 "무슨 일이 있어도 곧장 앞으로 가라."는 말을 들을 것입니다. 신을 위해 죽으세요. 여러분이 생명을 포기할 때 죽음의 극심한 고통이 일어납니다.(몹시 괴롭고 정말로 죽습니다.) 그런 다음 눈앞에 장관이 펼쳐집니다. 생명이라고 생각했던 것은 어쨌거나 생명이 아니었습니다. 하지만 그것은 너무나 실제 같고, 그렇기에 그 모든 생애 동안 그것을 지켜 온 것입니다. 너무나 설득력 있게 실제 같아서 그것이 곧 나의 생명입니다. 그것이 곧 내 생명의 근원입니다. 에고는 매우 매우 강인합니다. 그렇지 않으면 그 모든 생들 동안 살아남지 못했을 겁니다. 이 마지막 순간에 그것이 내게 말합니다. 또는 내가 느낍니다. 내가 포기하려는 것은 내 생명의 근원 자체라고. 그 순간에 — 정말입니다 — 항복해도 안전합니다. 정말 안전합니다. 하지만 안전하다는 앎이 여러분에게 있어야 합니다. 이 사실을 들었어야 합니다. 그래서 알고 있어야 합니다. 여러분의 오라 안에 이 앎이 있어야 합니다. 예상치 못한 순간에 이 일이 여러분에게 생깁니다. 그리고 여러분은 곧장 통과합니다. 무슨 일을 겪게 되더라도 두려움 속으로 들어가라는 선불교의 격언이 있습니다. '무슨 일이 있어도no matter what'는 어떤 제한도 없다는 말입니다. 무슨 일이 있어도, 심지어 그 일이 죽음이라도. 그 순간에 내가 따랐던, 스승의 말을 되풀이하겠습니다. 무슨 일이 있어도.

항복할 때, 기꺼이 놓아 버리려고 할 때, 에고가 어떤 것에 매달리는 것을 알게 됩니다. 에고가 그것에서 뭔가를 얻고 있기 때문입니다. 모든 사람의 에고는 놓아 버림에 저항합니다. 에고의 저항을 예상하세요. 오래된 에고가 "이 증오는 정당하다."라고 말합니다. 자기 연민을 포기하고, 분노를 포기하고, 울분을 포기하세요. 용서를 통해 그런 것을 항복하세요. 『기적 수업』은 기꺼이 모든 것을 용서해 낮은 수준의 의식의 장에서 빠져나오게 해주는 파워가 있습니다.

처음에 에고는 자기를 형상form과 동일시합니다. 에고는 어떻게 형상을 알까요? 인지recognition를 통해 기억에 남기기 때문입니다. 생각하는 나 같은 것은 존재하지 않음을 어쨌든 알게 될 것입니다. 관찰자-경험자가 존재합니다. 명상이나 관상을 할 때 장에 집중하면 목격이 저절로 벌어지고 있음을 알게 됩니다.

의식에 대해 맨 먼저 알게 되는 사실은 그것이 자동적이라는 점입니다. 의식의 빛은 자동적인 것입니다. 의식은 알아차림을 통해 관찰자나 경험자로 나타납니다. 목격자로 나타납니다. 이 타고난 능력의 근원에 도달하면 그것이 비개인적인 능력임을 알게 됩니다. 의식적으로 알아차리기로 결정한 개인적인 나 같은 것은 존재하지 않습니다. 목격이 저절로 벌어지고 있습니다. 명상할 때 우리는 명상의 내용과 동일시하던 것에서 발을 뺍니다. 나는 이렇다, 내가 그랬다 같은 것을 다 그만둡니다. 그런 것은 모두 틀린 이야기입니다. 나라는 존재는 그 모든 생각과 감정의 파노라마를 지켜보는 목격자일 뿐임을 깨달으세요. 나는 그런 것을 환영 극장이라고 부릅니다.

고모할머니가 내 생일에 정말 특별한 것을 주신 적이 있습니다. 할머니는 그걸 외눈박이 괴물이라고 불렀습니다. 내가 "그 밑에 있는 게 뭐예요?"라고 물었더니 "외눈박이 괴물이야."라고 했습니다. 크로케* 세트 같은 상자였는데, 상자 밑바닥의 무언가를 할머니가 외눈박이 괴물이라고 했습니다. 마음속에서 벌어지는 환영 극장은 명상을 해 본 사람이라면 누구나 알고 있습니

---

* 나무망치로 공을 쳐서 잔디밭 위에 세운 U자형의 문을 통과시키는 구기 종목

다. 기억, 생각, 환상, 상상. '나라는 존재는 비자발적인 목격자'임을 깨달으세요. 목격자가 되겠다고 나서지는 않지만 목격자입니다. 목격의 공로를 주장할 이유도, 목격한 것에 수치심을 느낄 이유도 없습니다. 목격은 자동적이니까요. 의식은 자동으로 의식합니다. 그것이 의식의 본성이고 의식은 비개인적이기 때문입니다. 의식을 갖는 것은 우리의 카르마적 유산의 일부입니다.

목격자, 관찰자와 동일시하게 된 뒤에는 의식과 동일시합니다. 그런 다음 더 이상 의식을 개인적인 것으로 동일시하지 않고, 나타나 있는 것the manifest조차 초월합니다. 그리고 궁극적인 것은 모든 형상을 넘어서 있고 나타나 있는 것을 넘어서 있으며 이 궁극적인 것에서 의식이 생겨난다는 것을 깨닫습니다. 그리하여 붓다가 됩니다.

신에 대한 겸손으로 입장성을 기꺼이 항복한다는 것은 인간이 본질적으로 순진해 심각한 무지로 고통받는 상태일 가능성을 받아들일 준비가 되었음을 의미합니다. 이 고통에서 벗어나는 유일한 길은 우리의 영적 진실에 대한 무지를 초월하는 것입니다. 그런 뒤에 사람은 개인적인 삶에서, 그리고 심지어 결국에는 직업적인 삶에서도 영적 진실을 탐구하는 학인이 됩니다. 인간의 고통을 더는 것이 의학의 일이자 정신 의학의 일입니다. 그래서 나는 정신 분석에 발을 들였습니다. 무의식적 갈등을 이해하는 일이든 정신약리학을 연구하는 일이든 모두 인간의 온갖 고통을 더는 데 도움이 될 능력을 연마하기 위한 것이었습니다. 이런 노력에 전념하면 결국 영적 진실을 탐구하고 영적 프로그램을 수행하게 됩니다. 인간의 딜레마는 다른 경로로는 해결책을 찾을 수 없는 것들이 많기 때문입니다. 사랑하는 사람의 죽음에 달리 해결책이 없는 것과 같습니다. 결국에는 영적 진실이 모든 고통을 치유할 것임을 아는 가운데 신과 신의 뜻에 항복하는 것 외에는 달리 해결책이 없습니다. 그 모든 고통을 초월하는 길은 겸손을 되찾아 자신에게 벌어진 일을 보는 관점을 기꺼이 놓아 버림으로써 영적 진실이 스스로 밝혀지게 하는 것입니다. 사람들은 침묵에 들어가면 그 침묵으로부터 문득 어떤 자각realization이 일어난다는 사실을 알아차리지 못합니다.

억지force로 답을 얻으려고 애씁니다. 아니면 답을 달라고 신에게 강요force합니다. 요구에 불과한 기도가 많습니다. 우리는 위장된 요구에 응답하라고 신에게 강요합니다. "나는 이러이러한 기도를 했다."라고 말하지만 그렇지 않습니다. 우리는 새 차를 달라고 신에게 강요하려 듭니다. 정말로 신의 뜻에 항복하면 갑자기 어떤 일을 다르게 보게 됩니다. 그리고 그 일을 다르게 보면 어떤 상실도 없음을 깨닫게 됩니다. 고통의 근원이 사라집니다. 그리고 고통의 근원이 사라지면 그 근원이 무지에서 비롯되었다는 것, 내가 그 일을 보는 방식에서 비롯되었다는 것을 알게 됩니다. 신에게 끊임없이 항복하면 모든 것이 저절로 해결됩니다. 고도의 문제나 복잡한 문제, 영적으로 어려운 문제도 마찬가지입니다. 새 차를 위한 기도에 임하는 가장 좋은 방법은 새 차에 대한 욕망을 항복하는 것입니다. 왜 새 차를 원할까요? 행복이 자신의 외부에 있는 어떤 것이라고 생각하기 때문입니다. "새 차가 생기면 성공한 기분이 들어 행복할 거야."라고 생각하기 때문입니다. 요컨대 모든 욕망은 어떤 것이 우리에게 행복을 가져올 것이라는 무의식적인 신념 체계와 연관되어 있습니다. 하지만 그 때문에 우리는 외부 세상에 매우 의존하게 됩니다. 그래서 우리의 행복은 맨날 깨지기 쉽고 우리는 맨날 두려움 속에서 삽니다. 행복의 근원이 우리 외부에 있다면 우리는 늘 무력해진 처지, 아마도 피해자의 처지일 수밖에 없기 때문입니다.

행복의 근원이 내면의 자족감이라면 누구도 그것을 빼앗을 수 없습니다. 그리하여 육체적으로 살든 죽든 상관이 없어지는 시점에 도달합니다. 죽음을 눈앞에 두고도 떠나면 떠나는 것이고 아니면 아닌 것이 됩니다. 별일이 아니게 됩니다. 욕망에 시달리는 것은 괴로움을 자초하는 것입니다. 그러므로 신에게 모든 것을 기꺼이 항복한다는 것은 무슨 일이 있어도 모든 것을 항복하는 것, 심지어 생명 자체도 항복하는 것을 말합니다. 그러면 문제가 해결되고 어떤 것으로 대체됩니다. 그리고 그것이 새 차보다 낫습니다.

◇ ◇ ◇

미래가 나의 현재를 만들어 냅니다. 우리는 내 과거가 나를 과거로부터 떠밀고 있다고, 내 과거에 내가 떠밀리고 있다고 생각합니다. 아닙니다. 우리는 자신의 미래에 빨려 들어가고 있습니다. 우리가 운명에 잡아당겨지는 것은 우리가 이미 의지적 행위로 자신의 운명을 선택했기 때문이고, 그래서 지금 그 운명에 도달하는 데 필요한 것이 펼쳐지고 있는 것입니다. 따라서 운명에 대해 불평할 이유가 없습니다. 굳이 불평하고 싶다면 모를까. (불평하는 것에 대해서도 죄책감을 느끼지 마세요.)

어떻게 하면 에고를 초월할 수 있을까요? 우선, 에고 같은 것은 존재하지 않습니다. 에너지들이 구조를 형성하는 경향이 존재할 뿐입니다. 경향만 존재합니다. 그래서 쉽게 되무를 수 있습니다. 두 가지 방법이 있습니다. 명상과 관상을 하는 방법이 있고 기도와 헌신을 하는 방법이 있습니다. 장과 하나가 되세요. 주로 장을 알아차리고 있다면, 나의 집착적이고 강박적인 면이 현재 당면한 어떤 것에 너무 사로잡혀 있어 그것이 나를 미치게 만들고 있지는 않은지 성찰하세요. 이를테면 전혀 중요하지 않은 세부 사항을 낱낱이 알아야 합니다. 점심값이 10,200원이었나 10,700원이었나? 나는 모릅니다. 알 게 뭡니까?

나, 자아감. 이것이 전체를 보는 시야vision입니다. 우리는 모든 일이 일어나고 있는 무한한 공간 속에서 살고 있습니다. 중심 시야가 아닌 주변 시야에 집중하는 것은 상황 전체를 알아차리는 것이라고 할 수 있습니다. 이 강연장의 모든 존재와 그 에너지가 이곳에서 해야 할 이야기와 들어야 할 이야기에 대해 의도하는 바는 자명합니다. 이곳에 있는 에너지 전체와 존재 전체, 그리고 그것들의 집단적 충동에 관한 이야기입니다.

주변 시야의 세계에서 노닐면 항상 상황 전체에 집중되어 있어 유감스럽게도 세부 사항을 많이 놓칩니다. 여러분이 이렇다면 배우자가 있는 것이 최고입니다. 소매에 구멍 난 셔츠를 입었다고 누가 알려 주겠습니까? 나는 구멍을 보고 생각했습니다. '오 이런. 하지만 수잔은 모를 거야. 이건 내가 좋아하는 셔츠라고.' 하지만 내 배우자의 세계에서는 구멍 난 셔츠는 입으면 안 되는 것입니다. 내 세계에서는 아무도 구멍을 눈치채지 못합니다. 왜 그럴까요? 나는 항상 장에 관심 가지기 때문입니다. 명상 중에도 똑같이 할 수 있습니다. 의식 자체를 끊임없이 알아차립니다. 정반대 방법은 내용에 집중하는 것입니다. 명상이나 관상의 또 다른 형태에서는 당면한 현재에 완전히 고정적으로 관심을 집중합니다. 닥쳐오는 대로 현재에 집중하고 어떤 취사선택도 하지 않습니다. 바늘 끝 같은 현재에 계속해서 강렬하게 집중합니다. 강렬한 현 순간 속에서 강렬하게 집중한 채로 있습니다. 주변 시야나 중심 시야에 집중하면 망막에도 그에 따라 어떤 설정 같은 것이 이루어집니다. 초점이 황반이나 장에 맞춰집니다.

헌신적 비이원성은 신에 대한 사랑이 충분해서 신성의 존재를 깨닫는 데 방해되는 모든 것을 기꺼이 항복함을 의미합니다. 모든 것이 타자他者, other가 아니라 큰나Self인 것으로 밝혀집니다. 사람들은 신성을 나중에 저 밖에서 만나는 것으로 생각합니다. 신성은 우리가 깨닫게 되는 우리 존재의 근원, 주관성의 근본적 실상입니다. 우리는 주관성을 당연한 것으로 여깁니다. 우리는 장을 당연한 것으로 여깁니다. 우리는 의식을 당연한 것으로 여깁니다. 이것이 우리가 당연한 것으로 여기는 것입니다. 이것이 우리가 중요한 것으로 생각하는 것입니다. 이것이 사소하고 중요하지 않은 것이고, 이것이 나라는 존재입니다. 우리는 나라는 존재가 아닌 것에 집중하는 대가로 나라는 존재를 무시합니다.

바로 지금 이 순간, 우리 마음의 99퍼센트는 고요합니다. 이 사실을 알아채지 못하는 것은 시끄러운 1퍼센트에 집중하고 있기 때문입니다. 마치 우리에게 40만 명을 수용할 수 있는 거대한 원형 경기장이 있는 것과 같습니다. 한밤중에 아무도 없는데 경기장 한구석에 아주 작은 트랜지스터라디오가 있습니다. 우리는 그것에 집중합니다. 원형 경기장 전체가 비어 있고 관중석에 아무도 없는데 우리는 그것이 흥미진진한 현장이라고 생각합니다. 우리의 관심을 끄는, 이 순간의 아주 작은 것에 집중합니다. 우리의 관심이 거기에 집중되어 있기 때문에 우리는 그것이 우리의 마음이라고 생각합니다. 그것은 우리의 마음이 아닙니다. 마음은 전적인 고요함입니다. 마음이 고요하지 않다면 우리는 우리가 무슨 생각을 하는 중인지 알지 못할 것입니다. 숲에 고요함이 없다면 우리는 어떤 소음도 듣지 못할 것입니다.

우리는 어떻게 새가 노래하는 걸 들을 수 있을까요? 고요함이 그 배경이기 때문입니다. 마음이 생각하고 있는 바를 우리가 목격할 수 있는 것은 마음의 타고난 고요함이 그 배경이기 때문입니다. 이 사실을 깨달으면 그 목격되는 바를 나가 아닌 그것이라고 부릅니다. 내 마음이 생각하는 것이 아니라 그것이 생각하는 것입니다. 몸에 대해서도 같은 것을 깨닫게 됩니다. 자신을 몸과 동일시하는 데서 벗어나면 몸이 하는 일을 그냥 보고 있게 됩니다. 나는 몸과 아무 상관도 없습니다. 몸과 전혀 아무 상관도 없습니다. 몸은 자연에 속하며 카르마적으로 추진됩니다. 몸은 그냥 자기가 할 일을 합니다. 몸은 다른 누가 흥미롭듯이 내게 흥미롭습니다. 그냥 특이한 물건과도 같습니다.

자각realization의 장은 어떤 것일까요? 어떤 일이 일어나면 그것을 자발적으로 신에게 항복하는 것입니다. 일어나는 모든 일을 자발적으로 항복하는 것입니다. 어떤 음을 들을 때면 그 음이 생겨났다가 사라집니다. 우리가 음을 들을 때 그것은 이미 최고조에 달해 이미 하락하고 있습니다. 항복은 모든 일에 대한 모든 입장성을 자발적으로 놓아 버리는 것입니다. 일어나는 모든 일을 그것이 일어나는 대로 놓아 버립니다. 그것에 대해 어떤 꼬리표도 붙이지 않고 어떤 이름으로도 부르지 않고 어떤 입장도 취하지 않습니다. 일어나는 대로 모든 일을 자발적으로 항복합니다. 그러면 마취 없이 큰 수술을 받을 수도 있습니다. 일어나는 일을 아픔이라고 부르는 순간, "내 엄지가 잘리고 있어."라고 말하는 순간, 아픔에 저항하려 드는 순간, 아픔은 극심합니다. 그런 입장에서 벗어나 칼날 위에 머물듯이 존재하면서 저항을 놓아 버리면 어떤 아픔이나 병도 발생하는 대로 사라지게 할 수 있습니다. 넘어져서 방금 발목을 접질렸다는 느낌이 들면 그것을 아픔이라고 부르지 마세요. 접질린 발목이라고 부르지 마세요. 올라오는 느낌에 저항하는 것을 놓아 버리세요. 느낌에 어떤 꼬리표도 붙이지 마세요.

아픔을 경험하고 있는 것이 아닙니다. 누구도 아픔을 경험하지 않습니다. 아픔은 꼬리표입니다. 우리는 당뇨병을 경험할 수 없습니다. 우리는 폐렴을 경험할 수 없습니다. 우리는 그런 어떤 것도 경험할 수 없습니다. 그런 것은 단어이고 꼬리표입니다. 기침할 수는 있지만 기침을 경험할 수는 없습니다. 기침은 그 일에 붙이는 단어입니다. 느낌이 존재합니다. 그 느낌에 저항하는 것을 놓아 버립니다. 그것을 신에게 항복하세요. 일어나는 대로 모든 것을 신에게 기꺼이 항복하세요. 일어나는 대로 기꺼이 항복하면 여러분은 늘그러함Alwaysness의 상태, 존재의 근원으로서 실상이 존재하는 상태가 됩니다.

◇ ◇ ◇

에고는 인과 관계의 관점에서 생각하는 경향이 있습니다. 에고는 목표와 성취를 생각하고 어디로 가는 것을 생각하고 더 훌륭한 무엇이 되는 것을 생각합니다. 우리가 미래에 끌리고 있다는 생각은 에고에게 결코 떠오르지 않습니다. 우리는 과거에 떠밀리고 있지 않습니다. 내면에서 어떻게든 어떤 운명을 직감하고 있다가 이제 자신이 어떤 것에 끌려 그것에 관심 있음을 알게 되는 것입니다. 우리는 과거에 떠밀리고propelled 있지 않습니다. 미래에 끌리고attracted 있습니다.

허용-allowing은 서구 문화에서는 생소한 개념입니다. 서구 문화에서는 매우 양陽적인 관점에서 생각합니다. 더 열심히 하라고, 자신을 더 다그치라고 합니다. 신의 존재를 알아차리는 것도 매우 양적으로 입장을 갖는 데 따른 결과라고 봅니다. 양은 힘껏 노력하고 갈수록 더 어려운 시도를 하는 것과 같고 매우 인과적으로 결과를 냅니다. 반면에 영적 알아차림은 계시에 의해 일어납니다.

영적 알아차림은 계시에 의해 일어납니다.

음陰은 한발 물러서서 팔을 옆으로 벌리고 "오 주여, 당신께 저의 생각하는 상태, 의견을 갖는 상태, 기분이 느껴지는 상태를 항복합니다."라고 말하는 것과 같습니다. 신성에 간청하면서, 신이 계시하도록 허용하는 매우 음적인 정신적 자세로 가슴을 엽니다. 이런 태도는 전 세계에 보급되어 있는 12단계 프로그램에서는 물론 아주 잘 알려져 있습니다. 명상 공부를 통해 우리는 자신에 대한 신의 뜻을 의식하고 알아차리게 됩니다. 탄원합니다. 그리고 받아들입니다. 영적 노력은 헛되지 않습니다.

탄원에 대해 이야기하면, 신에게 나의 생명을 항복하는 것에 대해 이야기하게 됩니다. 기도에 대해 말하면 헌신에 대해 말하게 됩니다. 신에게 애원하고 인도를 청하는 것과 같은 헌신의 행위를 말하게 됩니다. 이처럼 신의 존재presence와 함께하는 능력이 쉽게 발현되게 하는 방법에 대해서는 오랜 세월에 걸쳐 축적된 많은 정보가 있습니다. 내적인 앎knowledge의 길도 있습니다. 내가 쓴 책들은 대기 중인 내면 상태를 드러내는 데 때맞게 도움 될 정보를 공유하기 위한 것입니다. 내면 상태가 대기 중입니다. 우리가 할 일은 알아차림의 걸림돌을 없애는 것뿐입니다.

그러므로 내가 제공하는 정보는 앎만으로 걸림돌을 되무르려는 시도에 해당합니다. 사실상 자기 앎의 길입니다. 그리고 물론 특히 우리의 길을 가로막는 것은 에고입니다. 의식 연구는 에고가 어떻게 생겨났고 어떻게 작동하는지 이해함으로써 에고의 정확한 본성을 파악하는 일입니다. 우리는 에고 포기에 들어갈 수 있습니다. 맨 먼저 시도할 알아차림은 인식perception과 본질essence의 차이를 깨닫는 것입니다. 물론 데카르트가 수 세기 전에 그 차이를 지적했습니다. 내가 보는 식의 세상이 있습니다. 내가 세상을 어떻게 인식하고 있는지, 내가 세상에 대해 어떻게 생각하는지, 이런 것은 나의 의견입니다. 그리고 있는 그대로의 세상이 있습니다. 내가 어떻게 생각하는지, 내가 뭐라고 꼬리표를 붙이는지, 내 의견이 어떤지와는 무관한 세상입니다.

영적 작업은 인식을 초월해 사물의 본질을 경험하려고 노력하는 것입니다. 나는 여러분이 의식의 척도를 활용할 줄 알게 되면 그 진도가 엄청나게 빨라진다고 봅니다. 우리 세상 속의 다양한 것들을 측정한 목록 몇 가지만 살펴봐도 본질을 직감하기 시작합니다. '아하!' 하게 됩니다. 양의 탈 속에 실제로 무엇이 있는지를 보게 됩니다. 트로이의 목마 속이 보이면 안이하고 어리석은 것에 더 이상 속아 넘어가지 않게 됩니다. 우리는 인식이 모든 것을 무색하게 만드는 미디어 사회에서 살고 있습니다. 무대에서 보여지는 모습 같은 것 말이죠. 사람들은 발표자의 자질이나 실체보다는 그런 것에서 깊은 인상을 받습니다.

큰 재난이 벌어지면 나는 그 일에 처해 있는 사람들의 심리적, 정서적 고통을 염려해 그들의 불안과 공포가 완화되기를 기도합니다. 위기 자체는 늘 똑같다고 해도 사람들은 어떤 상황이냐에 따라 그것이 다른 위기라고 생각하기 때문입니다. 사실 극심한 위기는 언제 어떻게 벌어지든 양상이 늘 똑같습니다. 충격받고 놀라워하고 믿을 수 없어 합니다. 위기의 와중에는 사실 아무 생각도 안 납니다. 위기가 끝난 뒤에야 비로소 속상해합니다. 위기는 예상치 못하게 너무 빠르게 시작되었다가 채 알아차리기도 전에 끝납니다. 그런 뒤에는 두려움이 솟는 경우가 아주 많습니다. 놀랍게도, 두려움이 솟는 것은 사건 전체가 끝난 뒤입니다. 끝난 뒤에 마음속에서 빠르게 사건이 재연되고, 재연 중에 두려움이 솟습니다. 사건이 벌어지는 순간에는 어떤 두려움도 없습니다. 그러니 감정의 에너지를 다루세요. 감정의 특색을 다루지 말고 감정의 에너지를 다루세요.

감정에 항복하기만 하면 됩니다. 그 에너지 자체에 항복하기만 하면 됩니다. 그리고 에너지에 대한 저항을 놓아 버립니다. 그러면 에너지는 자연히 해결됩니다. 우리가 집단 무의식의 지혜도 갖고 있다는 사실을 잊지 마세요. 어떤 것의 대처법을 나는 기억하지 못해도 집단 무의식은 기억합니다. 왜냐면 인류가 수없이 많은 위기를 겪어 왔기 때문입니다. 그래서 그 집단적 알아차림과 인류의 의식 안에는 우리가 필요로 할 만한 모든 수단이 있습니다. 그저 자신의 인간적 본성humanness에 항복합니다. 우리는 신에게 기도할 때 흔히 그렇게 합니다. 그렇게 하기만 하면 됩니다. 그러면 갑자기 전 인류의 집단적 의식이 지닌 지혜를 물려받아 받아들이게 됩니다. 물론 인류는 수천 년에 걸쳐 상상 가능한 모든 위기에 대처하는 법을 익혔습니다.

감정에 저항하지 마세요. 대신 이렇게 말하세요. "물론 속상하겠지. 물론 걱정되겠지. 물론 '아, 이제 어쩌지?' 하겠지. 물론 공황 상태에 빠지겠지." 그런 감정이 생겨도 됩니다. 그런 것은 자연스러운 반응일 뿐입니다. 그런 것은 인간적 본성의 일부일 뿐입니다. 내가 그런 식으로 반응하고 있다고 꼬리표를 붙일 필요가 없습니다. 그런 식으로 반응하는 것이 인간적 본성입니다. 일반적인 사람은 망연자실하고 공황 상태에 빠지고 공포에 질립니다. 그리고 물론 그런 뒤에는 이를테면 실직했으니 생존을 위해 어떤 복구 조치를 취할지 마음속으로 계획을 세우고 논의하기 시작합니다.

아니면 어느 단계 하나가 통상보다 오래 지속됩니다. 비탄이나 공포나 울분에서 헤어나지 못하게 됩니다. 문제는 걱정이나 두려움이나 분노 자체가 아닙니다. 거기서 헤어나지 못하는 것이 문제입니다. 왜 거기서 헤어나서 나아지기를 꺼릴까요?

나는 환자들에게 "그 끊임없는 울분에서 무엇을 얻고 있죠?"라고 지적하곤 했습니다. 그러면 환자들은 아내가 자기를 떠났다든가 상사가 자기를 해고했다든가 하는 얘기를 했습니다. 하지만 그들은 그런 것에서 이득을 짜내고 있었지요. 나는 그들이 그 사실을 자각하기를 바랐습니다. 그래서 그들에게 "몇 년 전 일이잖아요. 이제는 극복해야죠."라고 말하곤 했습니다. 그들은 그런 것에서 이득을 짜내고 있었습니다. 그런 것을 이용해 먹고 있었습니다. 이 점을 깨달으면 자신이 사실은 스스로 울분을 증식시키고 있었음을 알게 됩니다.

현대 사회에서는 피해자가 되기 위해 경쟁합니다. 자신이 왜 피해자인지 이야기하려고 사람들 앞에 나서고 싶어 하는 모습을 보면 너무 웃깁니다. 누가 가장 부당하게 취급당했는지를 가리자고 거의 경쟁을 하고 있습니다. 성별이나 인종이나 피부색으로 누가 가장 부당하게 취급당했을까? 누가 돈이나 사회적 위치나 정치의 피해자일까? 누가 가장 부당하게 취급당했는지를 가리는 경쟁에 모두가 나서고 있습니다.

마치 도덕적 경쟁과 같습니다. 여기서 누가 가장 부당하게 취급당했지? 노인들인가, 젊은 사람들인가? 공화당 사람들인가, 민주당 사람들인가? 누가 그 부당 행위에서 가장 비중이 크지? 보고 있자면 거의 코미디입니다. 모두가 앞다퉈 TV에 나와 자기가 어떻게 부당하게 취급당했는지 이야기하는 것을 아주 좋아합니다. 자기도취입니다. 모든 것에서 최대한 이득을 짜내는 겁니다. 이런 일이 무엇에 도움 되는 것인지 이해가 되면, 그런 일이 자급자족 중인 자기도취일 뿐이라는 관점에서 이해가 되면, 사람들이 그런 것에서 헤어나지 못하는 것이 그저 안타깝게 여겨지게 됩니다. 위기에서 최대한 이득을 짜내는 것을 지나가는 단계로 삼을 수도 있지만, 그런 뒤에는 위기를 극복해야 합니다. 우리는 사람들이 위기를 극복하고 삶을 계속 살아가도록 돕고 싶어 합니다.

희망이 있는 의식 수준으로 옮겨 가기

호킨스 박사는 문제는 문제가 일어난 의식 수준에서 처리되는 것이 아니라 그 위의 의식 수준에서 처리되는 것이라고 말합니다. 그리고 그 까닭을 알려 줍니다.

슬픔을 슬픔의 수준에서 다룰 수는 없습니다. 문제를 다루려면 「의식의 지도」를 보고, 현재 어느 수준에 있는지를 알고, 그 위로 올라갑니다. 비탄(75)이나 울분 같은 것에서 받아들임(350)의 수준으로 올라가 더 이상 문제를 개인화하지 않습니다. 문제는 내가 아닙니다. 삶의 본성이지요. 원형질 생명의 본성입니다. 인간이 사는 삶의 본성입니다. 이 시점에 이 나라에서 사는 삶의 본성입니다. 취업률은 나 개인과는 아무 상관도 없습니다. 그런 것은 비개인적인 현상입니다. 문제를 일반화해서 개인적으로 받아들이지 않고 그 위의 의식 수준으로 올라가는 법을 익히세요. 거기에 희망이 있습니다.

일자리를 잃으면 망연자실하고 분노하고 울분에 차고 우울해하는 대신 중립(250)의 수준으로 올라갑니다. 그러면 '난 이 일자리를 잃었어. 그래서 뭐?'라고 생각하게 됩니다. 구인 공고를 찾아보면 일자리가 많이 있습니다. 거리를 걷기만 해도 일자리가 많이 보입니다. 내가 사는 곳에서는 상업 지역의 아무 거리나 가봐도 구인 광고가 보입니다. 엄청난 실업난이 한창일 때도 상가에서는 거의 절반의 가게에 구인 광고가 붙어 있지요. 모두가 일손을 원합니다. 사람들이 그런 시간에 일하거나 그런 돈을 벌려고 일하거나 그런 여건에서 일하고 싶어 하지 않을 뿐입니다. 하지만 그런 마음을 다 놓아 버린다면 기꺼이 거리로 나가 매일 가게 유리창을 닦아서 돈을 잘 벌게 될 겁니다. 알다시피 실제로는 일자리 부족의 문제가 아니라 선택의 문제입니다. 창문 닦이 수준의 일을 선택하고 싶지 않은 것이 문제일 뿐입니다. 우리는 원하는 일을 하고 싶어 합니다. 피아노를 치거나 춤을 추거나 아름다운 그림을 그리고 싶어 하면서 그 일로 부자도 되고 싶어 합니다. 그러는 대신에 현 상황이 새롭고 흥미진진한 모험의 시작이길 희망하는 것으로 발전할 수도 있습니다. 어떤 모험을 하게 될지 모르고 어떤 일자리를 찾게 될지 모릅니다.

　나는 모든 일자리에서 흥미로운 점을 발견합니다. 어디서 어떤 일자리를 얻든 항상 새로운 사람들을 만나게 됩니다. 모든 새 일자리의 신나는 점 한 가지는 함께 일하며 친해질 새로운 사람들을 만난다는 것입니다. 새로운 우정이 생기고 새로운 유대가 생기고 흥미롭고 재미있는 새로운 사람들이 생깁니다. 어떤 사람들은 유쾌할 것이고 어떤 사람들은 끔찍할 것입니다. 이 점을 알고 있으면 새 일자리가 새로운 모험이 될 뿐입니다. 삶은 하나의 모험에서 다른 모험으로 이어집니다. 삶은 한 번에 하루 동안 살아가는 언제나 새로운 모험입니다.

위기에 처했을 때 마음의 힘은

어떤 여자가 아들이 군사 작전 중에 실종되었다는 연락을 받고 깊은 우울에 빠졌습니다. 말을 잃었고 먹지도 않았고 흔들의자에 앉아 몸을 앞뒤로 흔들기만 했습니다. 어떻게 하건 뭐라고 하건 설득이 안 되었습니다. 먹으려 하지 않았습니다. 말하려 하지 않았습니다. 일주일 뒤 육군성에서 착오가 있었다는 연락을 다시 보내왔습니다. 죽은 사람은 여자의 아들이 아니었습니다. 이름의 철자가 한 글자만 다른 동명이인이었습니다. 여자의 아들은 L이 두 개 들어간 필립Phillip이고 죽은 사람은 L이 한 개만 들어간 필립Philip이었습니다. 오자 때문에 잘못된 연락을 받았던 것입니다. 아들이 죽지 않았다는 말을 듣고도 여자는 전혀 눈에 띌만한 반응을 보이지 않았습니다. 다들 여자에게 "할머니, 할머니, 죽지 않았대요. 완전히 착오였대요."라고 말했습니다. 그런데도 여자는 계속해서 몸을 앞뒤로 흔들며 초점 없는 눈으로 허공만 바라봤습니다.

여자를 그 상태에서 벗어나게 하려면 치료가 필요했습니다. 그런 상태에 장악되면 많은 생애의 모든 비탄이 풀려나와 동시에 여자를 강타한다고 할 수 있습니다. 그런 상태는 일단 확고해지면 자체의 생명력을 갖게 됩니다. 그것이 지배력을 얻으면 마치 다른 영에 씌운 것처럼 됩니다. 그 사람의 무의식 속에 잠복해 있던 어떤 영이 사람을 장악하고 장field을 지배하기 시작합니다.

울분에 차 있는 사람들에게서도 그런 것을 볼 수 있습니다. 분해하고 분노에 차 있어서 언제 적 일 때문이냐고 물으면 "20년 전 일이요."라고 합니다. 그러면 나는 "20년 전이요! 이제 그 일에서 벗어날 때가 됐네요. 그 일에서 20년 동안 단물을 빨았군요."라고 말하곤 했습니다. 그 일에 집착하는 데서 얻는 이득을 그 사람이 의식하게 해서 그 일에서 벗어나게 하는 것입니다. 하지만 사람들은 불평등에 집착합니다. 불평등 주장을 아주 잘합니다. 부당하게 취급당한 데서 너무나 많은 이득을 얻기 때문에 누가 가장 부당하게 취급당했는지를 놓고 경쟁을 벌입니다.

위기 기도

"부디 저와 함께하시어 이 경험을 항복하고 처리할 길을 보여 주십시오."

아주 좋은 기도입니다. 신의 뜻을 구하는 기도, 신에게 도움을 청하는 기도는 모두 유용합니다. 이 기도를 하기 전과 후에 그 사건의 에너지를 측정해 보면 기도로 에너지의 수준이 올라간 것을 알 수 있습니다. 기도가 치유의 에너지를 많이 가져오는 덕분에, 전에는 빠져나오지 못했을 어떤 것에서 빠져나오게 됩니다.

기도는 현재를 살아가는 데 도움이 됩니다. 기대 때문에 두려워하는 상태 속에서 사는 사람이 많습니다. 그들은 그렇게 사는 것에서 어떤 보상을 얻습니다. 그런 뒤에 그들은 그렇게 두려워하는 습관이 어디서 생겼는지를 알아내고, 그런 두려움은 신과 신성한 도움이 존재하며 우리가 그 덕을 볼 수 있음을 알지 못한 데서 연유한 것임을 알게 됩니다. 이 세상의 불가능한 일들에 홀로 맞서고 있다고 생각하면 쉽게 두려워지기 마련입니다. 혼자가 아님을 알게 되면, 신의 존재가 도움의 원천임을 알게 되면, 그런 두려움이 사라집니다. 자신의 에고 대신 신에게 의지하게 되기 때문이지요.

사실을 알고 보면 우리의 에고는 그 자체만으로는 그 많은 일을 감당할 수가 없습니다. 신은 생명의 근원입니다. 그리고 신은 강인함과 희망과 알아차림의 근원입니다. 우리는 신에게 기도하고 신에게 항복하고 "신이시여, 그 일에 대해 제가 할 수 있는 일을 다 했습니다."라고 말합니다. 그러는 동안 우리는 계속해서 정원의 땅을 파고 물러선 다음 마술처럼 무가 갑자기 땅에서 싹을 틔울 것을 기대합니다. 그러자면 나의 노력이 필요합니다. 신성한 도움은 언제든 받을 수 있는 것이지만 그것을 얻으려면 먼저 그것에 항복해야 합니다. 항복하고 나면 신의 에너지가 나를 위해 내가 기도한 일을 처리해 준다는 것을 알게 됩니다. 내가 직접 그 일을 처리할 필요가 없습니다. 그 일을 놓아 버리면 내 도움이 전혀 없어도 그 일이 처리된다는 것을 깨닫게 됩니다.

신은 나를 전혀 필요로 하지 않았습니다. 나는 벌어지고 있는 일을 목격했을 뿐입니다. 그리고 만약 카르마 상에서 이 시간에 세상을 떠날 운명이라면 나는 다소곳이 이 시간에 세상을 떠납니다. 작은 두 발을 하늘로 치켜들고 발버둥 치는 어린애처럼 그일로 울고불고할 이유가 있을까요? 떠날 시간이면 떠나면 됩니다. 지금이 아니라면 나중에 떠나면 됩니다. 이러자면 다소 심오한 영적 체험이 필요합니다. 진정한 나, 큰나Self는 삶을 초월한 것이며 죽음은 시작도 끝도 없는 것이라 시작과 끝이 있는 것과는 차원과 다르다는 알아차림의 경험이 필요합니다. 죽음은 차원이 다르다는 것, 그리고 나의 실상은 개인적 자아가 아니라 개인적 자아를 넘어서는 내면의 어떤 본질이며, 그 본질에서 개인적 자아의 감각이 생겨나지만 본질과 개인적 자아는 별개라는 점을 알아차리는 경험입니다.

누가 나를 최면이나 마취 같은 것으로 잠들게 하면 내가 더 이상 존재하지 않을까요? 그렇지 않습니다. 잠드는 것은 작은 자아 self로서의 나 자신에 대한 의식적인 알아차림뿐입니다. 일단 큰 나self를 경험하면 죽음의 공포는 영원히 사라집니다. 나라는 존재는 태어남이나 죽음에 영향받지 않습니다. 그것은 항상 있고, 항상 있었고, 항상 있을 것인 영원한 것입니다. 그리고 신성이란 우리 내면에 있는 신의 본질입니다. 생명의 근원은 우리 내면에 있는 신성의 본질입니다.

우리는 "당신은 5분 안에 죽을 거요."라는 말을 듣고 "어쩐지! 안 그래도 오늘이 재미있는 날이 될 것 같더라고요."라고 할 수도 있습니다. 죽음에 완전히 항복하면 공포가 사라집니다. 공포는 필수품이 아닙니다. 공포는 우리가 죽음에 덧붙이는 장신구예요. 자기도취적인 에고가 덧붙이는 것입니다. 자기중심적이고 자기도취적인 에고가 가장 겁내는 것은 자기가 더 이상 존재하지 않을 것이라는 생각이나 자기가 그다지 중요한 것이 아니라는 생각입니다.

두려움 놓아 버리기

우리 마음의 습관 한 가지는 두려움에 매달리면 자신의 생존에 도움 되는 무언가를 얻을 것이며 그런 감정성에는 어떤 이득이 있다고 믿는 것입니다. 감정성에서 이득을 얻습니다. 그래서 우리의 최선은 감정 자체에 항복하는 것입니다. 그렇게 하면 감정은 스스로 사그라집니다. 두려움이 나를 완전히 압도하도록 허용하고 두려움에 항복하면 놀라울 만큼 즉각적으로 두려움이 사라져서 "그래서 뭐?" 하게 됩니다. 이것은 어떻게 보면 사실 명상을 통해서만 도달할 수 있는 알아차림입니다. 우리에게는 뭐가 되었든 감정이 일어납니다. 두려움, 분노, 울분, 만족, 사랑 등 온갖 감정이 일어납니다. 그러면 그 감정이 무엇에서 비롯했는지, 무엇을 반영하고 있는지 알아차립니다. 자아self, 즉 자기중심적이고 자기도취적인 에고를 통과해 진정한 큰나Self에 도달하려고 노력하는 것입니다. 이것은 다소 수준이 높은 방법입니다. 이렇게 하려면 대개 수년의 명상이 필요합니다.

그런 다음 어느 순간 갑자기 나의 실상이라고 여기는 바가 나 없이도 자발적으로, 자율적으로 기능합니다. 나라고 여기는 것은 관여하지도 않습니다. 이 시점에서는 육체를 떠나거나 아니면 육체로서의 나, 육체 속에 있는 나, 육체를 갖고 있는 나를 더 이상 경험하지 않게 되어 육체의 목격자가 되는 경우가 아주 많습니다. 그리고 이 시점에서는 육체가 가치 있게 여겨지지 않을 뿐더러 흥미롭게 보이지도 않습니다. 처음 육체를 떠나 보면 놀랍니다. 육체가 누워 있는 것이 보입니다. '아이고, 그러면 걱정스러울 것 같다.'라고 생각되겠지만 그렇지 않습니다. 멍청한 것이 누워 있는 것뿐입니다. 그것은 육체지만 나의 육체가 아닙니다. 그것은 나가 아닙니다. 별로 흥미롭지가 않습니다.

◇ ◇ ◇

우리는 두려움을 하나의 감정으로 느낍니다. 두려움을 만들어 내는 사람은 확실히 우리 자신입니다. 하지만 우리 마음은 습관적으로 그렇게 합니다. 이것을 두려워해야 하고 저것을 두려워해야 합니다. 우리의 많은 두려움은 사실은 프로그래밍된 것입니다. 질병, 노화, 고통, 죽음, 가난은 보편적인 인간의 두려움입니다. 현실에 기반한 두려움, 인간의 삶은 한시적이고 육체는 취약하다는 사실에 기반한 두려움이 완전히 불합리한 것은 아닙니다. 따라서 생존을 위한 정상적인 조심성을 없애라는 이야기가 아닙니다. 하지만 조심성은 두려움과 다릅니다. 뉴욕의 특정 거리를 걸을 때 조심성이 없으면 그리 오래 다니지 못할 것입니다. 조심성은 지혜의 일부입니다. 하지만 조심성은 두려움과 다릅니다. 조심성은 합리적입니다. 반면에 악몽을 꾸어 본 사람이라면 알고 있듯이 두려움은 예상치 못한 갑작스러운 공황 상태 같은 것으로 닥칠 수 있습니다.

정상적인 자기 보호를 없애라는 이야기가 아닙니다. 불합리한 두려움을 이야기하고 있는 것입니다. 불합리한 두려움은 직면하면 많이 극복됩니다. 대중 연설 공포가 있는 사람들에게 나는 항상 나도 오랫동안 그랬다는 이야기를 합니다. 강의를 할 수가 없었습니다. 한번은 억지로라도 청중 앞에서 강의해야 했습니다. 정말 많이 불안했지요. 그러다 문득 웃기는 이야기를 했더니 청중이 웃었습니다. 그 순간 나의 두려움이 사라졌습니다. 그리고 이 마법 같은 발견을 한 이후로 강의를 수백 번은 했습니다. 유머가 모든 불안을 덜어준다는 사실을 발견한 덕분이었습니다. 이야기에 농담을 섞으면, 농담 섞기를 해낼 수 있으면, 불안이 덜어집니다. 청중이 웃는 순간 이제 되었다고 느껴집니다. 이것을 발견하는 순간은 마법 같습니다. 나는 우연히 발견했습니다.

앞에서 이야기했듯이 위험한 환경에서 조심성을 발휘하는 것은 합리적인 생존술입니다. 지금 이야기하는 것은 현실적인 근거가 없는 두려움입니다. 이런 두려움을 극복하려면 그것에 뛰어들고자 하는 용기와 자발성이 어느 정도 필요합니다. 평범한 사람도 어렵지 않게 조심성과 근거 없는 두려움을 구별할 수 있다고 봅니다. 어떤 기분이 들든 그것을 회피하지 않고 그것에 뛰어들면서 '이걸 더 원한다.'라고 말합니다. 그리고 그것이 자연히 끝날 때까지 놔두면 결국에는 그것을 바닥낼 수 있습니다. 이렇게 하는 것을 상상을 통해서 할 수도 있습니다. 자신이 겁내는 어떤 것을 상상해서 두려움이 일어나도록 놓아둔 다음 두려움에 대한 저항을 놓아 버립니다. 어떤 감정이든 그 총량에는 한계가 있습니다. 자신이 겁내는 것을 계속해서 생각하면 결국에는 두려움이 바닥나고, 그러고 나면 또 다른 것을 떠올려서 겁내기가 거의 불가능함을 알게 됩니다. 감정을 바닥내려면 감정에 대한 저항을 놓아 버립니다. 감정의 압력을 풀어 놓습니다. 그런 다음 "내가 또 뭘 겁내지? 내가 또 뭘 겁내지?" 하고 계속 자문해서 결국에는 겁난다고 상상할 수 있는 것을 죄다 바닥냅니다.

관심의 초점을 통제하는 방법도 있습니다. 예를 들어 계속해서 발가락을 생각합니다. 나는 대중 연설 공포가 있는 사람에게 "무대에 올라가면 연단 뒤에 서 있는 동안 발가락을 생각하라."라고 시키곤 했습니다. 그렇게 해 보면 발가락 생각을 하느라 너무 바빠 겁이 날 수가 없음을 알게 됩니다. 결국에는 그 때문에 웃게 되고, 웃는 순간 두려움이 사라집니다. 발가락을 생각하세요. 강연을 할 때 나는 매번 몇몇 저자의 이름이 생각이 안 납니다. 그러지 않으려면 그 이름들이 내 발가락에 써 있다고 상상합니다. 그리고 강연하다가 또 생각이 안 나면 발가락을 내려다봅니다. 그러면 갑자기 기억이 납니다.

나는 대중 연설 공포증이 있는 사람들과 이 연습을 많이 했습니다. 집에서 연습하게 하고 나와 함께 연습하게 했습니다. 대중 연설 공포증은 아마도 내게 해결 의뢰가 들어온 가장 흔한 공포증이었을 겁니다. 나는 사람들이 완전히 경험하게 만듭니다. 계속 상상하고 놓아 버려서 마침내는 두려움이 바닥나게 만듭니다. 두려움은 바닥이 납니다. 압축된 가스와 같은 두려움이 많이 있는 법이지만 우리는 그 밸브를 열어 바닥낼 수 있습니다.

그러면 어떻게 되는데?

무언가에 두려움이 있으면 내가 '그러면 어떻게 되는데And Then What?'라고 부르는 기법을 사용하세요. 이 기법을 사용할 때는 각 단계에서 계속 항복합니다.

예를 들어 "이 일자리를 잃으면 먹고사는 데 필요한 돈이 충분하지 않을 거야."라는 두려움이 들면 "그러면 어떻게 되는데?"라고 말합니다.

"먹고사는 데 필요한 돈이 충분하지 않으면 집을 팔아야 할 거야."

그러면 또 "그러면 어떻게 되는데?" 합니다.

"집을 팔고 나면 어디서 월세를 살아야 할 거야."

"그러면 어떻게 되는데?"

"그런 뒤에 돈이 떨어지면 셋집에서 나가야 할 거야."

"그러면 어떻게 되는데?"

"음식 살 돈이 충분하지 않을 거야."

"그러면 어떻게 되는데?"

"그러면 굶어 죽게 될 거야."

구체적으로 다시 생각합니다. '어떻게 굶어 죽을까? 길가에 앉은 채로 바로 굶어 죽지는 않겠지.'

"그러면 어떻게 되는데?"

"그러면 깡통을 구해서 그걸 들고 돈을 구걸하게 될 거야."

"그러면 어떻게 되는데?"

"밖에서 깡통을 들고 앉아 있으면 사람들이 날 바보라고 비웃을 거야."

"그러면 어떻게 되는데?"

"그러면 경찰이 와서 날 잡아갈 거야."

"그러면 어떻게 되는데?"

"내가 미쳤다고 판단할 거야."

"그러면 어떻게 되는데?"

"그러면 나를 정신 병원에 처넣을 거야."

"그러면 어떻게 되는데?"

"그러면 정신과 의사를 만나게 될 거야."

이렇게 '그러면 어떻게 되는데?' 기법을 계속 사용합니다. 그리고 '그러면 어떻게 되는데'의 시나리오에 항복하면서 그 불합리성에 뛰어들어 두려움의 바닥에 도달합니다. 나는 가난하고 추해질 거야. 그래서 아무도 날 좋아하지 않고 아무도 날 써 주지 않을 거야. '그러면 어떻게 되는데'를 계속해서 그 바닥에 이릅니다. 그러면 결국에는 '그러면 어떻게 되는데'가 바닥날 것입니다. 무더기가 쌓여 있으니 그 무더기를 파고드세요.

열기구를 타고 그랜드 캐니언을 가로질러 가다가 뜻밖의 경험을 한 적이 있습니다. 나는 내가 내내 겁에 질릴 것이라고 생각했습니다. 실제로는, 나는 열기구 밖을 내다보면서 두려움이 계속 올라오게 내버려 두었습니다. 그렇게 해서 나는 두려움을 바닥 냈습니다. 두려움이 떨어졌습니다. 나는 내가 두려움을 바닥낼 수 있을지 몰랐습니다. 내가 맨날 어떤 경험을 겁낸다는 것은 영구적인 것이라고만 생각했는데, 내가 그런 두려움을 바닥낼 수 있다는 것을 알게 되었습니다. 이럴 때 사람들은 깜짝 놀랍니다. 두려움이 영구적으로 생길 것이라고 생각하니까요. 그렇지 않습니다. 계속 기법을 실행하세요. 그리고 어떤 경우에는 기억의 감정적 색깔을 바꿀 수 있는 음악을 도입할 수도 있습니다. 반대 효과가 있는 어떤 유형의 음악 속에서 해당 기억을 돌이켜보면 그것이 상당히 극적인 영향을 미쳐 장 전체가 바뀔 수 있습니다.

가장 효과가 강력한 것은 물론 상황을 신에게 넘기는 것입니다. 기도와 함께 신에게 넘기는 것이 가장 강력합니다. 방울뱀과 마주쳤을 때가 생각나네요. 혼자 있다가 갑자기 방울뱀과 마주쳤습니다. 녀석은 똬리를 틀고 공격할 준비가 되어 있었습니다. 나는 신에게 아주 깊이 항복했습니다. 그냥 놓아 버리고 신의 존재를 아는 상태에 항복하자 심오한 평화가 방울뱀과 나를 압도했습니다. 샹그릴라*처럼 황홀한 평화로운 고요의 상태 속에서 우리 둘 모두에게 시간이 정지된 것 같았습니다.

뱀은 고요하고 평화로웠고 나도 고요하고 평화로웠습니다. 둘

* 영화 「잃어버린 지평선」에 나오는 유토피아

다 서로에 대한 두려움을 버렸습니다. 뱀도 나를 겁내었으니까요. 둘 다 멈춰 선 채 깊은 고요와 평화와 시간을 초월한 느낌만 존재했습니다. 우리는 용케 어떤 신성한 상태로 달아났고, 그 신성한 상태의 파워가 방울뱀을 진정시켰습니다. 둘 다 움직이지 않았습니다. 둘 다 정말로 침착했습니다. 굉장한 순간이었습니다. 아마도 몇 초 정도 잠시 지속된 순간이었습니다. 하지만 시간 경험상으로는 시간을 초월했습니다.

신성에 간구하는 것이 물론 상황을 바꾸기 위한 가장 강력한 방법입니다. 하지만 신성이 어떻게 나타나길 원한다고 신에게 지시할 수는 없습니다. 그러는 것은 관행적으로 윤곽 제시*outlining*라고 부르는 것, 즉 신에게 누구의 어떤 일이 언제 어떻게 되게 해 달라고 하는 것입니다. 항복을 할 때는 결과가 어떻게 될지를 항복합니다. 예를 들어 "이 일자리를 얻든 못 얻든 결과를 신에게 항복합니다."라고 말합니다. 그렇게 말하고는 돌아서서 일자리를 얻지 못했다고 불평할 수는 없으니까요. 일자리를 얻으면 좋고 얻지 못해도 좋습니다. 일자리를 얻지 못한다면 그것은 신이 내가 다른 데서 일하길 원하기 때문입니다. 어느 쪽으로든 내가 이깁니다.

6장

진실

이 장은 삶이 제기하는 가장 심오한 영적 질문 가운데 하나인 '진실은 무엇인가?'의 답을 얻는 데 도움이 됩니다. 우리가 살고 있는 이 인터넷의 시대에는 어떤 주제에 대해서든 자기가 진실을 말한다고 주장하는 이른바 권위자나 구루의 블로그와 웹사이트가 아주 아주 많습니다. 그리고 그런 주장들은 서로 충돌하거나 완전히 모순되는 경우가 많습니다. 그러니 과연 진실은 무엇일까요?

호킨스 박사의 '진실 대 거짓' 강의에서 발췌한 다음 글에서 호킨스 박사는 '영적 진실에 내재되어 있는 38가지 특징'을 논합니다. 이 특징들을 읽고 독자가 이 심오한 질문을 더 깊이 이해하고 통찰하기 바랍니다.

1. 진실은 언제나 진실이다

보편성이 있다는 것은 지구상에서 지역이 다르고 문화가 다르고 민족이 달라도 수천 년 역사를 통틀어 진실이 늘 정확히 동일했음을 의미합니다. 깨달은 신비가들은 시간을 통틀어 동일한 진실을 말했습니다. 이 특징이 사실 일부 회의론자들의 마음에 의구심을 불러일으켜 왔고, 그래서 과학적인 회의론자는 이렇게 말합니다. "한편으로는 수 세기의 시간 격차가 있는 다양한 문화권에서 똑같은 선언이 반복되고 또 반복된다는 사실이 여전히 마음에 걸립니다. 확실히 어떤 보편성이 있습니다." 즉 진실은 언제 어디서나 누구에게든 항상 진실입니다. 쉽게 알아내지 못할 수는 있어도, 궁극적으로 드러나는 진실은 항상 동일한 진실입니다. 진실은 그 본성상 무슨 일이 있어도 동일할 수밖에 없습니다. 진실은 개인의 의견이나 관점에 좌우되지 않기 때문입니다.

2. 진실은 배타적이지 않다

진실은 모두를 포함합니다. 진실에 관한 비밀 같은 것은 전혀 없습니다. 누구도 진실을 소유하지 않습니다. 진실은 그것의 발견을 원하고 그러기 위한 내면 수련을 원하는 사람이라면 누구든 발견할 수 있도록 공개되어 있습니다. 진실은 접근이 제한되어 있지 않습니다. 누구나 접할 수 있습니다. 누구나 하늘을 보는 것이 가능한 것과 같습니다. 진실은 배타적이지 않습니다. 모두를 포함한다는 말입니다. 비밀이 전혀 없습니다. 진실은 접근이 제한되어 있지 않고 종파로 나뉘지 않습니다. 진실을 독점적으로 소유하는 사람은 아무도 없다는 말입니다. 진실의 유일한 소유자를 자처하는 집단이 많다는 사실에도 불구하고 그러합니다. 햇빛이나 하늘을 독점할 권리가 누구에게도 없듯이 진실을 독점적으로 소유할 권리는 누구에게도 없습니다.

3. 진실은 누구나 접할 수 있다

진실은 누구나 접할 수 있습니다. 하늘처럼 모두에게 공개되어 있습니다. 진실은 배타적이지 않습니다. 밝힐 비밀도 없고 팔아먹을 것도 없고 마법의 공식이나 불가사의도 없습니다. 하늘은 불가사의한 것이 없습니다. 하늘은 공개되어 있고, 숨김없고, 드러나 있습니다.

4. 영적 단체는 목적이 진실하다

이익 볼 것도 없고 손해 볼 것도 없습니다. 단체와 함께한다고 해서 이익을 보지도 않고 단체를 떠난다고 해서 손해를 보지도 않습니다. 왜 그럴까요? 진실은 그 자체로 충분하고 그 자체로 만족스럽기 때문입니다. 세상에서 깨달음이나 자각self-realization이라고 부르는 상태와 같습니다. 진실은 완전하고 완벽합니다. 누구에게서든 아무것도 원하지 않습니다. 진실은 사람들의 동의를 필요로 하지 않습니다. 진실은 그 자체로 완전하고 완벽합니다. 진실은 필요한 것이 아무것도 없습니다.

5. 진실은 종파로 나뉘지 않는다

이것은 말하자면 진실의 첫 번째 특성인 보편성에서 파생된 것입니다. 진실은 제한 사항의 해설이 아닙니다. 사람들은 진실의 독점적 소유권을 주장하고 싶어 합니다. 예를 들어 아무도 한 번도 들어 본 적 없는 엄선된 작은 집단이 있습니다. 이들은 딴 세상에 있는 마스터 바바로부터 위대한 계시를 받았습니다. 무슨 말이냐면, 상황 자체가 바보 같은 판에 이들은 그 계시가 전 세계가 따라야 하는 독점적 진실이라고 주장한다는 것입니다. 진실은 종파로 나뉘지 않습니다. 진실은 편애받는 집단에 한정되지 않습니다.

6. 진실은 의견에 종속되지 않는다

진실은 지성에 지배되지 않습니다. 어떤 것이 지적으로 타당한지, 형상으로 이루어진 선형적 세계에서 타당한지 그렇지 않은지는 중요하지 않습니다. 신학은 설명할 수 있는 것, 정의할 수 있는 것, 논리적인 것에 영적 진실을 꿰맞춰서 그것을 지적인 맥락에 밀어 넣으려고 애씁니다. 진실에 대해 무언가를 말할 수는 있습니다. 하지만 진실에 대한 말은 진실 자체가 아닙니다. 진실에 대해 이야기하고 있는 것일 뿐이니까요. 정말로 진실을 알려면 자신이 진실 *자체*여야 합니다.

7. 진실은 입장성이 없다

앞에서 이야기했듯이 진실은 어떤 것에도 반대하지 않습니다. 진실에는 반대되는 것이 전혀 없습니다. 진실의 부재만 있을 뿐입니다. 무지는 진실의 부재일 뿐입니다. 그러므로 진실은 어떤 적도 없습니다. 사람들이 진실을 믿는지 안 믿는지는 그들의 문제일 뿐입니다. 진실은 확언한다고 이기거나 지는 것이 아닙니다.

8. 진실은 아무것도 요구하지 않는다

진실은 그 자체로 만족스럽고 진실해서 애써 퍼뜨릴 것이 아무것도 없다는 말입니다. 회원 자격이 요구되지 않습니다. 회비를 낼 필요가 없습니다. 규정이나 맹세나 규칙이 없습니다. 탈퇴를 원하거나 참여를 원하지 않더라도 협박받지 않습니다. 그러므로 본래 자유가 있습니다. 이에 대해서는 뒤에서 다룹니다.

9. 진실은 통제하지 않는다

이 점에서 사이비 종교 집단의 유포 방식과 다릅니다. 그런 곳에서는 지도자가 모든 사람을 가장 세세한 것까지 통제하고 싶어 합니다. 성생활은 어떠해야 한다, 옷을 어떻게 입어야 한다, 수염을 기르거나 기르지 말아야 한다, 모자를 쓰거나 쓰지 말아야 한다며 통제합니다. 우리가 모자를 쓰든 말든 수염을 기르든 말든 신이 신경 쓸까요? 사이비 종교 집단은 통제할 뿐만 아니라 거의 노예화하는 것이 특징입니다.

10. 진실은 강압이나 협박이 없다

사이비 종교 집단의 문제점은 점진적 세뇌가 이루어진다는 점입니다. "오, 마스터 아무개시여, 바바 아무개시여." 하면서 지도자를 갖은 말로 찬양합니다. 온갖 의식 절차가 있고 사상 주입이 있습니다. 그런 곳 사람들은 과학적으로 프로그래밍됩니다. "진실을 찾는 사람들이 어떻게 그런 일을 하도록 프로그래밍될 수 있을까?"라는 의문이 들 것입니다. 그런 곳 사람들은 프로그래밍이 얼마나 강력한지 깨닫지 못합니다. 그렇기 때문에 그들이 신념을 버리게 만드는 전문적인 디프로그래머들도 있습니다. 일단 프로그래밍되면 눈이 멀고 귀가 먹기 때문에 전문가가 필요합니다. 사이비 종교에 사로잡힌 사람들은 절박한 상태라 강압과 협박을 받으면 위험한 일도 저지를 수 있습니다.

11. 진실은 구속하지 않는다

영적 진실은 그 자체로 완전하고 완벽합니다. 외부에서 얻을 것이 아무것도 없습니다. 그래서 어떤 규정도 없습니다. 어떤 율법도 없고 어떤 약정도 없습니다. 어떤 것에도 서명할 필요가 없습니다. 그러니 어떤 맹세나 서약도 절대 하지 않는 것이 현명합니다. 왜 그럴까요? 그런 것은 이후 생까지 스스로 자신을 구속하는 것이기 때문입니다. 삶에 온갖 끔찍한 일이 벌어지는 사람들이 있어 그들의 카르마적 경향을 조사해 보면 그들은 어느 생에서 맹세를 했습니다. 그들이 한 맹세는 대개 "아, 내가 맹세와 정반대인 것을 내 운명으로 만들었구나."로 끝나고 맙니다. 맹세라는 말을 듣는 순간 조심하세요. 왜 그래야 할까요? 카르마적으로, 정반대인 것이 운명이 되기 때문입니다. 단지 맹세를 했기 때문에.

12. 자유는 신성의 선천적 특성이다

카르마적으로, 내가 나 자신의 배를 저어 가는 유일한 사람입니다. 내가 선택하는 대로 배가 나아갑니다. 그렇다면 영적 진실도 신성 자체의 특성, 즉 자유라는 특성을 나타낼 것입니다. 모든 일이 자발적으로 이루어집니다. 찬양 같은 것은 하지 않습니다. 영적 단체에 봉사하는 사람들은 봉사자로서 할 일을 하는 것뿐입니다. 찬양 같은 것을 할 이유가 전혀 없습니다.

13. 특별할 것 없다

인정을 받는다는 것은 나라는 존재에게 달린 일이라는 말입니다. 나의 실상은 내가 되어 있는 존재와 현재의 나라는 존재가 가져오는 결과이지 직함이나 과시적인 요소나 사무실이나 핵심과 무관한 능력이 가져오는 결과가 아닙니다. 인정을 받는다는 것은 내가 실제로 되어 있는 존재에 따라오는 결과입니다. 우리가 어떤 사람들을 신뢰하는 것은 그들의 진실성을 믿기 때문이지 그들이 어떤 칭호를 갖고 있기 때문이 아닙니다. 이와는 대조적으로 사이비 교주들은 그들의 칭호가 그들의 유일한 힘입니다. 하지만 진실에 대한 그들의 앎을 측정해 보면 대개 200 미만으로 측정됩니다.

14. 진실은 감화를 준다

감화inspiration는 미화와 다릅니다. 어느 스승이 위대한 화신으로 일컬어지고 전 세계에 수백만 명의 추종자가 있는 것에 감동하는 사람들이 많습니다. 그런데 그런 화신이라는 사람을 측정해 보면 300 정도로 측정되곤 합니다. 추종자들이나 칭호나 연출된 모습 같은 것은 무시할 필요가 있습니다. 의상을 차려입고 가식적으로 행동하는 경우가 많습니다. 변함없이 인기 있는 방식은 가운을 입고 샌들을 신고 머리를 기르고 지팡이를 짚는 것입니다. 해묵은 예수의 상징이죠. 나는 예수가 그런 모습이 아니었다고 확신합니다.

15. 진실은 물질주의적이지 않다

영적 진실은 경제적 이익이나 부나 화려함 같은 것에 관심 없습니다. 세상에는 사이비 종교 집단이 많습니다. 전혀 드물지 않습니다. 흔합니다. 그들은 여러분을 경제적으로 벗겨 먹고 힘든 돈벌이를 시킬 것입니다. 그 실태는 정말로 충격적입니다. 이렇게 생각해 보세요. 우리가 내면에서 완전하고 완벽하다면 세속의 부가 무슨 소용이 있겠습니까? 사이비 교주나 종교는 세속의 부를 정당화합니다. "우리에게 돈이 많으면 훌륭한 말씀을 퍼뜨리고 세상을 구할 수 있다."라고 말합니다. 종교를 속여 종교의 진실성을 훼손한 모든 사람들도 물론 똑같이 말합니다. "선하신 주님을 위해 당신의 모든 소유물을 우리에게 넘긴다고 서명하면 됩니다. 그리고 당신의 아내는 주방에서 무급으로 일하면 됩니다. 우리가 몇 살 몇 살인 당신의 아이들을 맡아 줄 것입니다. 지금 당장 당신의 재산을 우리에게 넘긴다고 서명하면 됩니다. 그러면 당신은 자신의 생명을 구원하는 것입니다." 아주 얄팍한 합리화입니다. "신앙을 위해 우리는 당신의 부가 필요합니다."라는 말을 하는 사람이 있다는 것이 신기할 겁니다. 그들이 필요로 하는 것은 왜 항상 당신의 부일까요?

16. 진실은 그 자체로 만족스럽다

진실은 이미 완전하고 완벽합니다. 무엇을 팔 필요가 없습니다. 이 사실이 개종과 포교, 광고와 판촉에 반론을 제기합니다.

단순한 영적 기법들을 파는 집단이 많습니다. 솔직히 어떤 영성 책에서든 읽을 수 있는 단순한 기법입니다. 두 문장을 가지고 프로그램 전체를 만듭니다. 그러고는 주말 수련에 참석하려면 45만 원을 내라고 합니다. 한편으로 아주 번드르르한 광고를 냅니다. 마치 금 시장에 투자하라는 것 같은 광고입니다. 그런 엄청나고 대단한 것이 우편물로 들어옵니다. 거기에는 이 특정 기법의 놀라운 효능을 확신하는 유명인들이 등장하지요. 여배우도 나오고 기타 유명한 이름들이 나옵니다. 물론 비용이 청구됩니다. 심지어 그런 프로그램 중 다수가 체계적으로 마케팅을 합니다. 진공청소기를 팔든 특정 영적 기법을 팔든 마케팅 방식이 정확히 똑같습니다. 전략이 똑같고 광고 방식이 똑같습니다. 그리고 광고에 위대한 지도자의 사진이 나옵니다. 자기 삶이 지금 얼마나 멋진지를 이야기하는 유명인들도 나옵니다.

나는 내 강연 참석과 관련해 출판물, 공간 임대, 직원 등에 들어가는 적정 비용 외에는 아무것도 청구하지 않습니다. 끊임없이 뭘 팔고 상업화하고 판촉하고 전도할 필요가 있다고 느끼고 본래의 의도는 잊어버리는 일들이 흔히 벌어집니다. 본래의 의도가 무엇일까요?

생계를 유지하는 것과 수익을 올리는 것의 차이를 이해하는 것이 중요합니다. 수익은 다른 개념입니다. 모든 목사는 신자들을 돕는 데 시간과 에너지를 쏟을 수 있도록 생계를 유지할 필요가 있습니다. 진실한 목사는 당연히 신자들의 지원을 받습니다. 수익을 올린다는 것은 이제 그가 신자들을 착취하는 일에 들어간다는 의미입니다.

17. 진실은 무심하다

진실은 세상사에 무심합니다. 세상사에 전혀 의존하지 않으니까요. 이런저런 세상사가 어느 정도*로 진실을 보여 주는지는 알게 되지만 인간으로서 개입은 하지 않습니다. 내가 '세상을 구하고 싶다.'고 말하는 것을 여러분이 들을 일은 없다는 말입니다. 스리 라마나 마하리시Sri Ramana Maharishi가 말했듯이 세상을 신에게 항복하고, 인식을 하려는 자기중심적인 의도를 간과하지 마세요. 우리가 인식하고 있는 것은 존재하지도 않는 것이기 때문입니다. 그것은 우리의 인식일 뿐입니다. 내가 재앙이라고 여기는 일이 다른 누군가에게는 구원입니다, 하느님 맙소사. 그러니 여러분이 이 세상을 극락으로 바꿔 놓으면 세상은 존재 목적을 잃는 것입니다. 바꿔 놓은 다음에는 진화 중인 영혼들이 올 수 있는 다른 행성도 창조해 놓아야 합니다. 긍정적이거나 부정적인 모

* 의식 수준 측정치를 말한다.

든 선택 사항이 뒤섞여 있는 곳을 만들어 거기서 그들이 부정적 카르마를 되무르고 긍정적 카르마를 얻을 수 있게 해야 합니다.

이 세상을 천상계로 바꾸어 놓는다면 천상계가 존재할 이유가 없어질 것입니다. 이곳이 천상계가 될 테니까요. 그러니 이 세상이 의식의 진화를 위해 존재한다고 생각한다면 이 세상은 이미 완벽한 곳입니다. 이 세상은 있는 그대로 완벽합니다. 개선할 것이 전혀 없습니다. 사람들은 바닥을 치지 못하면 호전되지 못합니다. 그렇죠? 그런데도 사람들이 바닥 칠 기회를 빼앗으려는 건가요?

나는 인간의 삶이 존재하는 의도는 삶이 카르마적 이득을 위한 최대의 기회이기 때문이라고 이해하고 있습니다. 어쨌든 붓다는 "인간으로 태어나는 것은 드문 일"이라고 말했습니다. 인간으로 태어나는 것은 지극히 드문 일입니다. 인간으로 태어나는 것은 카르마적인 선물입니다. 인간으로 태어난 선물을 왜 쓸모없게 만들고 싶어 하지요? 인간의 삶은 가난, 병, 노령, 죽음, 슬픔, 상실 같은 부정적인 면이 있습니다. 하지만 인간의 삶에서 우리는 그 사실을 배웁니다. 그래서 인간의 삶에 대한 애착이 멎을 때까지 우리는 계속해서 삶으로 돌아옵니다.

18. 진실은 온화하다

진실은 온화합니다benign. 진실이 식별되는 곳은 측정 수준이

200 이상인 영역이기 때문입니다. 진실을 악마화하지 않는 한 진실과 반대되는 것은 존재하지 않습니다. 악마나 악 같은 것을 사람에게 대입함으로써 진실의 부재와 투쟁하고 있는 사람들은 보이지 않는 적을 상대로 전쟁을 벌이고 있는 것입니다. 신의 적이 되는 것이 가능할까요? 하늘의 적이 되는 것이 가능할까요? 모든 국소적 시공간을 초월하여 존재하며 선형적이지 않은 것은 어떤 것에도 취약하지 않습니다. 그런 것에 어떻게 적이 있을까요? 하늘에 적이 있을까요? 말해 보세요. 누가 적일까요? 햇빛일까요? 아닙니다. 진실은 적이 전혀 없습니다.

19. 진실은 의도하지 않는다

진실은 개입하지 않습니다. 아무것도 전파하거나 촉진하려고 애쓰지 않습니다. 영적 진실성은 초대할 뿐 촉진하지 않습니다. 그리고 누가 우리와 함께하고 싶어 하면 두 팔 벌려 환영하지만, 참여를 촉진하거나 우리 체계에 대한 믿음을 촉진해서 얻을 것은 아무것도 없습니다. 촉진할 것이나 얻을 것이 아무것도 없습니다. 그렇게 한다면 스스로 의혹을 사는 것이기 때문입니다. 진실은 스스로 의혹을 사거나 조건부로 제공하지 않습니다. 진실은 팔 것이 아무것도 없습니다. 얻을 것이 아무것도 없습니다. 타인에 대한 지배력에 아무런 관심이 없습니다.

20. 진실은 비이원적이다

모든 일은, 경향성이 존재하고 조건이 적절하면 잠재 상태가 실제 상태가 되기 때문에 일어납니다. 인과 관계 때문에 일어나지 않습니다. 우리는 잠재 상태의 출현이 이루어져 실제 상태가 되는 것을 봅니다. 나타나지 않은 것unmanifest이 나타난 것manifest이 되는 것을 봅니다. 우리가 실제로 보고 있는 것은 창조가 펼쳐지는 모습입니다.

21. 진실은 고요하고 평화롭다

이것은 말하자면 앞에서 말한 이야기에서 발전된 것입니다. 고요와 평화에서 마음의 평화가 비롯합니다. 다시 말해 마음의 평화가 결과에 좌우되게 하면 안 됩니다. 물 있는 곳으로 데려올 수는 있지만 물을 마시게 할 수는 없지요. 그렇게 할 수가 있어 물을 마시게 하는 일도 해야 한다면 마음이 평화롭지 못할 겁니다. 사람들에게 진실을 제공할 수는 있습니다. 그런 다음 그 결과는 그들의 카르마적 경향에 달려 있습니다. 그것이 그들이 이 세상에 있는 목적이기 때문입니다. 진정으로 진실에 정렬하여 어떤 지점에 도달한 사람들은 진실을 듣는 순간 짜릿함을 느낍니다. 듣는 순간 "저거다. 알았다." 합니다.

고요와 평화는 타인에게 강요하려고 애쓰지 않음을 의미합니다. 신을 통제하려고 애쓰지 않는 것입니다. 모두가 신을 돕고 싶어 합니다. 하지만 중력이 도움을 필요로 하지 않는 것처럼 신은 도움을 필요로 하지 않습니다. 의식 자체의 무한한 장은 무한히 강력하기 때문입니다.

22. 진실은 동등하다

모든 생명에는 고유의 가치가 있기에 초콜릿을 좋아한다고 해서 바닐라를 비방할 필요는 없다는 것을 1장에서 배웠습니다. 따라서 이것에 찬성하고 저것에 반대할 일이 아닙니다. 선호하면 되는 일입니다. 바닐라보다 초콜릿을 선호할 수는 있지만 그것이 바닐라를 반대해야 함을 의미하지는 않습니다. 이런 일이 정치에서 벌어져 지나친 감정적 불안을 일으키는 것을 볼 수 있습니다. 사람들이 그냥 "나는 이 후보를 선호합니다. 왜냐면…" 하고는 그 후보의 훌륭한 점을 말하지 않습니다. 상대 후보를 비방합니다. 그리고 내가 보기에, 비방하는 사람들은 아이러니하게도 상대방에게 표를 안겨 주는 경향이 있습니다.

23. 진실은 한시적이지 않다

진실은 육체적인 것에 기초하지 않습니다. 그리고 생명이 죽음에 지배되지 않는다는 것은 기본적인 사실입니다. 생명은 파괴될 수 없습니다. 형태만 바뀔 수 있습니다. 이 몸을 떠나는 순간 아래를 내려다보면 나와 아무 상관도 없는 몸이 누워 있습니다.

사실 몸 안으로 돌아가려면 돌아가야 한다는 확신이 서야 합니다. 몸은 병원 침대 같은 것에 누워 있고 아파 보입니다. 그리고 몸에서 6미터쯤 떨어져 있는 나는 평화와 고요 속에 있습니다.

24. 진실은 증거를 넘어선다

영적 실상은 비선형적입니다. 증명 가능한 것은 선형적입니다. 그러므로 영적 진실을 증명할 수는 없습니다. 영적 진실은 전적으로 깨달을realization 대상이라 동의도 검증도 받을 필요가 없습니다. 아무것도 필요 없습니다. 진실은 스스로 존재합니다. 뒷받침되고 검증되고 증언을 들을 수는 있지만 증명될 수는 없습니다. 이 때문에 과학과 영성 사이에 다양성이 존재합니다. 과학은 문까지는 도달하지만 문을 통과할 수는 없습니다. 문을 통과하려면 그 패러다임이 바뀌어야 하기 때문입니다. 선형에서 비선형으로 옮겨 가면 비선형에서는 실상의 패러다임이 다릅니다. 내용보다는 맥락이 중요합니다. 증명 가능성은 내용 안에 존재하지만 맥락은 그와는 다른 것입니다. 그리고 물론 영적 실상의 맥락은 무한합니다.

25. 진실은 신비하다

진실이 신비한 것은 논리를 넘어서 있기 때문입니다. 진실은 이성이나 정신으로 다룰 수 없습니다. 사람들은 "오, 이거 신비롭다."라고 합니다. '신비롭다.'는 차원이 다르고 패러다임이 다름을 의미합니다. 영적 진실은 방해되는 것이 제거되면 스스로 드러납니다. 증거에 기반해 구성된 것이 아니라 증명될 수는 없습니다. 하늘에서 구름을 제거하면 해가 빛납니다. 이게 다입니다. 구름 제거는 해를 빛나게 만드는 원인이 아닙니다.

26. 진실은 형언할 수 없다

진실은 선형적으로 정의될 수 없습니다. 심리학자 윌리엄 제임스는 대단한 명저*에서 '형언할 수 없는ineffable'이라는 용어를 도입해 종교적이거나 영적인 경험을 묘사했습니다. 그런 경험은 순수히 주관적입니다. 내용이 감소해 선형성이 없는 순수한 맥락으로 대체되면 묘사될 수가 없습니다. 영적 실상을 언어로 묘사하려고 할 때 겪게 되는 문제는 그 언어의 근거가 되는 전제가 순수한 주관성이라는 점입니다. 무엇을 사랑하거나 무엇에 감사함을 경험할 때 최선을 다해 그 경험을 묘사한다 해도 피상적으로 설명할 뿐 경험 자체를 말로 재현할 수는 없습니다. 재현이 불가능합니다. 형언할 수가 없습니다.

27. 진실은 너무 단순하다

진실이 너무 단순한 것은 비선형적이기 때문입니다. 선형성은

* 『종교적 경험의 다양성』을 말한다.

복잡성을 낳습니다. 단순성. 하늘은 그저 있는 그대로입니다. 햇빛은 있는 그대로입니다. 자연은 있는 그대로입니다. 존재하는 모든 것은 완벽합니다. 완벽함을 볼 수 없는 사람으로 하여금 그것을 보게 만드는 것은 불가능합니다. 어떤 수준에서는, 존재하는 모든 것이 본래 지니고 있는 놀라운 아름다움이 보입니다. 물론 예술가가 하는 역할 한 가지는 삶에서 어떤 작은 부분을 골라내어 우리가 그것에 주목하게 만드는 것입니다. 그것이 생겨난 맥락에서 그것을 빼내 다른 맥락에서 그것을 표현합니다. 그러면 우리는 그것의 독특함과 놀라운 아름다움을 봅니다. 하지만 예술가가 우리에게 그것을 가리켜 보이기 전까지 우리는 그것을 알아채지 못했습니다. 에드가르 드가는 발레 댄서들이 발레 신발을 벗고 발을 쉬면서 자신의 발을 마사지하는 모습을 보여 주었습니다. 그것은 무대 뒤에서 벌어진 아무것도 아닌 사건일 뿐이었지만, 그가 그 순간을 포착해 내자 우리에게 그 놀라운 얼개가 보였습니다. 그리고 물론 그는 세계에서 가장 유명한 그림을 여럿 창조했습니다.

28. 진실은 단언한다

진실은 증명 가능성을 넘어섭니다. 그러므로 진실은 의견을 넘어서며, 진실을 확인하는 유일한 방법은 진실이 되는 것입니다. 우리는 진실이 될 수만 있습니다. 진실을 확인하거나 증명할 수는 없습니다. 고양이로 존재하는 것이 어떤 것인지 알려면 고양이가 되는 수밖에 없습니다. '고양이임'에 대한 백과사전 항목을 모두 읽을 수는 있습니다. 하지만 고양이에게 "이걸로 네가 설명되냐?" 물으면 고양이는 "그건 나라는 자who I am와 아무 상관도 없어."라고 할 것입니다. 고양이에게 "너는 누구지?"라고 물으면 고양이는 "나지."라고 할 것입니다. 주관적으로 우리는 모두 자신을 자신의 존재existence와 동일시할 뿐입니다.

29. 진실은 작동하지 않는다(non-operative)

이것은 이해하기가 조금 어렵습니다. 진실은 비선형적이라 '이것 아니면 저것'이 없기 때문입니다. 비이원적입니다. 진실은 스스로 존재합니다. 진실은 아무것도 하지 않습니다. 진실은 무대라고 할 수도 있습니다. 하늘이 아무것도 하지 않듯이 진실은 그냥 있을 뿐입니다. 깨달을realization 대상인 궁극의 실상은 '모든 것의 의미는 그것이라는 존재 자체what it is다.'라는 것입니다. 이 탁자의 의미는 탁자라는 존재 자체에 의해 완전하게 설명됩니다. 그 의미를 정신적으로 다루는 것은 불필요한 일입니다. 모든 것의 의미는 그것이라는 존재 자체입니다. 그것이라는 존재 자체가 그것의 의미입니다. 누가 우리에게 "너는 누구냐?"라고 물으면 우리는 "나는 나다."라고 답합니다. 왜냐하면 그것이 완전하고 완벽한 진술이기 때문입니다. 부연 설명은 필요 없습니다.

30. 진실은 초대한다

영적 진실이 끌어당기는 것은 그 진실성의 파워 때문입니다. 사이비 종교 집단은 강압이나 협박 같은 포스를 사용합니다. 영적 진실은 파워에서 나옵니다. 그리고 끌어당깁니다. 200 이상으로 측정되는 사람들을 자석처럼 끌어당깁니다. 200 미만인 사람들에게는 정반대의 효과가 있을 수도 있습니다. 그들은 진실을 회피합니다. 진실은 그들이 살아남을 수 없는 다른 영역이기 때문입니다. 당신의 생존이 거짓에 기초한다면 궁극의 진실에 직면하는 것은 당신이 가장 원치 않을 일입니다.

31. 진실은 예측되지 않는다

물리적인 수준에서 볼 때 하이젠베르크 원리가 우리에게 알려주는 사실은 슈뢰딩거 방정식으로 정의될 수 있는 현 순간의 우주의 상태가 단지 그것을 관찰함으로써 변화한다는 것입니다. 우리가 잠재 상태에서 실제 상태로 파동 함수를 붕괴시키기 때문입니다. 이것이 새로운 실상입니다. 실제로는 디랙 방정식 같은 다른 수학 공식을 사용해서 서술해야 합니다. 잠재 상태가 실제 상태가 될 때 그 변화는 의식이 끼어들어야 일어납니다. 그렇기 때문에 어떤 사물은 수천 년 동안 잠재 상태로 존재할 수도 있습니다. 그러다 누가 나타나서 그것을 다르게 바라보면 쾅! 그것이 실제 상태가 됩니다. 즉 나타나지 않은 것이 창조의 결과로서 나타난 것이 됩니다. 그러므로 미래를 예측하는 것은 신의 마음을 알아야 해서 불가능합니다. 창조는 국소적 조건과 의도에 따라 잠재 상태가 실제 상태로 펼쳐지는 것이기 때문입니다. 우리는 의도가 어떻게 될지 전혀 모릅니다. 의도는 1초 뒤에 바뀔 수도 있는 것입니다. 미래가 예측 가능하다면 인간이 존재할 이유가 없을 것입니다. 부정적인 것을 되무를 능력이 있을 수 없어 카르마적 혜택이나 이득도 있을 수 없게 되기 때문입니다. 미래가 소위 숙명에 갇히고 말 것입니다. 숙명과 미래 예측은 존재의 목적을 완전히 놓치고 의식 진화의 이해도 완전히 건너뛴 발상입니다. 미래가 예측 가능하다면 선업이나 악업이 없을 것입니다. 구원이 없을 것입니다. 천국이 없을 것입니다. 계층화된 의식 수준이 없을 것입니다. 우리 모두가 그냥 완벽한 영역에서 완벽하게 나타날 것입니다. 그리하여 이 생에 아무런 목적이 없을 것입니다.

터무니없는 이야기입니다. 미래에 대한 모든 예측은 터무니없는 이야기입니다. 그래서 측정해 보면 모두 200보다 한참 밑인 것으로 나옵니다. "미래에서 오는 아직 존재하지도 않는 존재들이 우리 영역에 들어와 우리에게 이것저것을 말할 것이다." 이런 얘기는 알다시피 전부 허튼소리입니다.

32. 진실은 감상적이지 않다

많은 사람이 영성과 감상주의sentimentalism를 혼동합니다. "우리가 그들에게 친절하게 대하면 그들도 우리에게 친절하게 대할 거야."라고 말합니다. 사실을 말하자면 우리가 그들에게 친절히 대하면 그들은 우리의 목을 천천히 벨 것입니다. 그들은 우리에게 친절히 대하지 않을 것입니다. 왜 그럴까요? 그들에게 우리는 불신자이기 때문입니다. 그들에게 우리는 이단자고 이단자는 죽어 마땅하기 때문입니다. 감상주의는 흔히 영적 연민으로 오인되지만 사실은 속만 태우며 쉽게 울고 겁쟁이같이 행동하는 것이 영적인 것으로 잘못 퍼진 것입니다. 전혀 영적인 것이 아닙니다. 방종하며 자기도취적인 감정주의입니다. 솔직히 말해 정말 유치한 것입니다.

연민과 감상벽sentimentality은 다른 것입니다. 연민은 어떤 것의 본질을 봅니다. 감상벽은 그것이 나에게 의미하는 바에 매달립니다. 저 밖에서 일어나고 있는 일에 자신의 인식을 투영한 다음 그에 대한 감정적 발작에 빠지는 것입니다. 죽음을 목격하게 되면 죽음을 목격하면 됩니다. 걱정할 이유가 없습니다. 초연해야 마땅합니다. 피할 수 없는 일입니다. 그날은 어차피 옵니다. 속만 태우며 "아 어떡해, 그날이 오고 있어, 그날이 오고 있다고." 하는 것은 방종입니다. 감상벽이 감정화emotionalizing를 의미하는 것은 에고가 감정화의 드라마를 아주 좋아하기 때문입니다. 에고는 그리스 비극의 주인공이 되어 무대 중앙에 서는 것을 아주 좋아합니다. 그래서 감상벽이란 자기 삶의 모습과 그 의미를 보여 주는 자기 내면의 상상 극장에서 무대 중앙에 서는 방법입니다. 영적 실상은 자기중심적인 입장으로부터 어떤 보상도 받지 않습니다.

감상주의는 멜로드라마입니다. 무대에 어울리는 것입니다. 인생으로 극장을 만드는 것입니다.

더 큰 고통을 가져올 방향으로 고통이 진행되는 것을 예방하기 위해 사람들에게 하는 이야기가 있습니다. 4~50년 전에 잃은 가족 때문에 여전히 슬퍼하는 사람들이 있습니다. 왜 그럴까요? 그 보상이 너무나 크기 때문입니다. 그들은 동정을 원하면서 주변의 모든 사람에게서 에너지를 빼내고 있습니다. 이 수준의 사람들은 우리의 복강 신경총solar plexus*에서 에너지를 빼냅니다. 200 미만의 모든 것은 우리에게서 에너지를 빼내고 200 이상인 것은 우리에게 에너지를 보탭니다.

감상주의는 에너지 흡혈귀와 같습니다. 내 병원에서 일하던 여자가 한번은 환자 전화를 끊더니 내게 "이 여자분이 자기 얘기로 제 내장을 뜯어 내려고 하네요."라고 했습니다. 나는 그 말이 최고의 묘사라고 생각했습니다.

연민은 완전히 다른 마음가짐입니다. 고통받는 것에 대해 동정심을 느낄 수는 있지만 잠시 뒤면 더 이상 동정하지 않게 됩니다.

* 태양 신경총이라고도 하며 작은 내장 신경과 큰 내장 신경 등을 포함한다.

이후에는 그에 대해 공감을 합니다. "네, 당신이 실제로 어떤 기분인지 압니다." 합니다. 그런 다음 연민이 듭니다. 연민은 상대방이 겪고 있는 것에 굳이 영향을 미치려 하지 않는 것입니다. 고통을 완전히 겪고 고통에서 배우고 고통에 내포된 카르마 교습을 마치는 것은 그들의 일입니다.

연민을 가질 수는 있지만 그 일을 함께 짊어지지는 않습니다. 연민하는 것으로 끝입니다. 왜냐면 그 책임을 맡는 것은 그 일의 카르마적 의무와 카르마적 결과에도 동참하는 것이기 때문입니다. 단두대 참수를 구경하던 1700년대의 군중을 생각해 보세요. "이 일로 안 좋은 카르마를 얻을 사람은 저 위에 있는 사형 집행인뿐."이라고 할 수도 있을 겁니다. 그렇지 않습니다. 구경꾼들도 카르마적 의무를 집니다. 그리고 그런 동조적 참여로 인해 수많은 사람이 주기적으로 쓰나미나 홍수나 화산 폭발에 휩쓸려서 죽습니다. 우리는 그런 일을 신 탓으로 여기곤 했습니다. "신이 화났거나 질투한다."고 했습니다. 우리가 목격하는 사건들은 사실은 집단적 참여로 인한 집단적 카르마의 귀결들입니다.

이런 얘기를 하고 싶지는 않지만 현재 우리는 의무가 있습니다. 활동에 참여해 왔기 때문입니다. 무한한 의식의 장은 앞에서 말했듯이 거대한 전자기장과 같습니다. 그리고 고운 쇳가루 같은 우리의 자성체 안에 우리가 참여한 사건의 코드가 있습니다. 이 미세한 코드가 우리를 어떤 에너지 소용돌이 속으로 끌어들이면 우리는 다른 군중과 함께 익사하게 됩니다.

　어떤 일도 우연히 일어나지 않습니다. 보편적 정의가 구현되고 있습니다. 모든 것은 그것이라는 존재 자체가 가져오는 결과로 발생합니다. 그래서 모든 결정은 나라는 존재에게 영향을 미칩니다. 일어나는 결과들은 나라는 존재가 가져오는 결과입니다. 이것이 신의 정의가 완벽하고 절대적인 이유입니다. 신의 정의는 인간의 도움을 전혀 필요로 하지 않습니다. 어떤 것이 되어 있는 데 따른 결과로 우리는 현재 있는 곳에 있습니다. 그리고 우리가 현재 있는 곳에 있는 것은 그 장의 에너지 때문입니다. 그것에 우리가 끌어당겨지기 때문입니다. 어떤 곳에 갔을 때 왜 그곳에 가는 일에 끌렸는지 우리가 알지 못하는 것은 의식적인 기억 속에 없기 때문입니다. 하지만 우주의 무한한 파워가 작동하는 방식은 내가 무한한 파워의 자기장을 만났는데 내게 털끝만큼의 에너지라도 있으면 곧바로 휘말려 들어간다는 것입니다. 장이 너무나 강력합니다. 그래서 단두대의 칼날이 떨어질 때 군중 속에서 내가 환호하고 있다면 방금 나의 카르마적 유산에 털끝만큼을 보탠 것이라, 나중에 내가 똑같은 일을 반대 입장에서 다시 경험하는 것은 우연이 아닙니다.

　사람들은 소름 끼치는 것이나 화려한 것에 끌립니다. 이런 감정주의는 200 미만의 수준에 강력한 영향을 미칩니다. 그리고 200 이상에서는 수준이 높을수록 감정적 태도의 영향을 적게 받습니다. 자동차 사고는 일상적인 일입니다. 사고 소식에 누가 "그래서 뭐?"라고 반응한다면 무정하게 들립니다. 하지만 그것은 그가 초연해졌기 때문입니다. 애착하면 감상에 젖습니다. 초연하다는 것은 그래도 되고 아니어도 됨을 뜻합니다. 상관없음을 뜻합니다. 무심하다는 것은 무관심함을 뜻합니다. 사고로 차가 뒤집어져 차 속에서 사람들이 고통받고 있어도 신경 쓰지 않습니다. 초연하다는 것은 그 일에 휘말릴지도 모른다는 두려움이 전혀 없기에 가던 길을 멈출 수 있음을 의미합니다. 911에 전화하고 누가 오고 있는지 확인하고 함께 있다가 갈 수는 있지만 그 일에 휘말리지는 않습니다. 감정주의는 에너지 면에서 그리고 물론 카르마 면에서 그 일에 휘말림을 뜻합니다.

33. 진실은 권위주의적이지 않다

정교분리주의가 등장해 특히 유럽에서 인기가 높아진 이유 가운데 하나는 유럽에 성직자 권위주의의 시대가 있었기 때문입니다. 사람들이 개신교라는 이유로 학살당하거나 개신교가 아니라는 이유로 학살당했습니다. 문화 자체가 권위주의에 익숙해져 있었습니다. 주된 이유 중 하나는 권위와 권위주의를 혼동한 것입니다. 그 둘은 서로 다른 것입니다. 권위주의는 권위의 악용입니다. 권위는 합당한 위상입니다. 그 위상을 진짜로 얻었기 때문입니다. 반면에 권위주의는 진짜일 필요가 없습니다. 누구나 권위주의를 자신의 스타일로 삼을 수 있습니다. 진정한 권위자가 되는 사람들은 권위주의적이기를 마다하기도 합니다.

의사로서 나는 어떻게 하면 환자가 치료되는지 압니다. 내가 내 권위로 '이걸 복용하세요.'라고 처방하는 것은 그렇게 하면 며칠 안에 좋아질 가능성이 90퍼센트쯤 되기 때문입니다.

이제 내 처방에 대해 환자들이 할 일은 그들 자신의 문제입니다. 나는 그들이 묵묵히 따르든 동의하지 않든 그에 대해 카르마적 책임을 질 필요가 없습니다. 동의하지 않는다면 모든 것을 설명할 것입니다. 하지만 그들이 그들 그대로일 자유도 허용합니다. 개입을 하면 그들을 내 자신의 카르마적 에너지 장으로 끌어들이기 때문이라고 할 수 있습니다. 참여를 해서 예컨대 다른 사람의 불륜에 연루되는 순간 우리는 어떤 카르마적 책임을 지게 됩니다.

우리는 우리의 아이들에게 충고합니다. 그리고 아이들이 우리를 사랑하는 마음에서 우리를 따르기를 바랍니다. 다른 한편으로는 모든 사람은 배워야 할 교훈이 있기에, 부모를 기쁘게 하는 것보다는 실수하는 과정에서 배우는 것이 더 중요할 수도 있습니다.

34. 진실은 자기중심적이지 않다

이것은 종교의 성대한 의식, 장식품, 제의祭衣 같은 것과는 반대되는 특징입니다. 나는 스승은 존중받아야 한다고 생각합니다. 학인들이 "저희에게 무엇을 원하세요?"라고 묻는다면 내가 이야기하는 바의 진실, 진실에 대한 에너지와 헌신, 진실을 다뤄 가능한 한 최선의 방법으로 표현하려고 하는 노력을 존중하라고만 하겠습니다. 그게 다입니다. 내가 원하는 유일한 것은 여타 모든 진실된 노력이 거두는 결실과 동일합니다. 우리가 목수로서 수백 년을 갈 훌륭한 가구를 만들고 있다면 목수 일을 잘하고 있는 것입니다. 우리가 원하는 것은 그 사실을 인정받는 것뿐입니다.

존경받는 것으로 충분합니다. 과한 찬양은 연극입니다. 찬양자가 벌이는 연극입니다. 찬양자는 자기가 찬양하는 대상을 이용하려고 애쓰며 자기가 이익을 보리라고 생각합니다. 게다가 그들이 찬양하는 대상은 이미지 그리고 그 이미지와 그 모든 성대한 의식이 지닌 마법일 뿐입니다. 화신이라 일컬어지고 전 세계에 수백만 명의 추종자가 있는 사람이라는데 의식 수준을 측정해 보면 200을 넘기도 힘들곤 합니다. 하지만 쇼를 벌이는 방법은 잘 아는 사람입니다.

35. 진실은 교육적이다

우리는 관심 있는 모든 사람이 진실에 도달하는 데 이용할 수 있는 수단을 제공하려고 노력합니다. 설명하고, 말로 표현하고, 녹음하고, 인쇄하고, 뭐든 하려고 노력합니다. 정보를 접할 수 있게 하려고 노력합니다. $E=mc^2$를 발견하는 사람은 전 세계가 이 방정식에 대해 알기를 바랍니다. 그 수학은 어떻고 그 물리학은 어떻고 그 아원자 세계는 어떤지, 방정식을 어떻게 고안했고 방정식에 어떤 생각을 담은 건지 알기를 바랍니다. 왜냐면 방정식을 익힌 사람이 늘어날 때마다 세상이 성장하기 때문입니다. 백과사전의 목적도 그것입니다. 배움과 성장. 우리는 배움과 성장에 기여합니다.

스승이 하는 일은 세계에 대한 지식에 기여하고 감화와 진실한 체험담을 제공하기 위해 노력하는 것뿐입니다. 마음이었던 것을 대체하는 상태는 그 자체가 허세에 어울리지 않습니다. 반면에 그 상태는 사람들에게 무시될 수도 없습니다. 그래서 구름이 걷히면 해가 빛난다는 사실을 증거합니다. 또한 겨울이 닥치면 한동안 제 기능을 하지 못할 수도 있습니다. 그래서 진실한 영적 학인은 정상적으로 움직이지 못하게 되는 상태에 미리 대비해야 합니다. 600의 수준에서 지복에 빠져 앉아 있게 되면, 솔직히 말해 바위에 앉아 있다가 굴러떨어질 수도 있습니다. 몸이 바위에 앉아 있든 앉아 있지 않든 중요하지 않기 때문입니다.

진실하지 않은 사이비 종교 집단에 순진한 사람이 유혹당하는 등의 함정에 대해서도 논한 것은 스승은 학인들에게 부정적인 면에 대해 미리 주의를 주어야 한다고 생각하기 때문입니다. "위험한 지역에 갈 것이라면 손가방은 몸에 붙여서 꼭 쥐고 있고

립스틱 빌리려는 낯선 사람에게 가방 열어서 빌려주지 마." 이런 얘기 하는 부모가 되는 것과 아주 비슷합니다. 다가올 함정에 대해 미리 주의를 주는 것은 의식의 각 수준에는 그 부정적인 면에 따른 함정이 있기 때문입니다.

36. 진실은 자립한다

진실은 돈을 밝히거나 물질주의적이지 않습니다. 자립한다는 것은 갖가지 비용을 청구한다는 뜻입니다. 강연회를 열려면 돈이 들어가니 일이 되게 하려면 얼마가 들어가는지, 다음 강연회까지 사무실 직원들에게 줄 돈은 남는지를 계산합니다. 이렇게 하여 자립합니다. 기금을 모금할 필요가 없습니다. 사람들을 혹사할 필요가 없습니다. 나는 사람들이 대의나 이런저런 것을 위해 어떻게 혹사당하는지 늘 듣고 있습니다. 그들은 사실상 영업 수완에 혹사당하고 착취당하고 있습니다.

37. 진실은 독립적이다

진실의 신뢰성은 어떤 외부 것에도 의존하지 않습니다. 왜 그럴까요? 진실의 권위는 순수히 주관적이고 경험적인 것의 실상에서 나오기 때문입니다. 따라서 권위자들의 말을 인용할 필요가 없습니다. 예를 들어 내가 쓴 책들에서 나는 권위자의 말을 사실상 전혀 인용하지 않습니다. 영성에 관한 어떤 책을 읽어 보든 시대와 지역이 다른 타 저자들에게서 빌려온 인용문이 끝없이 이어집니다. 왜 스스로 자신을 대변하지 않을까요? 역사적 맥락을 조금 제시하기 위해 '소크라테스가 같은 것에 동의한다.'라고 언급할 수는 있습니다. 하지만 소크라테스의 말을 인용하는 목적은 진위 규명이 아니라 상세 설명일 뿐입니다. 인간의 역사 전체를 관통하는 추세를 보면 그 수준의 진실은 기원전 400년에 이미 접할 수 있었고 사실상 달라진 것이 없어 당시와 마찬가지로 현재의 영적 삶에도 시기적절하게 적용할 수 있을 뿐입니다. 요컨대 외부 권위자의 말을 인용해서 주장하는 데 의존하지 마세요. "$E=mc^2$인 것은 오로지 쉬무글마우러 교수가 그렇게 말했고 알다시피 클라켄버거 교수도 1922년에 그렇게 말했기 때문이다."[*]이런 식으로 말이죠. $E=mc^2$은 발견자 자신이 이해하고 깨달은 바에 근거합니다. 그것은 독립적이고, 따라서 스스로 존재합니다. 그래서 나는 저작들이 자명하게 하고 그것을 연구하고 싶은 사람이라면 누구나 재확인할 수 있게 하려고 노력해 왔습니다.

38. 진실은 자연적이다

내가 되어 있는 존재 덕분에 쿤달리니 에너지가 의식 수준에 따라 적절한 차크라 시스템 내지 침술 경락을 통해 자동으로 흐

---

[*] '쉬무글마우러'와 '클라켄버거'는 농담을 위해 지어낸 이름들이다.

릅니다. 그러면 나라는 존재에 따른 결과로 쿤달리니 에너지가 뇌 생리를 변화시킵니다. 200 이상에서는 뇌 생리가 좌뇌 중심에서 우뇌 중심으로 바뀐다는 사실을 기억하세요. 그리고 정보의 처리 순서 전체도 완전히 달라집니다. 이것은 자연적인 일입니다. 내가 되어 있는 존재에 따른 결과입니다. 자신의 삶을 그렇게 되는 데 헌신하는 삶으로 바꿔서 그렇게 되어 있으면, 존재하는 모든 것의 아름다움과 신성, 모든 생명의 신성함 등을 볼 수 있습니다. 그리하여 모든 창조물을 통해 빛나는 신성을 보고 그것을 모방하려고 노력합니다. 그래서 변화됩니다.

이상한 에너지 조작 체계가 많습니다. 얼마 전에도 밤에 TV에서 봤습니다. 공중 부양 같은 것을 하려는 것이었습니다. 요는 우스꽝스러웠다는 얘기입니다. 측정해 보면 공중 부양과는 아무 상관도 없습니다. 공중 부양은 나 자신이 싯디를 통해 경험한 것이라서 하는 말인데, 그것은 사람이 무엇을 어떻게 하는 것과는 아무 상관도 없습니다. 어떻게 숨을 쉬는지, 빛이 몸을 타고 어떻게 흐른다고 상상하는지, 이상한 암송을 하는지, 한쪽 콧구멍이나 다른 콧구멍으로 숨을 쉬는지와는 아무 상관도 없습니다. 싯디는 특정 의식 수준에 이르면 일어날 수 있는 것으로, 강렬한 에너지처럼 등을 타고 흐릅니다. 이 에너지는 독자적으로, 자연적으로 세상에 흘러 들어갑니다. 초자연적인 현상이라 일컫는 모든 현상은 스스로 일으키는 결과로서 자동적으로 발생합니다.

나 개인과는 아무 상관도 없습니다. 이런 것을 인위적으로 시도하고 강제하는 것은 재앙이 될 수 있습니다.

쿤달리니 정신병에 대한 이야기나 에너지가 한쪽으로만 올라가고 다른 쪽으로는 올라가지 않아 몸이 한쪽으로 기운 채로 비틀거리고 다니며 몇 년을 앓은 학인들에 대한 이야기를 읽어 봤을 것입니다. 그런 것이 쿤달리니 에너지를 강제하려 애쓴 결과입니다. 영적인 에너지는 신성한 에너지입니다. 사람들은 신의 손을 강제하려고 애씁니다. "내가 이 에너지를 이 차크라에 불어넣으면 나는 이러이러하게 될 거야."라는 식입니다. 그냥 이러이러하게 되어 있으면 에너지가 그 차크라를 채우게 되지 않을까요? 사람들이 하는 식은 마차로 말을 추진하려고 애쓰는 것과 같습니다. 아닙니다. 내가 되어 있는 존재가 그것과 일치하는 바를 자동적으로 끌어당깁니다. 이것을 인위적으로 시도하고 강제하는 것은 권장하지 않습니다.

여러분은 의식 진화의 끝까지도 갈 수 있지만 그 과정에서 다른 누가 나타나지는 않습니다. 여러분에게 말을 거는 천사나 대천사는 없습니다. 비전vision이 보이지도 않고 나무에서 나오는 목소리가 들리지도 않습니다. 잔디밭에서 들려오는 속삭임도 없고 갑자기 말하기 시작하는 원숭이도 없습니다.

딴 세상에 있는 마스터도 없습니다. 심지어 여러분의 생명 자체를 항복해야 하는 가장 높은 수준에서도 다른 개체라고는 없습니다. 그곳에는 다른 누구도 없습니다. 의식의 진화에서 있을 수 있는 가장 중요한 결정을 내려야 할 때 여러분을 인도하는 다른 누구는 없습니다. 수호천사도, 바바도, 다른 누구도 없습니다. 그곳에는 아무도 없습니다. 여러분은 완전히 혼자입니다. 여러분에게 동반되는 유일한 것은 오라 속의 어떤 주파수, 어떤 에너지입니다. 그것은 구루의 은총, 스승의 은총입니다. 높은 영적 가르침이 주파수 진동으로 빛을 발합니다. 여러분 오라 속의 매우 높은 주파수 진동입니다. 그것은 무언의 전송이지만 인물에게서 나오는 것이 아닙니다. 그것은 앎knowingness의 주파수이자 에너지로, 다른 어떤 곳에서 나오는 것이 아니라 사람 자신의 내면에서 나옵니다. 모든 영적 진화는 계시이기 때문입니다. 모든 두려움은 환상입니다. 통과해 나아가세요. 여러분이 여러분의 삶 자체를 바치고 있기 때문에 그 앎은 매우 높은 주파수 진동과 함께 나옵니다. 그것의 파워가 에고의 파워보다 커야 하기 때문입니다. 에고는 아주 아주 오랫동안 존재해 왔습니다. 장구한 세월 동안, 인류가 나타나기 훨씬 전부터 존재해 왔습니다. 에고가 에너지 속에서 에너지를 지배해 왔습니다. 그래서 가장 심오한 수준의 앎이 있어야 합니다. 여러분의 생명을 미지의 것에 넘기고 관문을 통과해 나아가세요.

진실은 외부 것에 의존하지 않습니다. 측정이 된 것이든 안 된 것이든 딴 세상의 보이지 않는 개체에 여러분의 생명을 넘기면 안 됩니다. 딴 세상에 있는 대부분의 존재는 여러분을 지배할 힘을 쥐는 일에 푹 빠져 있습니다. 그것들은 왜 계속해서 천상계로 가지 않고 얼쩡거릴까요? 갑자기 이런 말소리가 들리지는 않습니다. "나는 마스터 후카다. 나는 3만 5000살이다. 나를 따라라." 아니요, 일이 그런 식으로 벌어지지는 않습니다. 그런 존재는 교활합니다. 다른 한편으로는 너무 단순하기도 합니다.

7장

의식적인 영적 성장을 위한
아홉 가지 기본 원칙

앞의 몇 장에서 우리는 영적 성장을 가로막는 장애물, 에고가 미치는 촉수 같은 영향력, 일부 사람들이 영적 진실로 위장하려고 하는 그릇된 발상을 제거했습니다. 이제는 훌륭한 교육 전문가나 운동 코치들의 말처럼 기본으로 돌아가겠습니다. 다음 절은 호킨스 박사의 육성 강의 '세상 속에서 세상에 속하지 않는In the World But Not Of It'에서 가져온 것으로, 의식적인 영적 성장을 위한 아홉 가지 기본 원칙의 요지를 설명합니다. 이 기본 원칙에 집중해서 그것을 삶에 적용하세요. 그러면 달리 아무것도 하지 않아도 가장 높은 수준의 깨달음을 향해 잘 나아가게 될 것입니다.

호킨스 박사는 세상 전반의 측정치 변화를 이해하는 데 필요한 준거틀을 제시하는 것으로 이야기를 시작합니다. 또한 그런 의식 수준들의 하락과 상승이 어떤 식으로 일어나고 왜 일어나며 어떤 것에 영향 받는지를 설명합니다.

내가 이유를 설명할 수 있을지 모르겠지만 현재 이 행성에서 의식의 진화가 일어나는 패턴이 있습니다. 우리는 인류의 의식 수준이 시간이 지나면서 전반적으로 상승했다는 점에 주목했습니다. 1장에서 배웠듯이 인류 전체의 의식 수준은 붓다가 태어났을 때는 90이었다가 예수가 태어났을 때는 100에 이르렀습니다. 그리고 중세에는 180 정도였다가 점차 190에 이르렀습니다. 그런 뒤 인류의 의식 수준은 수 세기 동안 190에 머물렀습니다. 전혀 변화가 없었습니다. 그러다 1988년*이었다고 생각되는데, 그때 갑자기 190에서 205로 도약했습니다. 단지 200을 넘은 것이 아니라 200 *위*의 수준이 되었습니다. 이렇게 갑자기 도약한 것은 논리적으로 설명이 안 됩니다. 아마도 그것이 인류의 운명이었을 것입니다.

이 도약에 대해 나는 항상 농담합니다. "난 이렇게 봐. 신에게 아마 지구가 눈에 띄었겠지. 그리고 따뜻한 생각을 가지시니 쾅! 190에서 205로 올라간 거야." 아니면 대천사들이 "저 밑에 있는 정신 나간 행성은 뭐지?" 하고는 따뜻한 생각을 가진 겁니다. 그들의 자애로운 생각 한 번이면 도약을 이루어 주기에 충분했을

---

* 저서들에 나와 있는 연도는 1986년이다.

것이고요. 내가 보기에는 인류가 쌓은 좋은 카르마가 인류의 수준을 끌어올렸습니다. 선goodness을 향한 인류의 노력들이 바로바로 성취되지는 못했더라도 그렇게 선을 향해 모색한 덕분에 올라간 것입니다.

제2차 세계대전 동안 지속적인 폭격에도 불구하고 — 예를 들어 런던 대공습 때는 몇 달 동안 온종일 폭격했음에도 불구하고 — 대부분 대성당은 무사했습니다. 나는 1971년 유럽 몇몇 장소에서 강연했을 때 어떻게 그 건축물들이 살아남았는지 알게 되었습니다. 프랑스의 샤르트르 대성당과 기타 모든 대성당이 어떤 식으로든 폭격을 면했습니다. 양측으로 갈려 있던 인류가 엄청난 의미와 가치가 있는 것을 함께 존중한 덕분이었습니다. 이렇게 신성을 인정하여 이익을 포기한 양측의 결정 같은 것이 곧 카르마적으로 기여할 수 있는 행위입니다. 과연 그런지도 측정할 수 있습니다. 여기서 잠시 하던 이야기를 멈추고 더 연구해 보고 싶다면 말이죠. 고대에 건축을 시작해 완공하기까지 1000년이 걸린 대성당들을 폭격에서 제외하기로 한 양측의 합의는 선을 위한 것이었습니다. 모종의 선을 지향하는 대대적인 합의는 엄청난 영향력이 있었을 수도 있습니다. 바다의 수위를 높이면 바다 위의 모든 배가 함께 올라가는 것과 같습니다. 하지만 내가 보기에 인류가 대체로 노력하는 방식은, 공동선을 위해 확산하는 일을 촉진하는 방식이 아닙니다. 그보다는, 한 배에서 다른 배로 돌아다니며 우선은 이 배를 들어 올리고 다음은 저 배를 들어 올리는 식이지요. 공동선을 위해 확산되는 일은 그 자체의 선입니다. 모든 사람을 끌어올려 해명할 책임answerability이 있는 수준이나 담당할 책임responsibility이 있는 수준에 이르게 합니다.

의식 수준의 변화는 진화가 선형적 사건이 아니라 발효 과정과 같아서 잠시 잠잠해지기도 한다는 사실에도 기인합니다. 그 변화는 자연과 더 비슷해서 겨울이 대단한 해와 여름이 대단한 해가 있고 다양한 빙하기 같은 것도 있는 식입니다. 그래서 영구적으로 오래가지는 못합니다. 나는 인류의 의식 수준이 1980년대 후반에 상승하기 시작했으니 그렇게 상승이 계속될 것이라고 순진하게 생각했습니다. 그런데 아니었습니다. 갑자기 하락했습니다. 207에서 204로 떨어졌습니다. 이렇게 오래가지 못합니다. 맥박처럼 등락이 있습니다. 크게 진보하는 시기가 있고 난 뒤에는 단기적으로 퇴보하는 시기가 있습니다.

하지만 내가 생각하기에 인류의 전체적 운명은 육체로 환생하는 것이 더 이상 특별한 이점이 없는 수준까지 의식이 진화하는 것입니다. 현재 세계 인구의 15퍼센트는 200 이상이고 85퍼센트는 200 미만이라고 봅니다. 미국에서는 55퍼센트가 200 미만이고 45퍼센트가 200 이상이라고 봅니다. 이런 측정치를 주기적으로 재확인하기도 합니다. 라디오나 TV를 켜 보고 '어떻게 저런 것에 끌리거나, 저런 것에 감명받거나, 저런 일을 함께하거나, 저런 일에 환호하거나, 저런 일을 지지할 수 있지?'와 같은 의문이 들면 측정치의 변화를 확인해 봅니다. 55퍼센트의 사람들이 200 미만이라면, 가학적이고 음탕하고 부정직한 것 등등의 추종자가 왜 그렇게 많은지 알 만합니다.

고정 팬이 많은 유명한 TV 프로그램에 나와서, 오로지 증오와 편집증적인 망상과 음모론에 대해 지껄이고 미치광이처럼 고래고래 소리치기만 해도, 시청자들을 매료시킬 수 있습니다. 왜냐면 세상 사람들의 절반이 적의, 분노, 거짓말, 기만 속에서 살고 있기 때문입니다.

의식적인 영적 성장을 위한 아홉 가지 기본 원칙

1. 진실과 진실성에 대한 감을 개발한다

진실과 진실성integrity을 존중해야 합니다. 누가 의사라고 합시다. 그러면 자신의 의견만으로 누구를 수술할 수는 없습니다. 엑스레이를 찍어야 합니다. 여러 가지 검사를 해야 합니다. 첫인상이 완전히 틀릴 수도 있습니다. 그러니 의견을 기꺼이 바꿀 수 있어야 합니다. 의사는 자신의 개인적인 의견을 넘어서야 할 의무가 있습니다. 따라서 영적으로 성장하려면 나를 훨씬 넘어서는 수준으로 진화해 있는 사람들이 많이 있다는 사실을 존중해야 합니다. 그리고 그들이 하는 말의 실상을 직접 확인할 수 있을 때까지 그 말을 존중합니다. 우리는 스스로 능숙한 전문의가 되어야 하고 모든 데이터를 확보할 때까지 최종 진단을 보류해야 합니다.

잘못된 진단으로 내가 거의 죽을 뻔했던 경우가 대여섯 번은 됩니다. 그중 한 경우에서는 내가 말한 첫 마디에서 의사가 인상을 받았는데 그것이 완전히 잘못된 것으로 밝혀졌습니다. 진단에서 완전히 실수했습니다. 50년 진료 경력이 있는 사람으로서 말하건대, 자신의 의견만 믿으면 성공적인 의사가 될 수 없습니다. 환자가 진료실 문을 들어서는 순간에 감이 오면 90퍼센트는 맞을 수 있습니다. 하지만 그것은 10퍼센트는 틀릴 수 있음을 의미하기도 합니다. 따라서 겸손을 가지고 자신의 의견이 진실과 현실과 사실의 검증을 받아야 함을 깨달아야 합니다.

2. 겸손을 얻는다

냉철한 마음으로 진실이 무엇인지 정말로 알고 싶어 하는 대신 이기적이고 자기도취적일 때 생기는 어떤 느낌이 있습니다. 뉴스를 보면 뉴스 속 이야기가 특정 방향으로 흘러가길 바라는 성향이 내면에 있음을 알게 됩니다. 예를 들어 누구는 거짓말하고 있고 누구는 거짓말하고 있지 않다고 봅니다. 그런 성향이 느껴지면 "이런 성향이 어디서 기인하는 거지? 내 내면의 어떤 의견을 충족하도록 이야기를 바꾸고 싶은 이유는 뭘까?"라고 자문합니다. 이렇게 자신을 주시하기monitor 시작합니다.

영성은 자기 알아차림이자 자기 주시입니다. 자기 알아차림과 자기 주시의 상태에서는 그저 맹목적으로 순진하게 비틀거리면서 이것에 빠지거나 저것에서 빠져나오고, 이것에 열광하다가 저것에 열광하고, 이것을 혐오하거나 저것을 애착할 수가 없습니다. 나아가 영적 노력에 기강이 잡히면 더 높은 진실에 어떤 식으로든 도달하고자 전념합니다. 그래서 진실을 밝혀 달라고, 계시해 달라고 신에게 청합니다. 우리의 의견이나 인식이 짜 맞춘framing 대로의 진실이 아니라 있는 그대로의 진실을 알 수 있도록 성령Holy Spirit에게 기적을 구합니다. 왜냐면 짜 맞추는 과정을 통해 마음이 선택을 하며 선택 사항으로 삼고 싶지 않은 것은 배제한다는 사실을 깨닫게 되기 때문입니다. 그런 뒤에는 어느 정도의 겸손에 도달합니다. 내가 틀릴 수도 있으니 이런 결과가 나오면 이익이고 저런 결과가 나오면 손해라는 생각을 애초에 갖지 않는 겸손이 영적 성장의 본질입니다. 결과에 이해관계가 있으면, 내가 틀릴 수도 있다는 것을 경험을 통해 배울 수가 없기 때문입니다. 오래된 농담이 있습니다. "내가 성격에 문제가 많을 수는 있어. 하지만 내가 틀린다? 그런 문제는 없어." 이것이 자기 도취적인 에고의 화법입니다.

3. 자기 알아차림과 자기 통달

의식적인 영적 성장의 길은 자기 알아차림을 이용합니다. 이 길에서 우리는 자신이 저 밖에 있는 것들에 엄청난 중요성을 부여하고 있다는 것, 그것들 자체에 가치를 투영하고 있다는 것을 깨닫기 시작합니다. 런던에 있었을 때가 생각납니다. 런던 탑에 대관식용 보석들이 전시되어 있었습니다. 나는 그 앞에 서서 세계적으로 유명하고 기가 막히게 훌륭한 코이누르 다이아몬드*를 구경했습니다. 반짝이는 작은 돌 조각에 불과한 것이지만 내면의 아이의 흥미를 끌 만합니다. 반짝반짝 빛이 나니까요. 그 작고 반짝거리는 유리 조각 같은 것을 얻기 위해 사람들이 치른 일을 생각해 보면, 그들은 기꺼이 제국이라도 포기했을 것입니다. 지구상에서 가장 큰 다이아몬드가 거기 있었습니다. 그리고 사람들은 그것을 얻을 수 있다면 뭐든 기꺼이 하려고 합니다. 누가 그걸 손에 넣었다면 어떻게 하려고 할까요? 베개 밑에 숨길까요? 그건 팔 수도 없습니다. 전시할 수도 없습니다.

그래도 자기가 세계에서 가장 값비싼 다이아몬드를 갖고 있다는 사실에 엄청난 자기도취적 만족을 느낄 것입니다. 그걸 갖고 있다는 사실을 다른 사람들에게 들키면 곧바로 살해당할 수도 있습니다. 그들도 세상에서 가장 큰 다이아몬드를 원하니까요. 자기도취의 핵심은 거만함입니다. 내가 옳다는 거만함. 그리고

---

* 영국 여왕의 왕관에 박히는 다이아몬드

오늘날의 세상에서 가장 큰 거만함은 도덕적 우월감입니다.

4. 해명할 책임

윤리상의 도덕률 한 가지가 있습니다. 우리에게는 자신이 한 일을 해명할 책임accountability과 무언가를 담당할 책임responsibility이 있음을 깨닫는 것입니다. 해명할 책임이 있다고 생각하지 않거나 아무런 책임도 담당하고 있지 않는다면 윤리상의 의무를 전혀 지지 않습니다. 신성도, 책임질 사람도 존재하지 않는 셈이기 때문입니다. 나는 상당수 사람들이 이상하게도 이 간단하기 짝이 없는 의식 측정 기법을 사용할 수 없다는 사실을 우연히 발견했습니다. 2장에서 언급했듯이 무신론자는 기법을 사용할 수 없습니다. 무신론이 무슨 상관이냐고 묻는 사람들이 있는데, 진실의 근원과 핵심을 부정하면 진실의 혜택을 받지 못합니다. 몇몇 유명한 인물들이 있었습니다. 기법에 콧방귀를 뀌던 전문직 종사자들이었는데, 그들은 기법이 제대로 작동하게 할 수가 없었습니다. 무슨 일인지 알아채는 데 시간이 좀 걸렸지만 나는 마침내 알아냈습니다. 신의 진실을 부인하는 사람들은 그것의 혜택을 받지 못합니다. 심판받는 것이 아닙니다. 그런 에너지의 질 때문에 그들의 기법이 작동 불가능해지는 것뿐입니다. 어떤 사람들은 음악적 재능이 전혀 없습니다. 음치입니다. 그들은 음계상의 한 음을 다른 음과 구별하지 못합니다. 그런가 하면 재능이 있는 다른 사람들은 음의 1/4 차이도 구별합니다. 누구에게 음악적 재능이 있을 수도 있고 없을 수도 있는 것은 아마도 카르마적으로 결정될 것입니다. 신을 저주하거나 부인한 사람이라면 스위치를 딸깍 누르는 정도의 수고로 신의 진실을 얻을 것을 기대할 수는 없습니다. 다시 자격을 얻어야 할 것입니다. 영적 진보부터 해야 한다고 봅니다.

해명할 책임은 모든 영적 진화의 핵심입니다. 우리는 해명할 책임을 지고 있거나 지고 있지 않습니다. 내게 해명할 책임이 없다고 여긴다면 나는 진실을 알기 위해 근육 테스트를 할 수가 없습니다. 내게 해명할 책임이 없다면 그것은 진실의 가치를 부정하는 것입니다. 그래서 진실을 부정하는 사람들은 테스트를 할 수 없습니다. 200 미만의 사람들은 근육 테스트를 할 수 없습니다. 400대 중반에서 사람들은 지적이고, 진실하고, 해명할 책임이 있고, 담당하는 책임을 지고, 의식적으로 진화합니다. 따라서 해명할 책임은 필수적인 것입니다.

알고 보면 거짓은 크게 두 가지로 분류됩니다. 사탄적인 것은 기본적으로 악이나 폭력 같은 것이고, 루시퍼적인 것은 거짓으로 진실을 대체하는 것입니다. 가장 사악한 사람들은 두 가지를 다 보여 줍니다. 그들은 진실부터 뒤엎은 다음 신을 사탄적으로 묘사합니다. 어떻게 그런 묘사가 그렇게 널리 퍼져 있을 수 있었을까요? 아메리카 원주민들은 신을 자연의 신성과 같은 것으로 여겼습니다. 그러나 신이 엄청난 처벌자라는 이야기가 두루 퍼져 있지요. 신이 복수심에 불타고 분노에 차 있다고 의인관에 따른 용어로 묘사하면서요. 이 때문에 많은 사람들이 종교에서 등을 돌립니다. 그들은 인간만큼 나쁜 신과 대면하고 싶어 하지 않습니다. 우리는 모두 질투와 분노와 복수심이 있는데 어떻게 똑같은 성격적 특성을 지닌 신이 이해되겠습니까?

'신에 대한 이런 부정적 묘사가 수천 년에 걸쳐 세계 여러 지역에서 되풀이되는 이유는 뭘까?' 이것을 생각하다가 문득 깨닫게 되었습니다. 자연재해 때문입니다. 지진, 홍수, 화재. 이런 것은 신들이 분노한 것이 틀림없음을 보여 줍니다. 큰 광산이 무너지고 지진과 쓰나미와 전염병이 닥칩니다. 신들이 분노한 것이 틀림없습니다. 그게 전부입니다. 그렇죠? 그리고 우리에겐 자연적인 인간 재해도 있습니다. 카르마의 법칙 말입니다. 우리는 의아해합니다. "어떻게 그럴 수 있지? 어떻게 그럴 수가 있어?" 쓰나미나 지진이나 홍수가 일어났을 때 왜 하필 그곳에 있었는지, 대지진 때 왜 샌프란시스코에 있었는지 달리 논리적으로 설명할 길이 없습니다. 명백한 결론은 '분노한 신' 때문이라는 것이니 사람들은 신을 달래려고 노력합니다. 이교도들을 다 죽이면 신을 기쁘게 할 수 있습니다. 그리하여 인간의 경험 그리고 자연재해에 근거한 원시적 해석 때문에 부정적 묘사가 생겨났습니다. 우리는 분노한 신이 우리를 쳐 죽이지 않도록 그를 기쁘게 해야 합니다.

우리는 인류의 운명을 공유합니다. 이것이 우리가 분열을 일으키는 대신 결속하게 해 줄 수 있는 한 가지 사실입니다. 우리와 마찬가지로 우리가 적으로 보는 사람들도 똑같은 우여곡절에 처해 있기 때문입니다. 해명할 책임과 담당할 책임은 대단히 중요합니다.

5. 간소하게 산다

영적인 길은 곧고 좁은 확정된 길이 전혀 아닙니다. 아주 종잡을 수 없습니다. 영적 열정과 헌신이 대단히 강렬한 시기가 있어 그런 상태에서는 무엇이든 기꺼이 희생하지만 그런 뒤에는 아무것도 진행되지 않는 듯한 무미건조한 시기가 있습니다. 위대한 성자들은 자서전에 영적 변화가 너무 빨라 가까스로 감당할 수 있었던 시기가 있다고 적었습니다. 완전히 새로운 현실 패러다임이 더 큰 패러다임으로 대체되고 그것이 또 더 큰 패러다임으로 대체되는 시기입니다.

그런 뒤에는 영적으로 무미건조한 시기가 있습니다. 위대한 성자 테레사 수녀가 그런 이야기를 했습니다. 나는 그것을 무미건조한 시기로 맥락화했습니다. 어떤 의식 상태에서는 그리스도의 신성이 분명하게 존재하지만 다른 시기에는 그것에 의존하게 되기 때문입니다. 그럴 때는 그저 영적 비전에 감화받는 데 매달리지 말고 자신의 내면에서 신성을 발견해야 합니다. 성자와 신이 나를 찾아오는 영적 비전을 보는 것은 아주 좋은 일이지만 어떤 수준에 이르면 그것에 대한 의존을 포기해야 합니다. 그것에는 여전히 저바깥임out-there-ness이 있기 때문입니다. 영적 비전은 여전히 저바깥임입니다. 그리고 자아Self를 깨닫는 것realization은 저바깥임이 아닙니다. 전부임totality의 실상이 지닌 모든것임allness입니다. 나는 대단히 흥분되는 시기들을 모두 겪었습니다. 대단히 의욕적인 시기, 대단히 황홀한 시기, 굉장히 평온한 시기들을 겪었습니다. 사치트아난다는 600입니다. 그것에 이르렀을 때가 기억납니다. 그 시점에서는 세상을 떠나는 것이 허용됩니다. 바위 위에 앉아 있던 것이 기억납니다. 나는 신성한 상태에 들어갔고, 떠나도 좋다고 허락받았습니다. 떠나도 되고 떠나지 않아도 되었습니다. 육체 상태를 유지할 이유가 없었으니까요. 유지하는 쪽으로는 끌리지 않았습니다. 반대로, 육체 상태를 떠나도 아무런 이익이 없었습니다. 어느 길을 가든 손해도 이익도 없었습니다. 어느 쪽이든 중요하지 않아서 '되는 대로 내버려 두고 신경 쓰지 말아야겠다.'라고 생각했습니다. 그랬더니 결국에는 몇 시간 뒤에 몸이 일어나서 걸어가 버렸습니다. 그렇게 된 일이었습니다.

이런 것은 선택이기도 하고 자연적인 상태이기도 합니다. 그런 상태들이 순차적으로 나타날 수도 있고 삶의 여러 시기에 번갈아 나타날 수도 있습니다. 영적 학습을 하는 시기가 있습니다. 그런 시기에는 온갖 책을 읽고 온갖 강의를 듣고 기타 여러 가지를 합니다. 지식과 이해를 얻습니다.

그런 뒤에는 조용한 시기가 있습니다. 그런 시기에는 10년 동안 세상에서 물러나 있을 수도 있습니다. 뉴욕을 떠나* 아무도 들어 본 적 없는 깡촌으로 이사해 TV도 보지 않습니다. 나는 몇 년 동안 신문이나 잡지를 전혀 보지 않았습니다. 세상일이 어떻게 돌아가는지 전혀 몰랐습니다. TV가 없었고, 있었다고 해도 어쨌든 켜지 않았을 것입니다. 말하자면 10년 동안 세상과 단절되어 있었습니다. 한번은 시내에 들어가 어느 커피숍에 들렀다가 레이건 대통령 피격 사건** 이야기를 들었습니다. 못 들어 본 얘기였습니다. 라디오도 없고 TV도 없었으니까요. 다른 사람들과 대화하는 일도 없이 아주 간소한 수도자스러운 생활 방식으로 살았습니다. 꼬박 10년 동안 수도자스러운 생활 방식으로 살았습니다. 냉장고에 탄산음료 한 캔과 치즈 한 조각이 있는 것이 전부였습니다. 나는 아무 데도 가지 않았고 아무것도 필요 없었고, 삶은 순간순간 완전하고 완벽했습니다.

깨닫지 못한 상태에서는 삶이 불완전에서 완전으로 진행된 다음 또다시 불완전에서 완전으로 진행됩니다. 깨달은 상태에서는 삶이 완전에서 완전으로, 또 완전으로 진행됩니다. 매 순간이 이미 완전합니다complete. 보통 사람들에게 불완전은 이것을 바꾸고,

---

* 저자는 1970년대 말에 뉴욕을 떠난 것으로 알려져 있다.

** 1981년 3월 30일 워싱턴에서 벌어진 암살 미수 사건

저것을 옮기고, 온도 조절 장치를 올려야 함을 뜻합니다. 그들은 불완전에서 다음 순간으로 끊임없이 나아갑니다. 완결completion의 상태에서는 ─ 내가 드디어 이 사실을 깨달은 때가 기억납니다. ─ 식사 중인데 초인종이 울려 식사를 마칠 수 없어도 개의치 않습니다. 나는 이미 완전합니다. 식사를 반만 했지만 나는 이미 완전합니다.

불완전하다는 것은 '이걸 잘 씹어서 삼킨 뒤에 배가 차기까지 못 기다리겠으니 또 이걸 씹고 삼킬 거야.'라고 생각하는 것입니다. 불완전에서 더 완결된 상태로 나아가는 것입니다. 완결은 지금 이 순간 모든 것이 완전하여 만족스러운 것입니다. 완결에 대해 생각해 보니, 지금 이 순간까지 모든 것이 완전합니다. 지금 강연을 중단해도 나는 모든 것이 완전해서 만족합니다. 나는 지금 쓰러져서 바닥에 누워 떠나도 됩니다. 그러면 안 될 이유가 없습니다. 몰상식한 짓이 될 것이란 점만 빼면 말이죠. 구급차를 불러야 하고 길고 번거로운 과정을 거쳐야 합니다. 친구에게 그런 일을 떠넘기고 싶지는 않습니다. 알다시피 의사도 부르고 시신 옮길 사람도 구해야 하니까요. 죄다 귀찮은 일들입니다. 그래서 친구에게 그러고 싶지 않습니다. 숲 한가운데 혼자 있는 참인데 신경 쓸 연고자도 없다면 그냥 드러누워서 떠나도 됩니다. 시간이 가면 박테리아들이 다 먹어 치울 것입니다. 급할 것 없습니다.

6. 목적의식을 갖는다

우리는 우리의 삶을 맥락화합니다. 삶에 중요성과 의미를 부여하고 삶을 규정합니다. 300대 수준은 매우 도움 되는 매우 중요한 수준입니다. 자원봉사 소방관, 자원봉사 경찰관, 대형 교회의 수준입니다. 열정이 있습니다. 음악과 춤, 환호와 박수가 있습니다. 생명 에너지의 솟구침이 있습니다. 집단 전체에 이런 생명 에너지가 솟구치면 매우 활기가 북돋우어지고 기분이 고양되어서 사람을 200 이상의 수준으로 확실하게 데려갑니다. 200 수준을 넘기는 것이 가장 중요합니다. 200 미만의 사람들이 300대 집단의 열정과 영적 에너지에 전염되어 고양되면 "와, 난 신이나 예수나 영성 같은 것을 비웃었는데 이건 굉장해!" 하게 됩니다. 환희를 경험합니다. 이렇게 300대의 수준은 열정과 격려로 집단을 고무하고 힘을 실어 줍니다.

최고의 가르침 한 가지는 '신성한 무리holy company와 지내라.'는 것입니다. 여러분 자신이 그런 신성한 무리의 수준으로 진화해야 신성한 무리 없이도 수준을 유지할 수 있습니다. 예를 들어 AA에는 그룹을 떠나 모임 참석을 중단한 사람은 재발한다는 믿음이 있습니다. 그 사람의 에너지가 아니라 그룹의 에너지로 금주가 지속되어 온 것이기 때문입니다. AA 그룹은 540으로 측정되었습니다. 신성한 무리와 지내는 것은 우리의 영적 진화를 증진할 수 있는 또 다른 방법입니다. 신성한 무리는 에너지를 주고 동기를 부여하고 지원을 제공합니다. 영적으로 더 진화하면 그런 것이 필요하지 않습니다. 중요한 것은 단순히 지원을 원하는 것이 아닙니다. 지원을 활용하는 것입니다. 지원을 활용하기 위해 신성한 무리와 지내세요. AA를 비롯한 다양한 12단계 프로그램 모임이 사회에서 제공되고 있으니까요.

대성당에 들어가면 확실히 마음의 틀이 즉시 달라집니다. 나는 유럽의 여러 대성당에 가 봤고 심지어 이집트의 대피라미드에서 밤새 명상하기도 했습니다. 그 분위기가 우리에게 어느 정도 도움이 됩니다. 중요한 것은 나 자신이나 피라미드 자체가 아닙니다. 나와 피라미드 간의 상호 작용입니다. 나와 샤르트르 대성당 간의 상호 작용입니다. 대성당에서 미로를 걸을 때 들어가게 되는 의식 상태가 있습니다. 반드시 미로 걷기의 메커니즘을 통하지 않고도 그 상태에 들어가는 법을 익힐 수는 있습니다. 하지만 미로를 걸으면서 우리는 그 평화로운 에너지 장과 내면 존재 presence의 느낌을 소중히 여기게 됩니다.

지난번에 샤르트르 대성당에 갔을 때는 웃을 수밖에 없었습니다. 사람들이 미로를 걷지 못하게 바닥 전체에 의자들이 놓여 있었습니다. 미로를 걷는 대신 명상을 할 수도 있고, 사실 사진을 가지고 미로 찾기를 해도 같은 효과를 얻습니다. 미로의 디자인 자체에 독특한 무언가가 있습니다. 수도사들이 다년간의 경험으로 발견한 사실은 그냥 마음속으로 미로를 걷거나 심지어 미로

그림에 대고 연필로 미로 찾기를 해도 명상적 상태에 들어간다는 것입니다. 그래도 그 상태는 상당히 높은 의식 수준입니다. 사람들은 대부분 자신이 여러모로 부족해서 그런 상태에 도달하려면 무언가 특별한 일을 해야 한다고 생각하는데, 그러면 나는 이럽니다. "타인의 고통과 죽음을 대가로 치러야 한다면 어떻게 신성한 높은 상태에 도달할 수 있을까요? 다시 말해 천국에 가게 해 줄 특별한 일이 타인을 죽이는 것이라면 당신은 어떻게 그 일을 카르마적으로 정당화해서 천국에 갈 건가요?" 그런 길은 매우 복잡하게 꼬여 있는 셈입니다. 적어도 신성과 보편적 사랑에 대한 나의 이해와 일치하지 않습니다.

사람들은 항상 "제가 세상에서 무슨 일을 할 수 있을까요?"라고 묻습니다. 라마나 마하리시는 우리가 보고 있는 세상은 존재하지도 않는다고 말합니다. 우리가 보고 있는 세상은 실제로는 세상에 대한 우리의 인식perception입니다. 세상이 당신을 필요로 한다고 생각하지만, 세상은 사실 당신을 필요로 하지도 않고 원하지도 않습니다. 한 사람 한 사람의 진화가 바다의 수위를 높이는 데 기여합니다. 자신의 삶을 기도로 만들면 그렇게 됩니다. 나는 가끔 설교를 할 때면 항상 삶을 기도로 바꾸라고 설교합니다. 우리는 어떤 것에 대해 이야기하고 배우고 읽고 찬송합니다. 바로 그것이 되세요. 그것이 되면 우리의 존재만으로도 이미 세상이 달라지기 때문입니다. 우리는 각자 자신이 행하고 말하는 바가 아니라 자신이 되어 있는 존재에 의해 바다의 수위를 높입니다. 위대한 왕과 황제와 정복자들이 나타났다가 사라졌습니다. 그들은 나타났다가 사라지면서 온갖 파도를 일으켰습니다. 그래서 그것이 무슨 기여를 했을까요? 아무것도 못 했습니다. 바다의 수위는 나의 인식과는 아무 상관도 없다는 것, 나의 비판 좋아하는 습성과는 아무 상관도 없다는 것을 깨달으세요.

7. 자애로움

타인을 사랑하는 것은 너무 좋지만 자신을 사랑하지는 않는, 다양한 단계가 있습니다. 자신은 자기도취적으로 사랑하지만 타인에 대해서는 그러지 않는 단계도 있습니다. 그러는 것을 포기할 수도 있는데, 그러면 온갖 것으로 나타나 있는 모든 생명을 사랑하게 됩니다. 이런 자애로움lovingness이 있으면 존재하는 모든 것의 본래 가치가 보이고 존재하는 모든 것의 신성이 보입니다. 존재의 내적 근원은 신성 자체이고 신성은 형상이 없지만 이제 그것이 형상을 갖춥니다. 창문, 벽, 문, 나무, 마이크, 카펫으로 형상을 갖춥니다. 그러나 애초에 그렇게 선형적으로 존재할 수 있게 하는 것은 신성의 비선형적 존재presence입니다. 존재의 근원인 신성이 없으면 아무것도 존재하지 못하니 선형적인 형상은 말할 것도 없습니다.

그러니 자신의 자아도 포함해 존재하는 모든 것이 지닌 신성을 깨닫습니다. 자신이 될 수 있는 모든 것이 되어야 하는, 신에 대한 의무가 있습니다. 또한 신을 섬길 방법이 있습니다. 어떤 단계에서는 도움이 되지만 헌금함에 돈을 넣는 방법으로 섬기는 것이 아닙니다. 좋은 일을 하거나 가난한 사람들에게 베풀거나 장애인을 위해 야유회를 열어 섬기는 것도 아닙니다. 신성에 대한 우리의 의무는 우리 자신의 자아를 최대한도로 완벽하게 하고, 재능에 감사하고, 인류를 위해 그 재능을 가장 잘 사용할 방법을 찾기 위해 재능을 활용 하기를 추구하는 것입니다. 나는 여러 방면에서 재능을 타고났습니다. 그 점이 사실 짐처럼 느껴지기도 했습니다. 도의적 의무감과 압박감이 늘 있었고, 의사가 된 것도 부분적으로는 그 때문이었습니다. 나는 인간의 고통을 더는 데 헌신하는 것이 궁극적인 소명이라고 생각했습니다. 그런 뒤 인류가 육체적 수준에서 고통이 상당하지만, 정신적 수준에서는 훨씬 더 안 좋음을 알았습니다. 육체적 수준에서는 적어도 뭔가 구체적인 일을 할 수 있으니까요. 수술을 하거나 주사를 놓거나 마취제나 항생제를 투여할 수 있습니다. 내면의 고통은 사실 의식의 상태이고 인간의 고통을 더는 일에 내가 매우 끌린다는 것을 알았습니다. 그래서 의사로서, 이어서 정신과 의사로서, 나중에는 영적 스승으로서 그 일에 종사했습니다. 그리고 현재 나의 동기는 가장 높은 수준에서 인간의 고통을 덜어 줄 것으로 생각되는 일을 하는 것입니다. 즉 우리 자신의 의식이 그 자체의 본성에 의해 진보하게 함으로써 고통을 덜고 행복의 수준을 올리는 일입니다.

나는 의사에서 정신과 의사를 거쳐 영적 스승이 되었습니다. 그리고 내가 하는 연구는 궁극적 발전을 증진하는 것입니다. 다른 사람들을 변화시키려고 하지는 않습니다. 어떤 사람들은 타인을 변화시키는 일에 의욕이 있습니다. 나의 능력을 다해 내가 될 수 있는 모든 것이 될 때 나의 의무가 완수된다는 사실을 깨달으면 그에 따른 결과들은 더 이상 내게 달려 있지 않습니다. 신성에게 달려 있습니다.

8. 부정적인 면을 극복한다

증오에 전염성이 있다는 것은 린치를 가하는 폭도들의 예를 보면 알 수 있습니다. 남북 전쟁이 끝나고 사회의 각계각층에서 일어났던 일들을 보세요. KKK단과 온갖 정치적 집단이 범람했습니다. 인류는 끊임없이 진화하지만 그 진화의 방식은 불규칙적이고 파편화되어 있습니다. 같은 길을 걸어도 어떤 사람은 나쁜 길로 인도되고 어떤 사람은 향상됩니다. 이것을 좌우하는 것은 길을 걷는 사람의 동기와 당시 의식 수준입니다. 우리는 자신의 목적과 목표를 이해하고 자신의 부정적인 면을 인정할 필요가 있습니다.

의식 수준이 200 이상으로 측정되는 사람도 200 미만인 면들이 있습니다. 그것을 초월하려면 그런 면이 있음을 인정하되 도덕을 내세우며 성급히 비판하려는 습성judgmentalism에는 빠지지 말아야 합니다. 첫째로, 각각의 부정적 감정은 단독으로 존재하지 않습니다. 모든 부정적 감정은 사실 동시에 발생합니다. 때로 가장 두드러지는 한 가지 감정이 분노라고 해도 알고 보면 그 분노의 이면에는 부러움이, 그 부러움의 이면에는 우울한 기분이, 그 우울한 기분의 이면에는 울분이 있는 식입니다. 즉 이런 그림자는 전부가 200 미만으로 측정되는 것들로 이루어진 집합체입니다.

영적 정직성이 있는 사람들은 대개 짜증이 나거나 화가 나거나 죄책감을 느끼거나 하면 그 사실을 인정하고 그것을 탐구합니다. 무엇 때문에 그것이 생겼고 그것 때문에 어떻게 되는지를 탐구합니다. 그리고 각각의 부정적인 감정은 그 밑에 있는 것 위에 쌓여 있는 것임을 발견합니다. 예를 들어 자부심이 강합니다. 왜 자부심이 강할까요? 부족함을 느끼기 때문입니다. 왜 부족함을 느낄까요? 바람이 충족되지 않기 때문입니다. 왜 바람이 충족되지 않을까요? 화가 나 있기 때문입니다. 왜 화가 나 있을까요? 이렇듯 그림자는 사실 집합체입니다. 그 모든 것이 대개 동시에 발생합니다. 화가 납니다. 왜 화가 날까요? 누가 나의 자부심을 건드렸기 때문입니다. 자부심은 부풀어 오른 이기주의입니다.

우리의 문제는 자신을 너무 경시하는 것이 아니라 자신을 너무 중시하는 것입니다. 세상이 나의 바람에 맞춰 줘야 합니다. 나의 분개, 나의 분노, 나의 자부심, 나의 울분 등은 모두 함께 집합합니다. 그리고 결국 그 모두가 바닥에 이르고 맙니다. 체념과 절망이라는 바닥입니다. 다 포기하고 흔들의자에서 몸을 앞뒤로 흔들며 "그 일에 대해 내가 할 수 있는 것이 아무것도 없어. 나는 가망 없는 실패자야."라고 합니다.

증오하는 적이 있는 것은 자신의 부정적인 면을 세상에 투영한 결과입니다. 이를테면 공산주의자를 궁극의 악으로 봅니다. 파시스트, 공화당원, 민주당원, 흑인, 여성을 적으로 봅니다. 인종 차별, 성차별, 종교 차별, 노인 차별을 합니다.

앞에서 나의 내적 경험을 이야기했습니다. 그 경험에서 나는 모든 것을 놓아 버리고 항복해서 결국에는 신에게 항복할 것이 아무것도 남지 않게 되었고 그러자 모든 것이 침묵했습니다. 그런 다음 예상치 못한 알아차림이 생겼습니다. 내 생명은 신에게 항복하지 않았던 것입니다. 다른 모든 것을 항복했지만 생명은 항복하지 않았습니다. 그런 뒤에 이 또한 항복해야 한다는 앎이 생겼습니다. 나는 환희, 황홀경, 평화, 평온 같은 것을 모두 신에게 항복했습니다. 모든 것이 사라지고 모든 것이 침묵했습니다. 나는 매우 높은 공간에 있었습니다. 그곳에는 아무도, 다른 어떤 개체entity도 없었습니다.

높은 공간에는 내게 말하거나 지시하거나 받아 적게 하는 다른 개체가 전혀 없습니다. 난데없이 생기는 앎밖에 없습니다. 나라는 존재는 삶과 죽음을 넘어서 있다는 앎입니다. 생명에 대한 집착이 마지막 것이었습니다. 생명을 집요하게 붙잡고 있었습니다. 나는 생명을 항복했습니다. "모든 것은 환상이다."라는 앎이 생겼습니다.

오라에서 방출되는 스승의 음성은 절대성absolutism에서만 나옵니다. 상대성relativism이나 사고성thinkingism에서는 나올 수 없습니다. 그곳에 있었고 그렇게 했다는 절대적인 앎의 절대성에서만 나옵니다. 그 앎의 절대성은 내가 이것을 신에게 항복하리라는 것이었습니다. 나는 생명 자체를 항복했습니다. 우리는 생을 거듭하며 생명 자체의 근원을 항복하지 않습니다. 왜냐면 그 근원이란 바로 자기가 삶의 저자, 삶의 중심이자 핵심이라고 생각하는 자기도취적 에고의 핵이기 때문입니다. 영겁의 세월 동안 마음이 믿어 온 바를 항복하면서 엄청난 공포가 일었습니다. 극심한 공포였지만 다행히도 잠시 동안만 지속되었습니다.

공포에 항복하면 공포가 사라집니다. 두려움이 영원히 사라집니다. 영원토록 있었던 두려움이 이제 영원히 사라집니다. 우선 이 특정 환생incarnation으로 지니게 된 육체성의 필멸성mortality에 대한 두려움이 사라집니다. 그리고 계속 놓아 버림에 따라 마침내는 모든 두려움이 사라집니다. 무슨 일이 일어나도 상관없습니다. 왜 상관없을까요? 그건 신의 문제이기 때문입니다. 지금 천

장이 우리 모두의 머리에 떨어진다면 그건 신의 문제입니다. 그렇죠? 우리는 그냥 자리에 앉아 이 일에 대해 신이 어떻게 할지 지켜볼 것입니다. 신이 트럭이나 기중기나 구급차를 이곳으로 가져올 수도 있고 그러지 않을 수도 있습니다. 우리가 숨을 쉴 수도 있고 그러지 못할 수도 있습니다. 그런 뒤에는 이 특정 생으로 복귀할 필요가 생길 수도 있습니다. 그러면 필멸성을 불가피한 것으로 받아들이고 그에 대한 두려움을 극복합니다. 따라서 중요한 것은 받아들임입니다. 죽음의 두려움 때문에 이 상황이 끔찍해지는 것은 우리가 죽음과 맞서 싸우고 있기 때문입니다. 일단 받아들이고 나면 전혀 끔찍하지 않습니다. 죽는다라… 그래서 뭐가 어떻다는 거죠? 별일 아닙니다. 괜찮습니다.

사람들에게 죽음의 두려움이 있는 이유가 한 가지 있습니다. 도의적 해명 책임moral accountability 때문입니다. 사람들이 죽고 싶어 하지 않는 것은 도의적 해명 책임에 직면하게 될 것임을 알고 있기 때문입니다. 자신의 본모습을 알기에 이런 생각을 합니다. 나는 이런 게 내 혼에 영원히 남는 것을 원치 않습니다. 이런 것을 원치 않습니다. 이런 불친절함을 원치 않습니다. 이런 부정성을 원치 않습니다. 이런 이기심이 있는 것을 원치 않습니다. 그래서 바로잡을 기회를 간청합니다. 그러면 더 공감을 잘하고, 더 이해심 있고, 더 용서하고, 더 사랑하게 될 것입니다. 이기는 것보다는 생명을 소중히 하게 될 것입니다. 대부분 사람들이 죽음을 두려워하는 것은 도의적 해명 책임 때문입니다. 죽으면 자신이 그동안 어떤 사람이었는지 그 진실을 직면하게 될 것임을 깨닫고 있기 때문입니다. 도의적 해명 책임이 있음을 받아들이면서 삶을 살아가면 죽음에 대한 두려움이 쌓이지 않습니다.

신성에 대한 우리의 믿음은 우리가 느끼는 도의적 해명 책임의 일부와 죽음에 대한 두려움의 일부가 되어 나타납니다. 영적으로 성장함에 따라 죽음에 대한 두려움이 줄어듭니다. 신을 자비로운 분으로 그리게 되기 때문입니다. 그리고 죽음을 눈앞에 둔 시점에 이르면 곧 동반자가 생길 것임을 깨닫습니다.

사람들이 갖고 있는 신성의 개념은 자비로운 것이나 벌을 주려 드는 것입니다. 지옥의 심연은 누구도 단 몇 초라도 경험하고 싶어 할 만한 것이 못 됩니다. 게다가 몇 초 동안 경험할 수가 없습니다. 매초가 영원으로 경험되니까요. 천국과 지옥 가운데 선택할 때, 어떤 결정을 하면 천국에 가까워지고 이어서 다른 결정을 하면 지옥에 가까워집니다. 영적으로 매우 진보하게 되면 그런 것은 모험해 볼 가치가 전혀 없는 일임을 깨닫게 됩니다. 자만하거나 남을 통제하거나 복수를 하면 단기적으로는 득이 됩니다. 누군가의 얼굴에 주먹을 날리면 웃음이 날 수도 있습니다. 맞을 만한 사람이라 그랬을 수도 있습니다. 하지만 도의적 해명 책임 때문에 우리는 두 개의 문 사이에서 선택의 기로에 섭니다. 한쪽 문은 천국으로 통하고 다른 쪽 문은 지옥으로 통합니다.

신이 우리를 지옥에 던져 넣지는 않습니다. 우리 스스로 선택해서 자신을 참담한 절망과 체념의 상태에 놓이게 만듭니다. 자유에는 어떤 제한이 있을까요? 솔직히 말해 전혀 없습니다. 그렇죠? 자유에는 어떤 제한도 없습니다. 신을 증오할 것을 선택할 수도 있습니다. 신을 사랑할 것을 선택할 수도 있습니다. 인심후할 것을 선택할 수도 있습니다. 인색할 것을 선택할 수도 있습니다. 자유에는 어떤 제한이 있을까요? 인간의 마음은 어떤 선택 사항들이 있는지 알 수 있는 능력이 있습니다. 알고자 하는 자발성만 있으면 욕심부릴지 후하게 베풀지 선택할 수 있습니다. 선택만 하면 유연해질 수 있고 배울 줄 알게 되어 성장하고 성숙해질 수 있습니다. 사람들은 대개 "내가 할 일은 이번 경험에서 배우려고 노력하는 것이라고 봐. 노력해서 삶의 모든 면에서 성장하고 성숙해지고 영적으로 발전할 거야."라고 말합니다. 생명에는 타고난 에너지가 있습니다. 그것을 '엘랑 비탈élan vital'이라고 부릅니다. 우리의 생명 에너지를 뜻하는 프랑스 말입니다. 어떤 에너지가 우리를 통해 흐릅니다. 생명이 에너지로서 흐릅니다.

이것을 신학적 현실로 볼 수도 있습니다. 「의식의 지도」에는 1,000 수준까지 나와 있고 세상에서 악이라고 부르는 것은 200 미만의 수준에 해당합니다. 출연자들이 모두 부정성에 갈채를 보내는 TV 프로그램들이 있습니다. 진행자가 공공연하게 증오와 음모론을 쏟아 냅니다. 이런 사람들은 어디서 시청자를 확보

할까요? 영적으로 진화한 사람들의 집단이 경멸과 분노와 증오를 토해 내는 음모론을 시청하는 데 관심이 있을까요? 그런 것이 천국에서 흥미를 끌 수 있을까요? 지옥에서는 많은 시청자를 확보할 것입니다. 영적으로 진화하면 살해, 살인, 고문 같은 것이 별로 흥미롭지 않게 되어 화면에 그런 것이 나오면 "아이고, 내가 뭣 때문에 저런 게 보고 싶겠어?" 하게 됩니다.

9. 유머 감각을 키운다

가두 행진을 이끄는 사람들보다는 유머가 인류에게 더 크게 기여한다는 사실을 알게 될 것입니다. 대단한 열정으로 지구를 구하라, 세상을 구하라 같은 온갖 구호를 외치며 대의를 대대적으로 과시하는 사람들이 있습니다. 사실은 좋은 유머 감각이 도덕적인 척, 고결한 척하는 성가신 선행들보다 영적으로 진화한 것입니다.

유머는 상황을 재맥락화합니다. 상황을 다른 맥락에 놓습니다. 유머는 선형적인 내용과 비선형적인 맥락의 대조에서 나옵니다. 그 대조가 재미를 줍니다. 위대한 유머장이들humorists은 오래 삽니다. 잭 베니*나 조지 번스** 같은 사람들 말입니다. 조지 번스는

---

* 잭 베니(1894~1974): 미국의 희극인 겸 배우. 20세기 미국의 대표적인 엔터테이너 가운데 한 사람으로 널리 인정받았다.

** 조지 번스(1896~1996): 미국의 희극인 겸 배우, 사회자, 작가, 가수로 라디오와 영화, TV에서 모두 성공했다. 80세의 고령에 아카데미 남우조연상을 받았고, 100세로 사망하기 몇 주 전까지도 계속해서 일했다.

100살까지 살았습니다. 이런 사람들은 병들어 죽지 않고 욕조에서 넘어져 두개골 골절로 죽는 경우가 많습니다. 그래서 나는 내가 그들 나이가 되면 욕조에서 샤워하면 안 된다는 것을 잊지 않으려고 합니다.

의식적인 영적 성장

나는 로널드 레이건이 의식적인 영적 성장의 특징들을 보여주었다고 봅니다. 그는 500 정도로 측정되었습니다. 윈스턴 처칠도 마찬가지였고요. 그는 가장 암울하던 시기에 혼자 힘으로 대영제국을 결집시켰습니다. 처칠은 500 이상으로 측정되었습니다. 가슴이 사자의 강심장이었던 그는 분연히 일어나 영국 사람들로 하여금 대공습에 대처하게 했습니다.

결집 요청The rallying call은 가슴의 위대함이 있는 사람들에게서 나올 수 있는 것입니다. 처칠은 그것이 있었습니다. 루이 파스퇴르처럼 영의 위대함이 있었던 과학자들도 있습니다. 그들은 그들이 이룬 진보 때문에 조롱받았습니다. 영의 위대함이란 비판받게 될 것을 알면서도 세상에 위대한 혜택이 될 일을 하는 것을 말합니다. 박테리아가 감염을 일으킨다고 믿고 연구한 사람들이 있었습니다. 그들은 그 믿음 때문에 거의 목숨을 잃을 뻔했습니다. 그러나 그 덕분에 항생제가 발견되고 생명을 구하는 다른 혁신들이 이루어졌습니다. 인간의 고통을 덜고 의식의 진화를 촉진하는 일은 무엇이든 큰 가치가 있습니다. 어떤 사람들은 그런 일에 앞장서거나 그런 일을 지지함으로써 기여합니다. 그런 일을 하는 위대한 자선 단체들은 교육과 건강에 기여함으로써 타인의 삶을 향상시킵니다.

어떻게 하면 다른 사람들을 도울 수 있을까요? 먼저 자신이 성취할 수 있는 일을 성취한 다음 자선을 베푸는 단계에 도달합니다. 반드시 금전적 자선일 필요는 없고 의식의 상태로서 자선을 베풉니다. 그리고 자문합니다. 내가 이제 세상에서 바라는 것은 어떤 것일까? 아무것도 없습니다. 그러면 내 삶으로 뭘 해야 할까? 대다수 사람들은 원하는 것, 욕망하는 것을 좇는 데 평생을 보냅니다. 그런데 그런 것을 다 가지면 어떻게 될까요? 욕망을 다 이루고 나면 어떻게 될까요? 삶이 무가치해질까요? 그렇지 않습니다. 자신이 되어 있는 존재what you have become를 다른 사람들과 공유하는 삶은 무가치해지지 않습니다. 그래서 자신이 되어 있는 존재를 공유합니다.

궁극의 자애로운 행위는 내가 되어 있는 존재를 공유하는 것입니다. 그러면 나의 삶이 기도가 됩니다. 설파하고 가르치는 내용인 바로 그것이 됩니다. 사랑으로 보듬고 존중으로 보듬습니다. 사랑의 품 안에서 세상을 하나로 보듬습니다.

지금 눈을 감고 온 세상과 온 세상 사람들을 마음에 그려 보세요. 가슴을 열고 가슴의 빛을 세상에 내뿜어서 세상을 포옹하세요. 온 세상과 온 세상의 살아 있는 모든 것을 두 팔로 안으세요. 모든 두꺼비와 모든 캥거루와 모든 사람을 품에 안고 가슴의 사랑을 방출하세요. 그리고 자신의 의도로 그 사랑을 키우세요. 무한히 자애로워짐으로써 우리는 인류의 운명이 됩니다. 그 운명은 내면의 신성이 존재의 근원임을 깨닫는 것입니다.

처음에는 다들 영적인 학습을 합니다. 그래야 합니다. 학습하지 않으면 어떤 일이 가능한지 알지도 못합니다. 시간이 지나고 나면 학습이 방해가 됩니다. 경험적으로 진실을 깨닫는 대신 이런저런 신념 체계에 사로잡히기 때문입니다. 처음에 학습을 하는 것은 주제의 방향을 잡기 위해서입니다. 그런 다음 편하고 유용해 보이는 것을 삶에서 선택하고 그것을 추구합니다. 그런 다음 어느 시점에 이르면 그것을 다룬 책을 더 이상 읽지 않습니다. 나는 평생 동안 나의 영적 장서를 몇 차례 내다 버렸습니다. 몇백 권을 모은 다음에 "이런 건 다 멘탈리즘*이고 선형성이야." 하고는 내다 버리는 겁니다. 그러고는 10~20년 뒤에 다시 책을 모으기 시작합니다. 그런 뒤에 또다시 전부 치웁니다.

---

* 심리적 마술 같은 것을 말한다.

영적 성장에 대한 가장 큰 오해

사람들은 영적 성장을 하려면 희생이 필요할 것으로 생각합니다. 하지만 그렇지 않습니다. 부정적인 것들을 희생하는 것뿐인데 어떤 사람들은 그것을 희생으로 여기는 것 같습니다. 시간과 에너지가 필요합니다. 그래서 가족이 있는 사람은 자기가 시간을 내어 에너지를 쏟을 수 있을지 의문이 들 수도 있습니다. 인생에는 가정을 갖고 아이를 키우고 세상에서 성공하려고 노력하는 시기들이 있습니다. 그런 시기는 대개 수도자가 되겠다고 결심하기에 딱 좋은 때는 못 됩니다.

늦은 나이에 생활 방식을 바꿀 수도 있습니다. 내가 보기에는 나이가 더 들기를 고대하는 사람들이 많습니다. 그때가 되면 영적인 삶에 시간을 더 내는 데 필요한 것을 갖추게 되니까요. 신도들 나이대가 높은 교회들이 많습니다. 물론 자녀가 있는 젊은 사람들도 좀 있겠지만 대개는 절반을 훨씬 넘는 신도가 머리가 세어 있습니다.(어떤 교회들은 80퍼센트가 머리가 허옇게 세어 있을 수도 있습니다.) 냉소적인 사람들은 "죽는 게 겁나서 그러는 거야. 딴 이유가 뭐 있겠어." 할 것입니다. 그렇지 않습니다. 영적 추구를 할 수 있는 삶의 여유와 자유 시간을 드디어 얻었기 때문입니다. 이제 삶을 향상시킬 시간과 에너지와 영적 관심이 생긴 것입니다. 젊은 사람들은 "나는 그럴 시간이 없다."고 말합니다. 그러면 나중까지 기다리세요. 아니면 조금씩 단편적으로 영적 수행하는 법을 익히세요. 5분의 친절이면 됩니다. 나는 가장 좋은 수행법은 모든 사람에게 친절하고 우호적으로 자애롭게 대하는 것이라고 말합니다. 나는 모든 가게의 점원들에게 항상 감사하다고 말합니다. 그러면 그들은 거의 까무러칩니다. 모든 가게의 모든 점원과 우연히 만나는 모든 사람에게 그렇게 해 보세요. 그냥 되도록 미소 지으며 자애롭게 대해 보세요. 그러면 깜짝들 놀랍니다. "헐, 뭐라고?" 하는 표정으로 쳐다봅니다.

나는 뉴욕에서 몇 년을 그렇게 했습니다. 5번가의 아파트들 앞을 걸어갈 때면, 도어맨들을 지나칠 때마다 굿 모닝 하며 미소를 보여 주었습니다. 얼마 안 가 그들은 그 순간을 고대하게 되었습니다. 그리고 나는 미소지으며 잠깐 인사하는 것은 누구에게나 할 수 있는 일임을 알게 되었습니다. 나는 뉴욕의 어느 거리를 걷든 거의 누구하고든 거의 즉시 대화를 시작할 수 있습니다. 열린 마음과 자애로움이 있으면 사람들이 위험이나 두려움을 느끼지 않습니다. 그들 내면의 동물적 본능이 안전한 상대라고 인식합니다.

의식이 진화함에 따라 사람들이 나를 다르게 대합니다. 나를 만날 기회를 고대합니다. 나와 함께 있으면 기분이 좋아지기 때문입니다. 내가 파티에 참석하면 그 파티는 성공한 파티입니다. 단지 나의 에너지가 실내 전체에 퍼지기 때문입니다. 우리는 우리가 되어 있는 존재로 타인에게 봉사합니다. 더 자애로워질수록 동료 인간과 신에게 더 크게 봉사합니다.

8장

영적 수행

이제 의식적인 영적 성장의 원칙이 자리 잡혔으니, 영적 상태를 유지하고 영적 알아차림의 감을 심화하는 데 도움될 규칙적인 영적 수행 프로그램에 들어갈 필요가 있습니다.

우리의 눈을 틔워 줄 이 장에서 호킨스 박사는 가장 기본적인 수행부터 가장 고도의 수행에 이르기까지 가장 중요하고 효과적인 영적 수행 몇 가지를 추천하고 설명합니다.

명상

명상 수행은 관상과 마찬가지로 모든 종교의 이해를 심화시켜 줍니다. 나는 명상을 하는 것과 삶이 기도가 되도록 삶을 정렬하는 것을 둘 다 강조할 때가 많습니다. 공부해서 배운 대로 되게끔 삶을 살려고 노력하는 것입니다. 그러면 관대하게^{forgiving} 됩니다. 처음에는 용서가 인위적인 수행인 것처럼 느껴집니다. 예수 그리스도는 "저들을 용서해 주십시오. 저들은 자기들이 무슨 일을 하는지 모릅니다."라고 했습니다. 이렇게 생각하는 것은 용서에 정신적으로 접근하는 것이라, 누구에게 화가 났을 때 '이 일을 다른 관점에서 봐야겠지만 그러지 않을래.'라는 생각이 스칠 수도 있습니다. 하지만 더 깊이 들어가서 '어떻게 하면 이 일을 다른 시각에서 볼 수 있을까? 어떻게 하면 이 일에 대한 내 경험을 바꿀 수 있을까?'라고 생각합니다. 그러면 더 깊이 탐구할 필요가 생깁니다. 그래서 익숙한 지적 접근에서 벗어나 경험적 접근으로 옮겨 가려고 노력합니다. 이전에는 정신적이었던 것이 이제 실제로 나의 성격과 내가 세상에서 존재하는 태도가 되도록 노력합니다.

명상은 물론 위대한 역사가 있습니다. 명상을 통한 영성의 길을 모두 설명하는 데만 몇 시간이 걸릴 수도 있습니다. 나는 그 모두를 실험하고 시도했습니다. 나는 1950년대에 뉴욕 '퍼스트

젠 인스티튜트First Zen Institute'의 회원이었고 참선 수행을 오래 했습니다. 나는 20년 이상 아침에 한 시간, 오후에 한 시간씩 명상했습니다. 포착된 특정한 진실에 관해 명상해서 결국에는 그 진실과 진실의 실상을 정말로 알아차립니다. 그러면 "그 사람을 용서해야겠어."라고 할 필요가 없게 됩니다. 모든 사람은 각자 나라는 존재일 뿐임을, 지금 이 순간 가능한 대로 나라는 존재일 뿐임을 마침내 알게 됩니다. 모든 사람은 각자 지금 이 순간 가능한 대로 나라는 존재일 뿐입니다. 그렇지 않고 다를 수는 없습니다. 다를 수 있다면 다를 것입니다. 따라서 모든 사람에게 어떤 동정심을 갖습니다. 모든 사람이 인간 특유의 상태human condition*에 거의 갇혀 있으니까요. 그리고 솔직히 말해 인간 특유의 상태 때문에 개인만 아니라 사회 전체, 문명 전체도 살아가기가 무척 힘듭니다.

명상의 특징은 우리로 하여금 세상에서 떨어져 있게 한다는 점입니다. 다시 말해 명상을 하려면 내가 했듯이 아침에 한 시간, 오후나 밤에 한 시간을 따로 떼어 놓아야 합니다. 그러면 많은 사람들이 생활을 구획하는 일이 벌어집니다. 명상을 할 때와 세상에 돌아가 있을 때를 구분하는 것입니다. 사람들은 물론 종교를 가지고도 그렇게 합니다. 일요일에는 매우 종교적이다가 월요일이면 여느 때 하는 비즈니스로 돌아가 여느 때처럼 청구서를 부

* 다른 동물들은 겪지 않는, 인간들만 불가피하게 공유하고 있는 경험, 감정, 욕구 등을 말한다.

8장 영적 수행

257

풀리되 그에 대해 약간의 죄책감을 느낄 수는 있습니다. 하지만 그런 시간이 구획되어 있습니다.

얼마 뒤면 많은 사람들이 명상을 포기합니다. 일상생활에 지장을 받기 때문입니다. 오늘 아침은 너무 바빠서 명상을 걸렀는데 내일도 너무 바쁩니다. 그래서 명상은 흐지부지되는 경향이 있습니다.

관상은 예리한 알아차림을 유지하는 생활 방식입니다. 관상에 가장 가까운 고전적 가르침은 마음챙김mindfulness입니다. 마음챙김은 항상 알아차리는 것, 자기 마음이 무엇을 하고 있는지 늘 의식적으로 알아차리는 것, 자기 내면의 정신적 작동을 알아채지 못해 의식하지 못하게 되는 일이 없도록 하는 것입니다. 그러면 마음에 대해 익히 알게 됩니다. 마음에 대해 점점 더 익히 알게 되면 마음은 실제로 변화합니다.

관상적 생활 방식이 더 효과적입니다. 관상은 세상에서 존재하는 태도입니다. 자기가 공부한 대로 되려고 노력하는 것이기 때문입니다. 우리는 관상을 끊임없이 할 수 있습니다. 사람은 뭘 하는 중이든 관상적일 수 있습니다. 나 자신의 생활 방식이 오랫동안 관상적이었습니다. 나는 특정한 일들 각각에 대해 내가 어떤 태도인지 정확히 알아차리고 있었습니다. 이렇게 하면 다른 사람들의 실상도 더 잘 알아차리게 됩니다. 그들의 현실을 알아차리게 되어 '현실은 내게 보이는 그대로다.'라는 유아론적인 관점에서 벗어나게 됩니다. 있는 그대로의 현실이 아니라 내게 보이는 대로의 현실이었음을 알아차립니다. 있는 그대로의 세상이 아니라 내게 보이는 대로의 세상이었음을 알아차립니다.

내 인생의 비교적 이른 시기에 이 사실을 갑자기 이해하게 된 것은 뉴욕에서 온갖 대형 토크쇼에 출연하던 때였습니다. 그런 곳에 가면 내가 그날의 유명 인사라 다들 내게 알랑거립니다. 그리고 나를 분장실로 데려가 화장을 해 줍니다. 그 순간에는 내가 스타입니다. TV 쇼가 시작되면 전국에서 수백만 명이 나를 지켜봅니다. 하지만 쇼가 끝나 모든 조명이 꺼지고 스튜디오에 있던 수백 명의 사람이 사라지고 나면 메아리가 들릴 정도로 텅 빕니다. 그리고 건물에서 나와 거리로 나오면 갑자기 가라앉는 듯한 느낌이 듭니다. 나는 록 스타나 유명인이 마약을 하는 이유를 이해합니다. 쇼가 끝난 뒤에 그 높은 황홀경에서 아무것도 아닌 상태로 추락하는 것에 대처할 수가 없기 때문입니다. 나는 그들에게 동정심을 느낍니다.

명상에 들어가면 적어도 처음에는 삼매경이라는 매우 높은 상태에 들어갈 수 있습니다. 시작 단계에서는 이 상태가 내가 그것에 들어가 있는 동안에만 지속됩니다. 눈을 감고 다리를 꼬고 숨을 쉬는 등등을 하면 그 놀라운 상태가 옵니다. 하지만 그런 뒤에 일어나서 돌아다니면 상태가 사라져 버립니다. 이 상태는 영적 진화가 진행될수록 더 오래 지속됩니다.

즉 다음 단계에서는 눈을 떠도 지속되다가 일어나서 돌아다니면 사라집니다. 하지만 그런 뒤에 상태가 점점 더 우세해지면 그 상태인 채로 일어나 돌아다닐 수 있게 됩니다. 그래도 상태가 유지됩니다. 그런 뒤에 결국에는 상대적으로 정상적인 생활을 계속할 수 있으면서도 상태는 영구적이게 됩니다. 마침내는 상태가 보통의 정신화mentalization라 부를 만한 것을 완전히 불가능하게 만들고 그 상태에 거의 머물게 됩니다. 그런 뒤에 상태의 우세가 마침내 확실해지면 세상을 등지게 됩니다. 내가 그랬습니다. 선택의 여지가 없었습니다. 그래서 세상을 등졌습니다.

그런 다음 몇 년 뒤에는 세상에 다시 적응하는 법을 익힙니다. 나는 세상 안에서 다시 기능하는 법을 익히는 데 여러 해가 걸렸습니다. 세상살이가 본성이 완전히 달라집니다. 내가 목격하는 대상이 됩니다. 내가 지금 여러분에게 말하고 있는 상황을 저절로 일어나는 현상으로서 목격하고 있는 어떤 측면aspect이 존재합니다. 개인적인 나와는 아무 상관도 없는 측면입니다. 그런 측면이 새가 하늘을 날 듯 자율적으로 발생합니다. 저절로 발생해서 내가 외적 인격persona이라고 부르는 것이 됩니다. 세상과 큰나Self 사이에서 상호 작용하는 에너지가 있어, 세상에서 다시 기능하는 법을 그 에너지가 익힙니다.

지극히 높은 의식 수준에 도달한 사람들은 대부분 세상으로 돌아가지 않습니다. 세상에서 기능하지 않습니다. 사실 세상으로 돌아가는 것은 통계적으로 정말 이례적인 일입니다. 대부분 영구적인 은거처에 머물거나 아쉬람에서 삽니다. 그래서 그들을 만나고 싶으면 먼 여행을 해야 합니다. 만나면 그들은 상냥하게 미소를 지어 주고 축복해 줍니다. 그게 다입니다.

신의 은총으로, 설명하고 가르칠 수 있는 능력이 내게 돌아왔고 나는 그 사실을 받아들였습니다. 그래서 계속 가르쳤습니다. 하지만 당시에는 의식 변화의 극단적 본성 때문에 세상을 등지는 것 외에는 선택의 여지가 없었습니다. 세상의 가치관에 더 이상 끌리지 않았습니다. 세상일을 끈기 있게 계속할 이유가 없었고, 완전히 다른 어떤 것이 요구되고 있다는 직관적 앎이 있었습니다. 그래서 세상에서 최고로 가치 있다고 여기는 모든 것에서 거의 빠져나왔습니다.

이 상태에 도달하면 그냥 전환과 변화를 목격하게 됩니다. 사람들은 세상에서 기능할 수 없는 어떤 상태에 도달하면 자기에게 무슨 일이 생길지를 걱정합니다. 그러면 나는 "그 상태에서는 세상에서 기능하는 것 자체가 불가능합니다."라고 말해 줍니다. 중요한 것은 그 상태가 일어나면 더 이상 그것을 두려워하지 않는다는 것입니다. 마치 머리가 허옇게 세는 것과 같습니다. 딱히 겁에 질릴 일이 아닙니다. 그냥 그럴 따름인 일입니다.

우리는 세상에서 어떤 일을 해낼 수 있다는 것에 어느 정도까지는 만족합니다. 하지만 계속해서 그 일을 하다 보면 똑같은 일을 더 하는 것일 뿐입니다. 이미 엄청난 돈을 갖고 있는데 또 엄청난 돈이 들어오면 그걸로 뭘 하겠습니까? 그냥 성가실 뿐입니다. 회계사에게 전화해서 "이봐요, 회사에서 100억이 또 들어왔어요. 그 돈으로 뭘 할지 알아봐요. 알았죠?" 하고 끊어야 하니까요. 관심이 전혀 없습니다.

세상에서 성공을 추구하는 일은 일단 성취하고 나면 의미를 잃습니다. 자신이 성취했음을 스스로 알고 있을 뿐입니다. 카르마적으로 진화할 운명이라고 할 수 있는 사람은 먼저 자신을 만족시킵니다. 세상에서 자신이 원하는 모든 일에서 만족한 다음 그 너머의 것을 찾습니다. 그리하여 자신이 영적 작업에 끌림을 알게 됩니다. 일정 수의 사람들은 성공하고 나면 영적인 길에 끌립니다. 도중에 강하게 끌리는 사람도 물론 많습니다. 그들은 오랜 시간을 들여 세상에 통달했다고 느끼기까지 기다리지 않고 세상을 등지기로 합니다. 단지 영적 동기가 강하기 때문에 세상을 등집니다.

사람들은 강한 카르마적 성향을 갖고 있습니다. 어떤 사람들은 어린 시절부터 강한 영적 욕구가 있다가 어느 시기가 되면 세상을 멀리하고 완전히 새로운 관심 분야를 발견합니다. 다시 태어난 것과 같습니다. 새로운 삶이지요. 어떤 사람들은 그런 경우를 거듭나는 것이라고 부를 것입니다. 영적 실상에 눈을 떠 존재에 완전히 새로운 차원과 의미가 생기는 것입니다. 그리고 매우 드물지만 1000만 명 중 한 사람은 깨달음의 길을 가는 일에 매료되어 그 일이 쉬워지도록 인생에서 내려야 할 결정이 있다면 뭐든 내립니다. 아쉬람에 들어갈 수도 있습니다. 그리고 물론 매우 규칙적으로 매우 진지하게 명상하기 시작합니다.

나는 작은 동네로 이사한 뒤 온종일을 명상적인 상태로 보냈습니다. 아침 7시에 명상을 시작하곤 했습니다. 생활 방식이 완전히 바뀌었습니다. 하지만 나는 늘 사람들에게 이런 변화를 미리 걱정할 필요가 없다고 말합니다. 준비되기 전까지는 일어나지 않을 변화이기 때문입니다. 사무실 책상 앞에 앉아 있다가 느닷없이 목덜미를 잡혀 끌려 나온 다음에 아쉬람에 들어가라고 강요당할 일은 없습니다. 그보다는 초콜릿 아이스크림을 충분히 먹었더니 이제는 바닐라 아이스크림으로 넘어가고 싶은 것처럼 됩니다. 바람을 완전히 충족한 것입니다. 바닥을 치면 세상에 대한 중독을 포기하게 됩니다.

세상에 중독된 사람들, 세상의 참신함과 세상의 오락에 중독된 사람들도 영적 작업을 계속하면 결국에는 홀연히 중독에서 풀려납니다. 진짜 중독은 물론 에고의 세상 경험 중독입니다. 잊지 마세요. 세상에 중독되는 것이 아닙니다. 세상에 대한 자신의 경험에 중독되는 것입니다. 세상을 경험하는 방식에 뭔가가 있기에 현재에 중독이 되어 있는 것입니다. 그 무언가에 집중하면 빠르게 진척하기 시작합니다.

세상에 중독되어 있다는 것, 거기서 얻는 무언가에 중독되어 있다는 것을 깨닫습니다. 에고가 어떤 식으로 모든 경험에서 단물을 짜내는지 살펴보기 시작합니다. 에고가 경험에서 무엇을 얻는지를 살펴봅니다. 그런 다음 그것을 신에게 항복하기 시작합니다. 그러니 고급 차를 항복할 필요가 없습니다. 우리가 항복하는 것은 고급 차를 소유하는 데서 얻는 자부심과 성공했다는 느낌 그리고 자기도취적인 만족감입니다.

영적으로 발전함에 따라 단순함의 진가를 알아보기 시작합니다. 단순할수록 더 좋습니다.

관상

명상이 있고 관상이 있습니다. 나는 관상을 선호합니다. 관상은 세상에서 존재하는 방식이기 때문입니다. 자신의 삶이 자신에게 드러나게 만드는 것은 일종의 관상입니다. 관상은 내용보다는 맥락에 정렬하는 방식입니다. 나의 삶은 주님과 동료 인간에게 봉사하기 위한 것이라는 맥락과 의도에서, 그리고 무조건적인 사랑으로부터 우러나, 내가 세상을 이해하는 방식을 변화시켜 달라고 신에게 간구하는 것입니다. 관상은 세상에서 존재하는 방식이라 내 삶의 의미와 중요성과 의도를 재맥락화합니다. 이 재맥락화가 인식을 완전히 변화시켜 내가 만사를 보는 방식이 세상 사람들의 방식과 달라집니다.

마음은 밖을 내다보고 형상을 봅니다. 형상은 선형적입니다. 마음은 그것을 기억에 남겼다가 나중에 알아봅니다. 마음은 어떻게 그렇게 할까요? 마음이 그렇게 하는 것은 마음이 항상 지켜보고 있기 때문입니다. 처음에 나는 내가 내용이라고, 선형적이고 제약되어 있다고 생각합니다. 기억에 남기고 알아봅니다. 하지만 나는 무슨 일이 일어나는지를 어떻게 알까요? 여기서 우리는 처음으로 도약할 수 있습니다. '나'는 목격되고 있는 것의 내용이 아니라는 사실을 깨달을 수 있습니다. '나는 목격자다. 나는 지켜보는 자, 경험자, 관찰자/목격자다.'라고 생각하게 됩니다. 라이프스타일이 관상적이라면 이 사실을 쉽게 인지할 수 있습니다. 명상할 필요가 없습니다. 이상한 호흡 같은 것을 줄곧 할 필요가 없습니다. 프라나야마pranayama 호흡은 190으로 측정됩니다. 이 방법으로 어디에 도달하기는 어렵습니다. 크리넥스만 많이 들어갑니다. 코를 많이 훌쩍이니까요.

나는 인위적인 에너지 조작법을 믿지 않습니다. 세상에는 돈을 받고 파는 기법들이 많이 있습니다. "고대 신비가의 비밀, 단돈 500만 원에 알려 드립니다." 의도를 가지면, 지금 무슨 일이 벌어지는지를 내가 아는 것은 지켜보는 상태와 경험하는 상태라는 현상이 저절로 일어나고 있는 덕분임을 매우 간단히 알 수 있습니다. 지켜보고 있거나 경험하고 있는 나는 없습니다. 이것이 결론입니다. 지켜봄과 경험함과 알아차림, 관찰함과 목격함이 자율적으로 일어나고 있을 뿐입니다.

'저 밖'과 동일시하는 것에서 벗어나면 의식이 항상 관찰하고 목격하고 있으며 이 관찰하고 목격하는 현상은 자율적으로 일어나는 것임을 깨닫습니다. 알아차리기로 결정하는 나는 없습니다. 알아차림은 저절로 일어나고 있습니다. 나의 존재에 고유한 현상입니다. 의식의 빛은 나의 존재에 고유한 것입니다. 의지적인 것이 아닙니다. 저바깥임out-there-ness에서 물러나면 모든 일은 그 자체의 잠재력 실현 때문에 저절로 일어나고 있는 것임을 알게 됩니다.

잠재력은 저절로 실현됩니다. 실현할 생각을 하거나 실현하기로 결정하는 나, 실현시켰다고 공을 차지하거나 비난하는 나는 존재하지 않습니다. 알아차리는 것 자체가 자연발생적이고 자율적이고 비의지적인 일임을 깨닫기 시작합니다. 그러면 의식의 빛 뒤에서, 자아를 깨닫기 시작합니다. 그리고 그로 인해, 자아조차도 자연적으로 그것 그대로임을 알아차립니다. 이 모든 일에 관여하는 나는 존재하지 않습니다. 즉 내 삶의 어떤 일이든 조금이라도 그것에 관여하는 개인적인 나는 존재하지 않습니다. 존재한다고 보는 것은 착각에 빠진 것입니다. 좋은 소식이죠?

나는 의도가 카르마의 패턴을 정한다고 생각합니다. 우리의 행동은 꽤 자율적이니까요. 우리가 책임지고 있는 것은 의도라는 이야기입니다. AA의 12단계 그룹에서 이야기하는 유명한 격언이 있습니다. "우리가 책임지는 것은 노력이지 결과가 아니다." 우리는 카르마적으로 자신의 의도를 해명할 책임이 있습니다. 하지만 행동이 가져올 결과는 신과 온 우주와 있는 그대로의 세상에 달린 일입니다. 의도가 카르마적 패턴을 정하니, 잘못 정하면 우리에게 과실culpability이 있습니다. 우리는 단지 순진해서 큰 실수를 할 수 있고, 그러면 해명할 책임은 있지만 심각한 과실은 없습니다. 반면 매우 중대한 과오를 범하고 의도가 정말로 악의적이었으면 극심한 과실이 있는 것입니다. 이런 일은 일부 웹 사이트와 블로그에서 늘 볼 수 있습니다. 그런 사이트의 의도는 다른 사람을 헐뜯어서 마음 아프게 하려는 것입니다. 순진한 척하고 변명을 늘어놓는다고 해도 그 의도가 빤히 들여다보입니다. 어떤 사람 개인을 헐뜯고 모욕하고 폄하하려는 것입니다. 그런 일을 하면 악의로 다른 사람에게 해를 끼치려고 의도한 데 따른 카르마적 귀결을 안게 됩니다. 식견 있는 척하는 궤변으로 애써 감추려고 해도 그 의도는 매우 명확하고 명백합니다.

사람은 영적으로 진화함에 따라 점점 더 본질을 잘 알아차리게 되어 그 사람을 속이기가 어려워집니다. 사람의 알아차림이 예리해질수록 그 사람을 속이기가 어렵습니다.

명상 수행의 실제 단계

명상은 수천 년 전으로 거슬러 올라가는 위대한 역사가 있고, 거의 모든 사람이 힌두교 방식이나 불교 방식으로 명상을 합니다. 명상은 기독교의 일부이기도 하지만 동양 종교에서처럼 양식화되어 있지는 않습니다. 나는 사람들에게 단순하게 할수록 좋다고 말합니다. 그냥 조용히 앉아서 눈을 감습니다. 이 상태에서 똑바로 앞을 봅니다. 그러면 그냥 어둡기만 한 것이 아니라 빛나는 작은 점들이 춤을 추고 있음을 알게 됩니다. 그런 것을 안내眼內 섬광이라고 하는데, 그냥 똑바로 앞을 응시합니다.

이때 어떤 사람들은 호흡에 집중하라고 권합니다. 내게는 그것도 너무 복잡하지만, 원한다면 호흡을 알아차려도 됩니다. 그런 다음 마음 안에서 일어나는 현상의 목격자가 됩니다. 그에 대해 무언가를 하려고 애쓰지 않습니다. 생각을 억누르려고 애쓰지 않습니다. 정신적 풍경을 가로질러 가는 퍼레이드의 목격자가 됩니다. 지속적인 집중력을 가지고 탐구에 들어갑니다. 그러면 생각들이 서로 꼬리를 잇지 않는다는 것을 알아차리게 됩니다. 그 연속은 목격의 연속일 뿐입니다. 사실 생각은 무에서 나옵니다. 사람들은 "생각이 많아서 명상을 할 수가 없다."라고 하면서 생각을 멈추려고 애씁니다. 그러는 것은 시간 낭비입니다. 생각을 멈출 수는 없습니다.

두 생각 사이에 빈 공간이 있어 거기서 영원을 언뜻 볼 수 있다는 영적 신념 체계가 있습니다. 분명히 말하지만 우리는 두 생각 사이에서 영원을 언뜻 볼 수 없습니다. 나는 여러 강연에서 많은 청중에게 "보는 데 성공한 사람 있냐?"고 물었지만 아무도 없었습니다. 거기가 비어 있음-blankness이 있는 곳이 아니기 때문입니다. 비어 있음은 생각들의 밑에below 있습니다. 비어 있음은 생각들 이전에prior to 있습니다. 생각들은 1만분의 1초 내에 뒤를 잇습니다. 하지만 경험자는, 즉 에고가 지닌 경험자 기능의 인식자 측면은 그렇게 빨리 작동하지 못합니다. 따라서 불가능한 일을 시도하는 것입니다. 1만 분의 1초 이내에 벌어지는 어떤 것을 보려고 애쓰지만 그 감지기가 그렇게 빨리 작동하지를 못합니다. 그래서 두 생각 사이에서 빈 공간을 찾는 일은 불가능합니다.

생각들은 바다에서 날아오르는 날치들과 같습니다. 날치들 각각을 잘 보면 이곳의 이 날치가 원인이 되어 저곳의 저 날치가 날아오르는 것이 아님을 알게 됩니다. 그래서 날치를 보지 않습니다. 생각은 이미 일어났습니다. 바다를 봅니다. 생각의 밑을 봅니다. 무한한 정적의 공간을 찾을 곳은 생각의 밑입니다. 생각을 수평선 위의 장이라고 보고 이제 생각의 밑을 보면, 각각의 생각이 무한한 정적의 장으로부터 제각기 개별적으로 자율적으로 일어나고 있음을 보게 됩니다. 심지어 지금 이 글을 읽으면서도 독자는 자신의 마음이 읽느라 바쁘다고 생각하지만 그 아래에는 무한한 정적이 있습니다. 그 무한한 정적이 없다면 우리는 읽을 수도 없고 말의 의미를 파악할 수도 없고 언어화된 것을 감지할 수도 없습니다. 그런 일이 가능한 것은 마음의 무한한 정적 덕분입니다.

같은 이유로, 우리가 숲에 있을 때 새 소리를 들을 수 있는 것도 무한한 정적 덕분입니다. 배경에 무한한 정적이 없다면 우리는 아무것도 듣지 못할 것입니다. 새의 노랫소리는 정적을 방해하고 있지 않습니다. 정적 안에서 일어나고 있습니다. 그러므로 이와 동일한 이해를 가지고 마음에 접근합니다. 정적 덕분에 우리는 우리가 생각하고 느끼는 바를 알아차립니다. 정적에 주의를 기울이세요. 방안을 볼 때 가구를 볼 수 있는 것은 방의 비어 있음 덕분입니다. 이제 우리는 나라는 존재에 더 가깝게 기능하는 일에 들어갑니다. 훨씬 더 가까운 것은 무한한 정적 자체입니다. 그 정적은 의식의 장 자체의 정적이기 때문입니다. 과학과 의식에 대한 논의가 아무 성과도 없는 것은 의식의 내용을 이성으로 다루는 일에 대해서만 계속 생각하고 또 생각하기 때문입니다.

의식은 장 자체입니다. 생각하는 상태와 기타 모든 것이 진행되는 장 자체입니다. 의식은 무한하고 형태가 없습니다. 시간과 공간의 밖에 있습니다. 그렇기에 간단한 신체운동학적 질의응답을 사용해 의식을 연구하면 어느 시간 어느 공간에서 일어난 어떤 일이든 파악할 수 있습니다. 일어나는 모든 일은 이 무한한 의식의 장 안에 영원히 기록됩니다. 모든 것이 영원히 남습니다. 모든 생각과 감정과 행동, 내가 지금까지 한 모든 말이 영원히 기록됩니다.

이것이 카르마의 토대이자 기반입니다. 카르마는 의도에 따른 모든 행동이 의식의 장 자체에 영원히 각인됨을 의미합니다. 따라서 사람은 스스로 되겠다고 선택한 바에 대해 해명할 책임이 있습니다.

나에게 일어나는 일은 나 자신의 선택이 가져오는 결과일 뿐입니다. 전횡을 일삼는 신이 저 위에 앉아 있지는 않습니다. 그런 신이 거대하고 무시무시한 심판관이 되어, 우리에게 열 받으면 우리를 지옥에 던져 넣고, 우리를 편애하면 굉장한 풍년이 이어지게 비를 내려 주거나 하지는 않습니다. 그런 신은 원시적이고 신화적이고 문화적인 산물일 뿐 가까이서 살펴보면 실제로 그렇지는 않습니다. 신성은 편파적이지 않습니다. 신성의 본성 때문에 만물은 자기들이 되어 있는 존재에 따라 스스로 분류됩니다. 그리고 그것들이 되어 있는 존재는 그것들 나름의 선택과 결정을 통해서 된 것입니다. 책임을 진다는 것은 이 사실을 알아차리는 것을 의미합니다. 나는 어떤 일을 하는 데 따른 카르마를 원하는가? '이 일을 하고 싶은지'를 자문하지 마세요. '이 일을 하는 데 따른 카르마를 원하는지'를 자문하세요. 그러면 내게 책임이 있음을 알 수 있습니다.

"나는 어떤 카르마적 귀결을 원할까?"라고 자문하여 선택 사항들을 비교 검토할 수도 있습니다. 이 관점에서 살펴보면 도덕적 결정을 내리기가 훨씬 쉬워집니다. 나는 무엇과 함께 살기를 원할까? 그것과 얼마나 오래 (심지어 영원히) 함께 살지는 신만이 아는데.

담당 책임responsibility과 대비하여 해명 책임accountability과 과실 책임culpability을 이야기하면서, 우리에게는 책임이 있다는 사실이 분명해지고 있고 도덕성의 정도가 있다는 완전히 다른 이해도 얻고 있습니다. 사람들은 이것들을 혼동합니다. 그리고 순진하게 실수를 할 수도 있습니다. 중요한 것은 항상 행동의 의도입니다. 지혜는 천천히 진화합니다.

심리적 명상

심리적 명상은 대개 훈련 과정이 있습니다. 반복할 만트라, 마음에 품을 신성한 이미지, 이 두 가지의 조합, 어떤 자세와 호흡 방식 같은 것이 제시됩니다. 그런 것을 정규 양식이라고 할 수 있습니다. 그런 것이 명상 방식의 내용입니다. 어떻게 앉을지, 어떻게 숨 쉴지, 어떤 만트라와 상징을 사용할지 같은 것들입니다. 그런 것이 하나의 방식을 이룹니다. 그런 다음 목격에 들어갑니다.

목격자/관찰자로 옮겨 가도록 노력합니다. 마음의 현상들이 스스로 되살아나는 것을 목격하는 일에 들어갑니다. 그에 대해 아무것도 하지 않습니다. 앞에서 간략히 언급했듯이, 이 시점에서는 생각들의 형상을 지나쳐 가서 무한한 정적의 공간을 발견합니다. 그러면 무한한 정적의 공간이 우리를 의식 자체의 알아차림으로 인도합니다. 의식 자체는 본래 내용이 없습니다.

사람은 정적의 공간이 있다는 것을 어떻게 알까요? 알아차림 덕분입니다. 마음의 내용보다 아래에 있으며 더 보편적인 무한한 정적을 알아차리게 되면, 그런 뒤에는 그 의식/알아차림의 근원 자체로 옮겨 가려고 노력하게 됩니다. 의식/알아차림의 근원은 사람을 대명사 나로 인도합니다. 그런 다음 그런 개체는 존재하지 않는다는 사실이 밝혀지고, 개인적인 나를 찾으려 해도 그런 것이 존재하지 않습니다. 사람이 '나'의 최종적 정의에 도달하는 것은 모든 묘사를 놓아 버렸을 때, 모든 형용사와 부사를 놓아 버렸을 때입니다. 이 '나'는 아무것도 하고 있지 않습니다. 이 '나' 느낌의 근원에 도달하면 '나'가 생명의 근원이며 '나'와 생명은 하나가 되어 있다는 알아차림에 도달합니다.

이로써 사람은 매우 진보한 상태가 되어 심지어는 생명 자체도 포기해 신에게 넘깁니다. 생명의 근원 자체인 자아를 포기하자 매우 고통스러운 죽음의 경험이 야기되었습니다. 그 문의 반대편에는 영광과 무한한 실상이 있었습니다. 이 무한한 실상으.

로부터 우주의 모든 것이 끊임없이 출현하고, 그것을 우리는 생명이라고 부릅니다. 하지만 그것은 생명의 *외관*입니다. 그것은 생명 자체가 아닙니다. 우리는 생명의 외관과 생명의 근원을 혼동합니다. 생명의 근원은 보이지 않습니다. 생명의 외관은 일시적인 것이라 그 일시적 외관은 애착할 것이 못 됩니다. 대신에 우리는 끊임없이 내면을 들여다봅니다.

생명의 근원은 보이지 않습니다.

현상들은 모두 저 스스로 일어납니다. 이 말하는 상태는 저 스스로 발생하고 있고 질문자의 질문도 자발적, 자율적으로 발생하고 있습니다. 우리가 이곳에 함께 있는 것은 우리 공동의 카르마적 유산과 전 세계의 카르마적 유산 때문입니다. 사실은 모든 영원이 바로 이 순간까지 발생했습니다. 이 순간은 미래의 출현이고 그 미래 위에 우리가 존재하고 있습니다. 사라지는 과거의 가장자리이자 나아가는 미래의 가장자리인 것에 우리가 존재하고 있어, 영리하다면 그 자리에 그대로 있으면서 둘 다 피할 것입니다. 실상은 과거나 미래와 정렬되지 않습니다. 둘 다 초월합니다. 실상은 시간을 초월합니다. 지금 말을 하고 있는 이 상태는 심지어 시간 속에서 발생하고 있는 것도 아닙니다. 시간은 우리가 투영한 것입니다. 시간과 공간과 위치는 모두 인간의 의식이 투영한 것입니다.

처음 명상을 시작하면 마음을 우회하지 못합니다. 거리의 자동차 소리, 계속되는 생각, 발의 느낌과 가려움 같은 온갖 것에 직면하기 때문에 그렇습니다. 우회하지 못하는 것은 마음 우회가 꽤 나중 단계이기 때문입니다. 그 단계에서는 마음의 내용에 좌우되지 않다가 마침내는 마음이 멈추고 침묵하게 되고 큰 안도감이 듭니다.

다른 단계들이 있습니다. 다른 방식이 아닙니다. 거쳐 가는 단계입니다. 명상의 고급 단계에 들어섰을 때도 자리 잡고 앉으면 마음이 여전히 떠듭니다. 하지만 이제는 빠르게 마음을 우회할 줄 압니다. 단계들을 훨씬 빨리 통과합니다. 또한 어떤 시각적인 현상들이 있습니다. 마음의 안쪽이 밝아지는 것 같은 현상인데, 이 현상에는 어떤 순서가 있습니다. 오래전에 한 번 참석했던 명상 모임이 생각납니다. 거기서는 몇 분 동안 명상하고 나면 '선명한 파랑Bright Blue'이라고 부르는 단계에 들어갔습니다. 마치 느닷없이 마음 안의 모든 것이 꽤 강렬한 파란색으로 밝아지는 듯합니다.

더 깊은 단계들이 '선명한 파랑' 너머에 있긴 하지만 '선명한 파랑'은 내가 더 깊은 명상에 들어가고 있음을 알려 줍니다. 마음의, 무의식의, 영의, 의식의 점점 더 깊은 층으로 들어갑니다. 점점 더 깊어지는 각각의 수준에서 사람은 "이것이 궁극임에 틀림

없다."라고 말합니다. 문이 열리는 것과 같습니다. 이것이 궁극임에 틀림없는데 그 궁극 너머에 또 다른 궁극이 있고, 그 궁극 너머에 또 다른 궁극이 있습니다. 이렇게 하여 명상에 정말로 흥미를 느끼게 됩니다. 왜냐면 한 수준에서 벗어나 훨씬 더 큰 황홀경과 환희와 알아차림의 상태로 옮겨 가면 그것을 넘어선 또 다른 단계가 있고, 또 그것을 넘어선 단계가 있고, 또 그것을 넘어선 단계가 있습니다. 그래서 한 단계가 다른 단계로 가지 못하게 막고 있음을 알게 됩니다. 이를테면 친숙성에 애착을 느낄 수 있습니다. 그래서 "오, 알겠다. 나는 '그것은 이런 식으로 될 거야.'에 애착을 느끼는군." 하고 깨닫습니다.

'선명한 파랑'은 매우 흥미롭지만 그런 뒤에는 '선명한 파랑'에 푹 빠지는 것을 놓아 버리고 모든 것이 저절로 일어나게 놓아둡니다.

관상 수행

관상은 계속되는 것입니다. 마치 한 가지 것에 계속해서 주의를 기울이는 것과 같습니다. 우리의 오늘 과제가 존재하는 모든 것의 고유한 완벽함과 아름다움, 모든 창조물의 신성함과 성스러움을 알아차리게 되는 것이라고 합시다. 와우, 이 과제로 우리는 앞으로 20년, 30년 동안 계속 바쁠 것입니다. 하지만 오리엔테이션 단계에서 "신이시여, 제가 존재하는 모든 것의 완벽함과 아름다움을 보려고 애쓰는 중이니 당신의 축복을 구합니다."라고 말합니다. 이처럼 이 여행을 도와 달라고 신에게 탄원하고 우리의 의도를 밝힙니다. 우리의 의도는 선형적인 것을 넘어서서, 인식을 넘어서서 자기 생각과 의견, 세상과 관련된 온갖 자기도취적인 것들을 넘어서서, 세상을 있는 그대로 보는 것입니다. 그리하여 인식과 본질을 구별하기에 이르러 그것을 넘어서는 것입니다.

명상과 관상에서 우리가 정말로 기대하는 것은 이원성을 넘어서는 것, 더 이상 인식을 실상으로 해석하지 않는 것입니다. 대신에 사물의 본질을 감지하는 것, 지극한 아름다움을 감지하는 것입니다. 이를테면 내가 오늘 아침에 아직 어두운 실내를 어슬렁거리는데 갑자기 어둠 속에서 크게 가르랑거리는 소리가 들렸습니다. 나의 하얀 야옹이였습니다. 녀석이 나라는 존재의 에너지를 수신하고 있었습니다. 내가 녀석의 에너지를 수신하면 두 에너지의 상호 작용으로 우리 둘 다 신의 환희로운 존재presence와 함께 지복과 행복과 만족과 사랑의 상태에 들어갑니다. 나는 그 자리에 있는 것 말고는 선형적 영역 내에서 아무것도 할 필요가 없습니다. 내가 할 일은 그 자리에 있는 것뿐이고, 그러면 하얀 야옹이가 가르랑거리기 시작합니다. 녀석이 가르랑거리는 것은 내가 그 자리에 있기 때문입니다. 나라는 존재 때문입니다. 이처럼 고양이는 사랑의 응답기입니다. 사랑이 존재하면 하얀 야옹이는 자동적으로 가르랑거리기 시작합니다. 사실 내가 할 일은 방 건 너편을 보고 녀석이 생각나면 녀석에 대해 애정 어린 생각을 갖는 것뿐입니다. 그러면 녀석이 불쑥 흥미가 일어 가르랑거리기 시작합니다. 아주 놀랍습니다. 이것이 세상이 돌아가는 방식입니다.

3장에서 한 이야기와 똑같은 현상입니다. 뉴욕이 차갑고 불친절한 곳이라고 하는 사람들이 있는데 무슨 소리인지 모르겠습니다. 나는 뉴욕의 어느 거리를 걷다가도 누구하고든 무엇에 대해서든 이야기 나눌 수 있었습니다. 다들 수백 년 동안 친구 사이였던 것처럼 즉석에서 우호적인 대화를 시작할 수 있었습니다.

명상과 관상은 아주 흥미진진한 일입니다. 아주 놀라운 발견을 하게 되기 때문에 아주 흥미진진합니다. 이 세상의 흥미진진한 것이지만 외부에는 없는 것을 내면에서 찾기 시작하세요.

다음 절에서 호킨스 박사는 우리를 진정한 신비가의 세계로 데려가, 깨달음의 상태를 발견하려고 노력하는 사람들이 찾기도 하고 바라기도 하는 특성 몇 가지를 공유합니다. 또한 우리가 의식 진화에 도움될 수행을 시작할 수 있도록 실용적인 실습 몇 가지를 공유합니다.

진지하고 열성적인 영적 내면 작업의 9가지 핵심 요소

1. 집중 상태에서 벗어나지 않는 훈련

마음의 한 점 집중은 명상 방식의 하나입니다. 하나의 물체나 생각, 느낌, 신성한 인물, 만트라, 소리에 집중합니다. 그것에 마음을 고정해서 계속 집중합니다. 이러려면 훈련이 필요합니다. 마음은 한눈팔고 싶어 합니다. 그래서 마음이 훈련되어 있지 않으면 지나가는 생각에 마음을 빼앗깁니다. 펜 끝에 집중하고 확고하게 집중을 유지하도록 마음을 훈련시키는 것으로 시작합니다. 결국에는 절대 집중이 깨지지 않도록 완벽하게 할 수 있습니다.

2. 모든 욕망과 두려움을 신에게 항복하는 자발성

영적 알아차림은 감정성을 훨씬 넘어서는 것입니다. 누가 자발적으로 감정을 항복한다고 합시다. 이때 정말로 항복하는 것은 감정에서 얻는 보상입니다. 감정이 있으면 감정에서 얻는 것도 있기 때문입니다. 그래서 감정을 놓아 버리려면 그 보상을 놓아 버려야 합니다. 사람들은 분개하는 것을 아주 좋아합니다. 피해자가 되는 것을 아주 좋아합니다. 피해자가 되는 일에 푹 빠집니다. 피해자 행세를 합니다. 대중 매체에서 그런 모습을 볼 수 있습니다. 자기도취를 미화하는 모습이지요. 어떤 사람들은 유명해질 수만 있다면 뭐든 합니다. TV에 나오려고 저지르지도 않은 범죄를 자백합니다.

3. 어려움이 초월될 때까지 일시적 고뇌를 견디는 자발성

영적 작업은 때로 어렵습니다. 내면의 감정을 직면하다 보면 때로는 자신의 발견에 실망하는 상태를 경험하게 됩니다. 이를테면 내가 피해자 행세를 하고 있을 수도 있습니다. 자신이 무엇을 고수하고 있는지를 보고 실망스럽게도 내가 그것에서 이득을 짜내고 있고 피해 의식에 푹 빠져 있다는 것을 깨닫습니다. 어떤 일의 진실을 스스로 인정할 때 겪는 일시적 실망은 일시적으로 지나가는 불편입니다. 예를 들어 자신이 어떤 인간관계에서 얼마나 이기적인지 알게 될 수도 있습니다. 자신이 얼마나 자기 욕심만 차리는 사람인지 알게 될 수도 있습니다. 얼마나 무심한 사람인지 알게 될 수도 있습니다. 몇몇 방면에서 얼마나 냉담한지 알게 될 수도 있습니다. 이렇게 내면 탐색의 길은 때로 다소 고통스러워집니다. 이렇기 때문에 AA의 12단계 그룹 같은 곳에서는 '대담한 도덕적 재고 조사'를 합니다. 조사하다가 부정적 관점에 빠져 헤어 나오지 못하는 일이 없도록 상의할 사람부터 얻으라고 흔히 권장합니다.

기독교 성자들은 마냥 행복한 상태였다가 절망적인 상태가 되어 버린 일을 이야기합니다. "오 사랑하는 분이시여, 어떻게 저를 버리실 수 있나요?" 큰 고뇌의 상태에 대해 걱정하지 마세요. 그저 고뇌 자체를 신에게 항복하고 끊임없이 그 모든 것을 항복하세요. 고뇌가 생기면 저항하지 마세요. 심각하게 여기면 또 생길 가능성이 매우 높습니다.

나는 행복한 상태에 들어가 내내 그 상태에 머무르며 깨달음에 도달한 경우를 전혀 알지 못합니다. 예수 그리스도는 겟세마네 동산에서 피땀을 흘렸습니다. 도중에 고뇌가 생기지만 그런 일이 경험적으로 벌어지면 "오 주여, 이 또한 기꺼이 겪겠습니다. 이 고뇌가 무엇을 의미하고 무엇을 나타내든 기꺼이 겪겠습니다."라고 말합니다. 영적인 길을 가는 모든 사람은 멘토가 있으면 도움이 될 수 있습니다. 혼자 대처하면 훨씬 더 어려울 수도 있는 일을 멘토와 상의할 수 있습니다.

4. 일관성과 주의 깊음

마음챙김은 마음속에서 벌어지는 현상을 주의 깊게 목격하는 것입니다. 자신이 생각하고 행동하는 태도와 방식을 전혀 의식하지 못하는 사람들이 많습니다. 그들은 사방에서 다른 사람들에게 충격받고 기분 상할 수 있습니다. 그러면서도 자기도 똑같은 식으로 행동한다는 것을 알아차리지 못합니다. 완전히 상황에 맞지 않거나 부적절하고, 사람 대하는 요령이 없고, 다른 사람들의 민감한 부분을 고려할 줄 모릅니다. 마음챙김을 통해 우리는 자신의 결점을 알아차리고 솔직하게 인정합니다. 그리고 극복하기 위해 신에게 도움을 청합니다.

제일 중요한 것은 자기를 알아차리게 되는 것입니다. 자기를 더 잘 알아차리게 될수록 성장하려는 의욕도 더 강해집니다. 자신이 사람들과 어울릴 때마다 상당히 이기적임을 알게 되었다고 합시다. 그래서 이 이기심을 극복하도록 도와달라고 신에게 간구합니다. 신에게 도움을 청하면 이전에는 없었던 에너지의 통로를 열게 됩니다. 예를 들어 이렇게 말합니다. "신이시여, 제가 극복하지 못하는 이기심이 저의 모든 일에 영향을 미치는 것 같습니다. 그저 개인의 에고를 만족시키는 것보다 크며 제가 정렬할 수 있는 동기가 있어야 합니다." 무엇보다 개인의 에고는 일시적입니다. 우리가 육체를 떠날 때 에고의 구렁텅이가 아닌 먼 곳으로 우리를 데려다주는 어떤 것이 존재합니다.

5. '참여자/경험자'로서의 이기심에서 '목격자/관찰자'로 이동

깨달음에 진지하게 관심이 있다면 먼저 마음과 동일시하고 '나는 이것이다.'라고 생각합니다. 그리고 자신을 모든 행동의 행위자로 보면서 '이런 일이 벌어짐을 아는 이것은 어떤 것일까?'를 생각합니다. 그리하여 그것은 내가 목격하고 관찰하고 있기 때문임을 깨닫습니다. 그런 다음 목격자/관찰자와 동일시하는 것으로 옮겨 갑니다. 그런 다음 다시 경험자로 옮겨 갑니다. 경험자는 더 진보하고 더 고도화된 초월 대상입니다. 그런 다음 경험자와 동일시하는 것도 멈춥니다. 이런 과정에서 나라는 존재를 목격자이자 관찰자라고 보는 것은 상대적으로 쉽습니다. 그런 뒤에 훨씬 더 진보한 수준에서는 내가 목격자, 관찰자이자 또한 경험자입니다.

깨달을 필요가 있는 사실은 이것들이 자율적이라는 점입니다. 목격하고 있는 나는 없습니다. 경험하고 있는 나는 없습니다. 관찰하고 있는 나는 없습니다. 이것들은 의식 자체의 본성이 가져오는 결과로서 저절로 자동적으로 발생하고 있습니다. 이 모든 능력이 있는 것은 의식이지 개인적인 나가 아닙니다. 지금 이야기하고 있는 것은 에고와의 동일시를 초월하는 방법입니다. 자유 의지의 주 근원이 개인의 자아라고 할 때, 그것을 가리키는 대명사가 에고입니다.

에고는 실제로는 자연발생적이고 자동적인 것에 대해 공을 차지하고 싶어 합니다. 마치 날씨가 좋은 것에 대해 공을 차지하려는 것과 같습니다. 에고는 "내가 오늘 확실히 잘 해냈지."라고 말합니다. 태양은 내가 없어도 빛나고 있습니다. 하지만 얼렁뚱땅 넘어갈 수만 있다면 에고는 태양이 빛나는 것에 대해서도 공을 차지하려 들 것입니다.

6. 관찰되는 바에 대한 비판과 의견을 포기하는 자발성

이것이 아마도 가장 어려운 단계일 것입니다. 알다시피 우리 사회 자체가 본래 자기도취적이기 때문입니다. 발언의 자유 같은 것들 때문에 마치 자기가 이런저런 일에 대해 어떻게 느끼는지를 밖에 나가 말해야 한다는 의무감을 모든 사람이 느끼는 것 같습니다. 당신이 어떤 일에 대해 어떻게 느끼는지 누가 관심 있을까요? 당신이 어떤 것에 대해 어떻게 생각하거나 느끼는지 누구도 조금도 관심 없습니다! 왜 그럴까요? 사람들은 그 일에 대한 자신의 생각이나 소감에 관심 있기 때문입니다. 그 일에 대한 당신의 생각에는 관심이 없습니다. 당신이 할 만한 유일한 일은 유용한 것을 그들에게 보태 주는 것입니다. 그러면 그들은 당신의 생각과 소감에 대해 자신이 어떻게 생각하고 느끼는지 말할 것입니다.

정직하고 진실하면 승리할 수 없다고들 생각합니다. 뭔가 조종을 해야 한다고 생각합니다. 미국의 의식 수준이 떨어졌다는 이야기를 앞에서 했습니다. 그 이유 중 하나는 정치의 부정직성과 그것을 보여 주고 있는 대중 매체의 지배력이 사람들을 유혹하는 것이고, 또 하나는 상대주의가 그 모든 일을 허용하고 승인하는 것입니다. 상대주의의 주장처럼 진실이 거짓과 전혀 다를 바 없다면 새빨간 거짓말을 하고도 그에 대해 죄책감을 느끼지 않아도 됩니다. 절대적 실상 같은 것, 진실 같은 것은 없고 모든 것이 상대적이라고 말해도 됩니다. 그러고도 어떤 죄책감도 느끼지 않아도 되고, 평생 자기도취적으로 살면서도 어떤 책임감도 느끼지 않아도 됩니다. 어떤 사람들은 자기도취를 모든 일에 투영합니다.

그러나 자기도취와는 전혀 상관없이 의욕을 갖는 경우가 많이 있습니다. 단지 나라는 존재가 되는 일이라서 의욕을 갖는 경우들이 있습니다. 누가 마라톤을 하는데 그것을 즐길 뿐만 아니라 잘할 능력이 있다고 합시다. 누구나 그럴 능력이 있지는 않습니다. 어떤 사람은 음악을 만들 수 있습니다. 그것이 잠재력을 실현하는 일이기 때문입니다. 이렇듯 개인적 이익과 상관없이 의욕을 갖는 경우가 많이 있습니다. 그런 사람들은 자신의 운명을 실현하고 있습니다. 그래서 최대한도로 자신이 될 수 있는 모든 것이 되는 즐거움이 있습니다. 그것은 잠재력이 실제 상태가 되는 데서 오는, 약속이 실현되는 데서 오는 영적 만족입니다.

인간은 의식 진화와 영적 알아차림 발달의 능력을 지니도록 창조됩니다. 따라서 그런 잠재력을 실현하는 것은 생명 자체의 잠재력이라는 신의 선물에 감사하는 일이며 또한 자신의 운명을 실현한다는 앎에서 오는 만족감이 따르는 일입니다. 그러나 나는 비평가들의 말처럼 이타주의와 인도주의가 자기 중심성을 동반할 수 있다는 사실도 이해합니다. "오, 내가 얼마나 훌륭한 기부자인지를 봐. 난 가난한 사람들에게 수십억을 줬어." 네, 이런 일도 일어납니다. 두 가지 일이 동시에 일어날 수도 있습니다. 자신의 잠재력을 진실하게 실현하는 한편 에고가 끼어들어 그 사실을 이용하려고 할 수도 있습니다. 그것이 이른바 영적 자부심입니다. 그러면 고결한 척하게 됩니다. 자신의 겸손을 자부하게 됩니다. "내가 얼마나 겸손한지 봐라!"

7. 장의 내용보다는 장과 동일시함

이것은 맥락과 동일시하는 것과 관련 있습니다. 즉 발생하고 있다고 인식되는 현상 속에서, 우리가 내용이 아니라 장field이라는 사실을 아는 것입니다. 우리의 궁극적 실상인 무한한 장은 어떤 것일까요? 그것은 의식 자체입니다. 우리는 의식의 내용이 아닙니다. 우리는 의식입니다. 의식이 없다면 우리는 자신이 존재한다는 사실조차 알아차리지 못할 것입니다.

200 미만의 인간과 동물은 자신이 존재한다는 사실을 깨닫지 못한다는 사실을 알고 있습니까? 그들은 존재하지만 자신이 존재한다는 사실을 파악하지 못합니다. 토끼는 존재하지만 자신이 존재한다는 사실을 파악하지 못합니다. 자신이 존재한다는 사실을 파악하는 것은 200 이상의 수준에서만 가능합니다.

8. 깨달음이 자신의 운명임을 받아들이고, 깨달음이 카르마와 신의 은총에 따라 결정하고 의도하고 헌신적으로 전념하는 데 따라오는 상태임을 이해함

영적 에고를 피하려면 인생을 더 이상 성취하고 승리하고 성공해야 하는 어떤 것으로 보지 않습니다. 우리가 어떤 것이 되는 것은 그렇게 되는 것에 끌리기 때문이지 목표에 의해 추동되기 때문이 아닙니다. 우리가 더 자애로워지는 것은 한계를 놓아 버릴 때, 자애로움의 걸림돌을 놓아 버릴 때입니다. 우리는 그냥 "내가 더 자애로워질 것 같다."라고 말하지는 않습니다. 사랑의 걸림돌들, 즉 성급한 비판이나 여러 가지 애착과 혐오를 없애려고 노력합니다.

영적 수행에 관심 있는 사람들은 사실 자신이 카르마적으로 더 높은 수준의 알아차림에 도달할 운명이라는 내면의 앎에 반응하고 있는 것입니다. 강연 때 모인 사람들을 보면 나는 "이 사람 중 몇 퍼센트가 깨달을 운명일까?"를 자문합니다. 100퍼센트입니다. 왜 그럴까요? 깨달음에 이르는 법을 가르치는 강연에 깨달을 운명인 사람이 아니면 누가 오겠습니까? 그린에 나가 골프를 칠 계획이 없다면 누가 골프 수업을 듣겠습니까? 여러분은 내면의 앎에 끌리기 때문에 이곳에 오는 것이고 그 앎은 무슨 일이 따를지 개의치 않습니다. 그 앎은 여러분이 그 방향의 흐름인 것처럼 여러분을 계속 잡아당길 뿐입니다.

9. 노력이나 목표를 미화하거나 과장하지 않고 헌신 그 자체를 위한 헌신에 의지함

아름다움 자체를 위해 아름다움을 감상할 뿐 아름다움을 감상함으로써 더 낫거나 더 뛰어난 무언가가 되려고 하지 않습니다. 어떤 것의 고유한 가치를 보면 그 내적 완벽함 때문에 그것을 소중히 여기고 가치 있게 여깁니다. 이렇게 하는 것이 갈수록 점점 더 쉬워지도록, 그러지 못하게 하는 걸림돌을 놓아 버립니다. 모든 것의 완벽함과 아름다움을 봅니다. 그러면 계시를 통해, 존재하는 모든 것 안에 있는 신성의 절대적 완벽함과 본질이 눈부시게 아름다운 광휘를 발합니다. 너무나 아름다워 마음이 말을 잃습니다.

신성한 사랑과 개인적 사랑

개인적인 사랑은 이득을 추구합니다. 획득의 이득을 추구합니다. 태양 신경총의 에너지입니다. 개인적인 사랑일 때 사람들은 푹 빠져 갈망하면서 "너를 가져야 해. 그러지 못하면 죽을 거야." 라고 합니다. 충족, 만족, 소유를 추구합니다. 신성한 사랑은 가슴에 속한 것이고 개인적이지 않습니다. 신성한 사랑은 세상에서 존재하는 방식입니다. 영적 공동체의 구성원들은 서로에 대해 이런 사랑을 키워 갑니다. 군인들은 서로에 대한 평생의 깊은 사랑, 모든 이익을 초월하는 서로에 대한 헌신을 키워 갑니다. 40년 전의 동료 선원을 만나면 눈물이 왈칵 쏟아집니다. 그런 일이 내게 일어났습니다. 어느 날 갑자기 전화벨이 울렸고, 수화기에서 귀에 익은 목소리가 들리는 순간 울음이 터졌습니다. 나는 "세상에." 하고는 울어서 미안하다고 했습니다. 그는 "같이 배 탔던 친구들과 연락하는 중인데 아직 살아 있는 친구는 대여섯뿐이야. 연락이 되면 죄다 그렇게 울어. 창피할 것 없어."라고 했습니다. 이런 것이 심오한 사랑의 유대입니다. 신성한 사랑은 유대감 형성과 같습니다. 관련된 이득이 없습니다. 유대감 형성에는 이득이 없습니다. 오랜 친구는 오랜 친구일 뿐이고, 그들의 존재 자체가 환희를 줍니다.

개인적인 사랑은 항상 본능적 충동의 충족을 추구합니다. 욕구하는 바에 대한 갈망은 본능적인 영역에서 나옵니다. 그런 갈망, 욕망, 어떤 것이 없어 불완전하다는 느낌은 애착이고 함정입니다.

생각 상태에 대한 욕망을 놓아 버리기

아이는 세상에서 벌어지는 현상에 쉽게 주의를 빼앗깁니다. 아이는 주의가 너무 산만해서 부모를 미치게 만듭니다. 아이를 데리고 마트에 가면 통로들 사이에서 금세 잃어버립니다. 선반에 있는 상품들을 들여다보고 있지요. 누구도 아이들만큼 쉽게 주의를 빼앗기지 못합니다. 우리의 마음이 이런저런 것에 끌리는 것은 내면의 아이가 쉽게 주의를 빼앗기기 때문입니다.

어른은 항상 생각을 하고 있습니다. 생각하는 상태에서 얻는 단물 때문입니다. 생각하는 상태를 멈추는 방법은 생각하는 상태에서 내가 무엇을 얻고 있는지 살펴보는 것입니다. 우리는 우선 경험자에게 에너지를 공급합니다.

생각하는 상태에서 무엇을 얻어 내고 있는지를 살펴보면 생각하는 상태에 대한 욕망을 놓아 버릴 수 있어서 생각하는 상태가 멈추게 됩니다. 아무 생각도 없습니다. 강당에 아무도 없음을 압니다. 강당은 비어 있고 무한한 장은 침묵합니다. 내가 더 이상 생각을 끌어당기고 싶어 하지 않으면 무한한 장은 침묵합니다. 우리가 생각을 하는 것은 생각을 하고 싶어 하기 때문입니다. "아니요, 생각하고 싶지 않습니다. 내 마음이 침묵하기를 바랍니다. 명상을 하고 싶습니다."라고 할 사람도 있을 것입니다. 그 말은 욕망이 숨어 있음을 뜻하니 자신에게 더 솔직해져야 합니다. 우리는 오락을 즐깁니다. 우리는 생각하는 상태가 우리에게 주는 느낌을 즐깁니다. 존재한다는 느낌, 살아 있다는 느낌, 이것이 나라는 느낌입니다.

중요한 것은 '나는 이런 특별한 생각들을 갖고 있는 분리된 개별적 존재'라는 환상을 관찰하는 것입니다. 이 환상이 독립된 개인적 자아라는 느낌을 떠받치고 있습니다. 아이는 인식을 다룹니다. 시각적 현상을 목격하는 일을 다룹니다. 신비가가 세부 사항을 알아차리지 못한다고 할 수도 있습니다. 하지만 그들은 이런 형상 속에서, 구름과 하늘과 비라는 형상 속에서 신의 창조물이 지닌 아름다움을 목격하고 있습니다. 만물은 신의 존재_{presence}가 모든 창조물의 지속적인 근원임을 증명합니다.

신성은 모든 것 안에 존재합니다. 이것의 안에 저것의 안보다 신성이 더 많이 존재하는 일은 없습니다.

9장

깨달은 치유자들

깨달음의 길을 따라 멀리 나아갈수록 마음과 몸의 깊은 관계를 더욱 절실히 알아차리게 됩니다. 에고의 길에서는 몸과 마음이 분리되어 있는 것처럼 보이고 치유 과정은 약으로 치료하거나 의사에게 몸을 고쳐 달라고 위임하는 것입니다. 반면에 깨달음의 길에서는 몸과 마음을 통합된 전체로 보고 감기와 알레르기에서 우울증과 기타 유형의 정신 질환에 이르는 다양한 병을 치유하는 데 마음과 심지어 영혼이 중요한 역할을 할 수 있음을 이해합니다.

이 장에서 호킨스 박사는 깨달음의 길에서 치유가 의미하는 바를 깊이 있게 이해할 수 있도록 상세히 설명합니다.

「의식의 지도」라는 수학적 모델에는 에너지 장의 상대적인 파워들이 측정되어 있습니다. 50으로 측정되는 '무의욕'은 100으로 측정되는 '공포'에 비해 파워가 절반밖에 안 됩니다.* 또 '공포'는 200으로 측정되는 '용기'에 비해 파워가 절반밖에 안 됩니다. 이 에너지 장들은 파워가 상대적으로 다를 뿐만 아니라 방향이 있습니다. '용기' 아래의 모든 에너지 장은 부정적이고 생명에 저해되는 방향, 즉 파괴를 지향하는 방향이고 「지도」 상에서 에너지의 방향을 나타내는 화살표가 왼쪽을 가리킵니다. 이 에너지 장들은 생명에 저해되는 경향이 있습니다.

용기의 수준(200)**에서는 화살표가 회전하여 수직이 되고, 이 200의 에너지 장을 넘어서면 화살표가 오른쪽을 가리키면서 중립(250), 자발성(310), 받아들임(350), 사랑(500) 등이 나옵니다. 에너지 장들의 방향이 오른쪽을 향한다는 것은 이 장들이 생명을 보살피고, 생명에 힘이 되어 주고, 에너지를 주고, 생명을 주고, 생기를 증진시킴을 나타냅니다. 의식의 척도를 따라 위로 올라가면 생기를 증진시키는 에너지 장들이 나오는데 이 장들은 생명과 진실에 힘이 되어 줍니다. 반대로 척도의 바닥 쪽으로 가면 생명에 힘이 되어 주지 않고 생명에 저해되며 진실을 나타내지 않는 에너지 장들에 이릅니다. '죽음'은 0으로 측정됩니다.

* 정확히는 10^{50}과 10^{100}의 차이다.

** 괄호 속의 측정치는 「의식의 지도」에서 발췌해 역자가 넣은 것이다.

600쯤에서 우리는 이원성의 장을 벗어납니다. 환상의 장을 벗어납니다. 작은 자아, 흔한 말로 에고라 부르는 것과의 동일시에서 벗어나 깨달음의 장으로 옮겨 갑니다. 위대한 깨달은 존재들과 위대한 영적 스승들, 화신들은 에너지 장이 700대에서 시작하여 무한까지 올라갑니다.

진실은 힘이 되어 주는supportive 것, 생명에 힘이 되어 주고 생기에 힘이 되어 주는 것을 나타냅니다. 그래서 건강에 대해 이야기하는 것은 곧 생기에 대해 이야기하는 것입니다. 지금 이야기하고 있는 것은 에너지 장의 나타남expression입니다. 몸은 마음이 품고 있는 것을 나타냅니다. 우리는 마음에 품고 있는 것에만 지배됩니다. 마음에 품고 있는 부정성이 클수록 몸의 육체적 건강에 미치는 부정적 에너지 장의 영향도 더 큽니다. 마음과 의식에 품고 있는 긍정적 에너지가 클수록 생명의 에너지 장은 더 강력하게 긍정적인 것이 됩니다.

이 사실은 우리에게 사물을 파악할 접근법을 제공합니다. 즉 이것은 생명에 힘이 되는가, 생명에 힘이 되지 않는가? 건강이라는 단어를 다른 말로 대체할 수도 있습니다. 건강은 생명의 나타남일 뿐이니까요. 질병에 힘이 되는 에너지 장이 있고 생명에 힘이 되는 에너지 장이 있습니다. 각 에너지 장들은 감정으로 나타납니다. 즉 생명에 저해되는 에너지 장은, 예상할 수 있겠지만 부정적인 감정으로 나타납니다. 자기혐오, 체념, 절망, 후회, 우울,

걱정, 불안, 갈망, 울분, 증오, 오만 같은 부정적인 감정입니다. 이런 감정은 좋지 못한 건강을 동반합니다. 이런 감정 상태에 바탕해 의식 안에서 벌어지는 과정들이 있습니다. 파괴, 에너지 상실, 기백 상실, 기 꺾임, 사로잡힘, 과한 자신감, 기고만장함, 파워 상실 등이 진행됩니다.

이런 부정적 정신 상태를 보면 그 사람이 어떤 세상을 경험할지가 보입니다. 죄, 고뇌, 체념, 슬픔, 두려움, 욕구 불만, 경쟁이 만연한 세상을 경험합니다. 지위를 따지는 세상을 경험합니다. 낮은 에너지 장에서 신에 대한 부정적 개념이 나온다는 사실도 알 수 있습니다. 그런 신은 인간의 최악의 적입니다. 인간을 미워하는 신, 파괴자, 인간을 영원히 지옥에 던져 버리는 신입니다. 인간을 무시하는 신도 있습니다. 죽은 신, 가혹한 신, 복수심에 찬 신도 있습니다. 세상과 신에 대한 부정적인 관점은 안 좋은 건강과 연관됩니다.

질병은 육체와 정신과 영의 것입니다. 영적으로는 병들어 있지만 육체적으로는 건강할 수도 있습니다. 반대로 육체적으로는 병들어 있지만 영적으로는 건강할 수도 있습니다. 육체와 정신과 영은 각기 차원이 다릅니다.

질병의 이익

질병은 육체적으로는 이익이 안 되겠지만 철학적으로는 이익이 있습니다. 이전에는 안고 살 수 없었던 어떤 것이 사실은 별것 아니며 내가 정말로 그것을 안고 살 수 있음을 깨닫는다면 이익이 됩니다. 내가 나의 육체적 차원을 훨씬 능가한다는 사실을 깨닫는 것이기 때문입니다. 육체적 차원은 상당히 제약되어 있을 수 있지만 그럼에도 불구하고 내가 여전히 크나큰 행복과 영적 은총의 상태 속에 있을 수 있습니다. 우리는 철학적, 영적, 지적, 육체적 측면에서 문제를 살펴보고 이런 식으로 자문할 수 있습니다. 내가 무엇 때문에 이렇게 초조할까? 나는 무엇 때문에 괴로울까? 내가 무엇에 저항하고 있을까?

슬픔을 완전히 겪는 것에 저항하고 있는 것일 수도 있습니다. 슬픔에 굴복해 하루 이틀 운 다음 놓아 버리는 대신 슬픔을 억누르고 있는 것입니다. 일어나는 모든 일에는 카르마적 선행 사건이 있다는 사실을 잊지 마세요. 이번 생에서의 상실로 내가 느끼는 슬픔은 모든 생에 걸친 모든 상실로 인한 모든 슬픔을 불러일으킵니다. 사람들은 "내가 이 하찮은 일에 왜 이리 속상해하지?"라고 합니다. 그 일은 그렇게 하찮지 않습니다. 우리의 내면에는 많은 생에서 억누른 감정들이 쌓인 큰 무더기가 있습니다. 완전하게 겪지 못했던 것들입니다. 수많은 울분과 분노와 자기 연민이 있고 또 무엇이 있을지 알 수 없습니다. 그래서 우리는 감정을 이용할 수 있습니다. 이번 생에서 어떤 감정이 생기면 그것이 바닥날 때까지 끝까지 느끼세요. 화가 난다면 충분히 화를 냅니다. 바닥에 드러누워 주먹으로 쾅쾅 내리치면서 분노가 다 사라질 때까지 악쓰고 꽥꽥거리고 빽빽거리세요. 슬픔에 대해서도 똑같이 합니다. 이렇게 하면 상처받기 쉬운 취약성이 낮아집니다. 화난 사람들에게 나는 충분히 화나지 않은 것이 문제라고 말합니다. 다른 방에서 가서 악쓰고 날뛰고 비명 지르고 주먹을 쥐고 벽을 쾅쾅 쳐서 분노를 완전히 다 끌어내세요.

사람들은 이런 감정을 억누릅니다. 좋아하지 않지요. 우리는 사회적으로 그런 감정을 표출하지 않고 억누르도록 훈련받습니다. 남자라면 슬픔이나 눈물 같은 것을 보이면 안 된다고 합니다. 놓아 버리세요. 펄쩍펄쩍 뛰면서 욕을 하세요. 그냥 그 감정에 미쳐 버리세요. 그러면 결국에는 그러는 것이 우스꽝스럽게 느껴져서 웃게 됩니다.

우리는 마음과 몸의 관계를 살펴봐야 합니다. 이 관계가 건강 분야에서 대단히 중요한데도 아직 명료하게 파악되지 않은 상태이기 때문입니다. 의료 현장에서 볼 수 있는 어떤 원리가 있습니다. 그것은 우리가 마음에 품고 있는 것에만 지배된다는 것입니다. 이것이 치유의 원리이자 건강의 원리입니다. 치유와 건강은 동전의 양면과 같아서 질병이 동전의 한쪽 면이면 건강은 반대 면입니다. 우리는 마음에 품고 있는 것에 지배됩니다. 병은 프로그램, 즉 신념 체계에서 생기는 것임을 알 수 있습니다. 프로그램을 주입받고 나면 우리는 그것에 여생 동안 지배됩니다. 그 프로그램이 어디서 주입되었는지 기억도 못 하는 채로 말이죠.

사람은 어린 시절의 기억을 잃어버리기 때문에 다섯 살 이전에 일어난 일을 기억하지 못하는 사람들이 많습니다. 어떤 사람들은 훨씬 나중까지의 기억도 없습니다. 어린 시절 전체에 대해 아무것도 기억하지 못하거나 아주 약간의 기억만 있습니다. 어린 시절을 잘 기억하는 사람도 기억이 비어 있는 광대한 구역이 있습니다. 기억이 비어 있는 그 구역에 많은 프로그램이 있어서 나중에 다양한 형태의 안 좋은 건강 상태로 나타납니다. "심장병은 우리 집안 내력이다." "알레르기는 우리 집안 내력이다." 같은 말을 들어 보았을 것입니다. 이런 생각들이 프로그램이 되어 마음에 들어갑니다. 이것은 마치 최면에 걸리는 것과 같아서 프로그램을 의식해서 취소하지 않는 한 무의식 속에서 계속 작용하게 됩니다.

마음은 어떻게 몸에 대해 그런 영향력을 가질까요? 그 물리학을 조금 살펴보겠습니다. 물리학적으로 살펴보면 이해하기가 아주 쉬워질 것입니다. 의식의 척도 체계에서 '죽음'은 0, '죄책감'은 30입니다. 이런 식으로 세상 속 모든 것의 에너지 장 값을 알아낼 수 있습니다. 몸 자체의 에너지 장을 측정하면 육체적인 몸은 200 미만의 수준에서처럼 화살표가 왼쪽을 가리키는 상태가 아님을 알 수 있습니다. 몸은 부정적인 상태는 아니지만 그 에너지 장이 200 정도입니다. 다시 말해 에너지 장의 파워가 200 정도입니다.

마음의 에너지 장은 400대입니다. 400에서 500 사이입니다. 지성과 이성과 논리 그리고 마음이 믿고 있는 것들의 에너지 장은 파워가 그 정도입니다. 그래서 마음에 '씨앗은 내게 게실염을 일으킨다.'는 생각을 품고 있으면 몸은 고작해야 에너지 장의 파워가 200이기 때문에 그런 믿음이 지닌 패턴의 파워에 압도되어 버립니다.

모든 생각은 형체form를 갖고 있습니다. 그리고 이 형체는 집단 무의식(또는 집단 의식, 사회적 의식 등으로 부르는 것) 안에 아주 세세하게 존재합니다. 생각 형체의 패턴과 발생 가능한 일의 역학이 이미 집단 무의식 안에 존재하는 것입니다. 그래서 우리가 어떤 생각을 믿어서 그것에 동의하게 되면 그 생각을 자신의 무의식 안에 들이는 셈이 되고, 그러면 그 생각이 몸 안에 나타납니다. 즉 몸은 마음이 믿고 있는 바를 행합니다. 따라서 몸을 치유해 건강을 얻는 일은 몸을 직접 다루지 않고 마음을 다뤄야 이루어집니다. 의식의 장 안으로 들어가야 합니다.

의식에 품고 있는 바가 몸에 나타난다면 의식에 과연 무엇을 품고 있는지 살펴볼 필요가 있습니다. 의식에 무엇을 품고 있는지 알아차리지 못하는 경우가 아주 많습니다. 그런 경우를 가리켜 '그것에 대해 무의식적'이라고 말합니다. 몸을 살펴보는 것으로는 내가 그런 생각을 가진 적 있는지 기억이 안 날 수도 있지만, 몸은 내게 분명 어떤 생각이 있는지를 알려 줍니다. 마치 엑스레이와 같습니다. 이런 것이 몸에 나타나려면 내가 무엇을 마음에 품고 있어야 하는지를 알려 주는 엑스레이입니다. 이를테면 임상적 당뇨병이 생긴 사람이 "나는 가족 중에 당뇨병이 있다는 얘기를 들은 기억이 없습니다. 가족 중에 아무도 당뇨병이 없습니다. 당뇨병에 대한 생각이 마음속 어디에서 생겼는지 모르겠습니다."라고 말합니다. 하지만 그의 무의식 어딘가에는 당뇨병과 당뇨병에 따라오는 모든 것에 대한 신념이 있습니다.

　개별 환자에 대해 충분히 시간을 들여 끈기 있게 연구를 하면 프로그램이 어디서 들어왔는지 밝혀낼 수 있을 것입니다. 당뇨병의 존재는 프로그램이 무의식에 존재하며 환자가 '나는 그것에 지배된다'고 생각하고 있음을 알려 줍니다. 따라서 치유는 그 신념 체계에 대한 것이라야 합니다. 병이 기원하는 곳에서 치유를 시작해야 합니다. 건강은 마음에서 비롯합니다. 긍정적인 마음가짐에서 비롯합니다. 의식의 장에서 비롯합니다. 의식의 수준에서 비롯합니다. 의식 수준은 낮은 차원인 육체적 차원에서 건강 상태로서 나타납니다. 건강은 중립(250) 위의 장들, 즉 자발성, 받아들임, 자애로움, 내면의 환희, 내면의 평화에서 비롯합니다.

정신적인 것은 400대, 사랑은 500대고 500 이상의 수준에서는 영이 지배합니다. 따라서 18세기 이성 시대의 주장이나 학술서들의 주장, 인간과 짐승을 구분 짓는 것은 지성이라고 하는 지성인들의 주장과는 달리 지성은 인간이 가질 수 있는 가장 수준 높은 능력이 아닙니다. 지성은 400대에 불과합니다. 마음을 넘어서고 논리를 넘어서고 이성을 넘어서서 존재하는 어떤 것이 정신적인 것의 수준을 초월해 완전히 다른 패러다임, 완전히 다른 존재 방식으로 들어갑니다. 우리는 치유를 일으키는 장을 알아볼 필요가 있고 200 미만의 다양한 장이 병의 원인을 제공한다는 점을 살펴볼 필요가 있습니다.

200 미만의 모든 장이 병과 관련됩니다. 병을 이해하면 그 반대의 것인 건강을 이해하게 됩니다. 신념 체계들은 스스로를 강화하여 자기실현적인 예언이 되어 버립니다. 자기도 모르게 품고 있던 신념이 삶에 현실로 나타나면 우리는 그것을 보고 "거봐라." 하면서 신념 체계를 정당화합니다. 따라서 내 삶을 살펴보면 내가 어떤 신념들을 품고 있는지 알 수 있습니다. 기억해 낼 수 없는 것은 무의식적인 것입니다. 의식의 높은 수준을 지향해서 높은 에너지 장들이 자동적으로 나타나는 상태가 건강입니다. 감사와 용서와 치유는 540의 수준입니다. 용서하고 감사하려

는 자발성이 있으면 자동적으로 치유되기 시작합니다.

사랑의 에너지 장이 무엇을 의미하는지에 대해서도 이야기할 필요가 있습니다. 사랑은 감상벽이 아닙니다. 세상에서 사랑이라 부르는 것은 의존과 통제의 에너지 장, 감상주의와 감정주의의 에너지 장에서 나옵니다. 감정적이고 감상적인 집착으로 이리저리 통제하는 것, 양쪽 모두의 욕망을 만족시키는 것을 사랑이라고 부릅니다. 할리우드 판의 사랑입니다. 누가 "전에는 조지를 사랑했지만 이제는 사랑하지 않아."라고 말한다면 그 말은 그가 조지를 전혀 사랑하지 않았음을 의미합니다. 그 말은 태양 신경총적으로, 매달리는 식으로 감상적 집착을 했다는 의미이고 그 집착을 자기 삶 속에서 낭만적으로 묘사하고 미화하면서 감정적 에너지를 많이 쏟아부었다는 의미입니다. 그래서 유대가 끊어지면 부정적 감정이 많이 올라옵니다.

다음으로 이야기할 유형의 사랑은 무조건적인 사랑입니다. 무조건적인 사랑은 어떤 것일까요? 그것은 우리가 내면에서 내리는 결정입니다. 자애로운 사람이 되겠다는 의도와 결정에서 나오는 것입니다. 내가 어떤 사람을 사랑하겠다고 결정한다면 그것은 내 내면의 결정입니다. 이에 대해 상대방은 할 수 있는 일이 없습니다. 따라서 나는 세상에서 벌어지는 일의 피해자가 아닙니다. 사랑하겠다는 나의 결정이 무조건성을 지닌 안정적인 에너지 장을 일으키기 때문입니다. 상대방의 행동이 나에게 기쁨을 주지 못하고 나의 바람에 도움이 안 될 수는 있지만, 그것이 자애로움을 변화시키지는 못합니다. 예를 들어 살인죄로 복역 중인 아들을 보러 20년째 면회를 가는 어머니는 아들의 참모습인 그 있음beingness, 그 '~임is-ness'을 여전히 사랑합니다. 물론 아들의 행동이 어머니를 기쁘게 해 주지는 못했지만 아들이 무슨 일을 하든 어머니의 사랑은 무조건적입니다. 즉 세상에서 무조건적 사랑에 가장 가까운 것은 어머니의 자애로움이고 그것은 무조건적입니다.

나는 '익명의 알코올 중독자들' 같은 12단계 그룹의 자애로움을 무조건적인 사랑의 예로 자주 듭니다. 무조건적인 사랑은 상대가 가진 것에 관심이 없습니다. 의식 수준이 낮은 사람들은 '소유havingness'에 관심이 아주 많아서 가진 것에 따라 사람을 이렇게 저렇게 평가합니다. 중간 수준의 사람들은 '활동doingness'에 정신이 팔려 있습니다. 어떤 일을 하는지, 그 활동에 따라오는 직함은 어떤 것인지에 따라 사람의 지위를 평가합니다. 높은 수준의 사람들은 어떤 '존재beingness'인지, 어떤 존재가 되어 있는지에 관심 있습니다. '~인 상태', '존재 상태', 나라는 존재에 관심 있습니다. 사람의 위상, 그 사람의 중요성에 관심 있습니다. 어떤 유형의 사람인지에 관심 있고 내가 되어 있는 존재에 관심 있습니다. 어떤 유형의 사람이 되어 있는지, 그 점을 평가합니다. 비판 없이 모든 생명을 보살피고 용서하는 사람이 되려는 자발성이 있으면, 그 에너지 장의 치유적인 본성 때문에 내면에서 좋은 건강 상태가 자동적으로 생겨납니다.

모든 것의 완벽함을 보기 시작합니다. 모든 것이 좋은 쪽으로 풀릴 길을 보기 시작합니다. 이런 맥락에서는 병을 어떻게 보면 될까요? 병이란 것이 치유되기 위해 생기는 어떤 것이 됩니다. 그래서 병을 교훈을 주는 것으로 봅니다. 병은 우리에게 이렇게 말합니다. "나를 봐. 내가 나타내는 것, 내가 상징하는 것을 치유해 줘. 당신의 죄책감을 치유해 줘. 당신의 자기혐오를 치유해 줘. 당신의 한정된 생각 형체를 치유해 줘. 내가 치유될 수 있도록 나를 사랑하는 수준으로 올라와 줘." 병은 영적으로 성장하라는 요구입니다. 병은 무언가를 살펴볼 필요가 있다고 내게 알려 주는 그칠 줄 모르는 잔소리꾼입니다. 무언가를 다른 식으로 볼 필요가 있다고 알려 줍니다. 삶에서 일어나는 사건 때문이 아니라 내가 사건을 어떻게 여기는지에 따라 나의 반응이 달라지기 때문입니다.

사건 자체에는 내가 어떻게 느낄지에 어떤 식으로든 영향을 미칠 힘이 없습니다. 느낌을 좌우하는 것은 사건에 대한 나의 입장입니다. 사건에 대한 나의 판단입니다. 어떻게 사건을 대하겠다는 나의 결정입니다. 나의 마음가짐이며 나의 관점입니다. 사건에 우리를 지배할 감정적 영향력을 부여하는 것은 그 맥락, 그 전체적 의미입니다. 그렇다면 나 자신이 의미의 창조자이자 의미가 내게 미치는 영향의 창조자입니다. 스트레스가 생기는 것은 내가 사건에 내 삶을 지배할 파워를 부여하기 때문입니다. 피해자의 입장에 있으면서, 행복의 원천이 저 밖에 있다고 여기고, 나 자신의 마음이 지닌 파워를 부인하기 때문입니다. 파워를 다시 인정하면 치유가 일어납니다. 오로지 나 자신이 모든 환경, 사건, 장소, 입장, 사물, 내 삶 속의 인물이 갖는 의미를 창조한다는 사실을 깨달으면 치유가 일어납니다. 나 자신이 사건의 의미를 창조하는 사람입니다. 사건에 대한 나의 입장, 사건을 대하는 나의 방식이 치유의 근원이 되거나 병의 근원이 됩니다. 그 여부를 결정하는 사람은 나 자신입니다.

몸은 작은 꼭두각시와 같습니다. 우리가 높은 에너지 장에 바탕하면 몸은 행복하게 제 할 일을 합니다. 별생각 없이 자동적으로 그렇게 합니다. 건강하다는 것은 몸에 신경을 점점 덜 쓴다는 것과 건강에 좋다는 것을 감사하는 마음으로 실천한다는 것을 의미합니다. 건강은 내가 몸과 어떻게 지내는지를 나타냅니다. 건강하다는 것은 파워의 원천이 저 밖에 있다고 보지 않고 나 자신을 파워의 원천으로 다시 인정함을 의미합니다. 몸 건강의 원천이 세상에 있다고 보지 않는 것입니다. 운동도 몸을 경험하는 환희 때문에 합니다. 수영하는 것이 몸을 건강하게 해 주는 원인이라고 말하지 않습니다. 몸을 즐기기에 수영 같은 활동도 즐긴다는 입장에 바탕합니다.

세상에서 건강한 것으로 여기는 활동들은 내면에서 느끼는 생기가 외부로 표출되는 것입니다. 그런 활동을 몸이 표출하게 할 때 환희가 생기는 것은 활동이 원인이 되기 때문이 아닙니다. 활동은 결과입니다. 몸을 건강하게 즐기는 일은 마음가짐이 가져오는 결과입니다. 몸을 사랑스럽게 여기는 것은 자기도취적인 자기 찬미에 빠지는 것이 아닙니다. 잡지에 나오는 근육남 사진을 말하는 것이 아닙니다. 순수한 자애로움과 감사를 말하는 것입니다. '아, 몸아, 내게 잘 봉사해 주고 있구나. 사랑한다. 고맙다. 넌 내게 소중해.'라고 생각하는 것입니다. 행복의 원천이 직업, 소유물, 인간관계 같은 우리 외부의 것에 있다고 여기는 것은 건강을 잃을 채비를 갖추는 것입니다. 그런 외부의 것을 잃을 수도 있다는 두려움부터 솟기 때문입니다. 두려움이 의식되지 않아도 마찬가지입니다. 행복의 원천이 직함이나 직위, 사는 동네, 갖고 있는 차종, 심지어 육체라고 한다면 상처받기 쉬운 상태가 된 것입니다. 그런 취약성이 무의식 속에 있으면 대량의 공포가 축적됩니다. 그런 사람의 삶은 생존을 의지해 온 것들을 잃을까 봐 끊임없이 자신을 강화하고 방어하는 것이 되어 버립니다.

건강한 사람은 자기가 진정으로 어떤 사람인지를 깨닫고 있습니다. 자신이 외부 것을 훨씬 넘어서 있는 어떤 것임을 깨닫고 있습니다. 외부 것에 가치를 부여하는 사람이 자기 자신이라는 점을 깨닫고 있습니다. 그런 것에서 일시적인 즐거움을 얻을 뿐 생존을 그런 것에 의존하지 않습니다. 받아들임이라고 부르는 에너지 장으로 옮겨 온 사람들은 자신의 파워를 더 이상 세상에 넘기지 않습니다. 그들은 '내가 내 행복의 원천'이라는 사실을 받아들이기 시작합니다. 이런 사람을 외딴섬에 떨어뜨려 놓고 일 년 뒤에 가보면 그는 코코넛 사업을 하며 새 인연을 만나 나무 밑에 나무집을 짓고 살면서 아이들에게 산수를 가르치고 있을 것입니다. 달리 말해, 자신을 위해 행복의 원천을 재창조할 수 있는 능력은 나 자신이 행복의 원천임을 깨닫는 데서 생깁니다. 나 자신이 행복의 원천입니다. 행복은 유행병에 달려있지 않습니다. 행복은 저 바깥에 있는 것에 달려 있지 않습니다. 행복은 내가 먹는 것에 달려 있지 않습니다.

건강한 사람은 자신의 참된 본성을 깨닫고 있습니다.
자신이 외부 것을 훨씬 넘어서 있는 어떤 것임을 깨닫고 있습니다.

이 사실을 정말로 깨달을 때 우리는 초월하기 시작해서 더 이상 그 모든 잘못된 신념 체계가 주는 영향에 놓이지 않게 됩니다. 의식은 의식 자체보다 더 큰 어떤 것을 필요로 하는데, 그것을 알아차림awareness이라고 부릅니다. 알아차림은 의식 안에서 벌어지는 일을 우리에게 알려 주고, 의식은 마음 안에서 벌어지는 일을 알려 주고, 마음은 다시 몸과 관련해 감각에서 벌어지는 일을 알려 줍니다. 이렇듯 본질적인 나 자신은 육체에서 여러 층 떨어져 있습니다. 우리는 이 사실을 살펴보고 정확히 알아둘 필요가 있습니다. 몸을 지배하는 파워는 마음이 갖고 있기 때문입니다. 우리는 앞에서 그 물리학을 알아봤습니다. 마음이 지닌 400대의 에너지 장은 그 파워가 육체의 에너지 장이 지닌 파워보다 큽니다.

육체는 마음이 하라고 시키는 것을 합니다. 그래서 마음이 '나는 이런 병이나 저런 병이 있다.'고 말하면 몸은 그 말을 따릅니다. 이 점을 고려하면 프로그램을 믿지 않는 것이 얼마나 중요한지 알 수 있습니다. 모든 프로그램은 진실에 대한 제약입니다. 프로그램들을 의식적으로 취소하고 진실인 어떤 것을 말하는 것이 중요합니다. 진실은 '나는 무한한 존재로서 프로그램에 지배되지 않는다.'는 것입니다. 예를 들어 우리는 계란은 콜레스테롤 덩어리이고 콜레스테롤은 심장병을 일으킨다는 이야기를 듣습니다. 그런 생각 형체, 그런 신념 체계를 믿어 버리면 몸이 그것에 동의합니다. 이 사실을 직접 실험해 봐도 됩니다. 내가 실험해서 검증했으니까요. 나는 한때 콜레스테롤 수치가 매우 높았습니다. 그래서 신념 체계를 취소하기 시작했습니다. 계속해서 이렇게 말했습니다. "나는 무한한 존재다. 나는 그 신념에 지배되지 않는다. 나는 마음에 품고 있는 것에만 지배된다. 그 신념은 내게 적용되지 않는다. 이로써 나는 그 신념을 취소하고 거부한다."

마음이 부정적 신념 체계로 하여금 내게 힘을 갖게 할 수 있다면 마음은 그 반대로도 할 수 있습니다. 그러므로 자신에게 '그런 것은 내게 아무런 영향을 미치지 못한다. 그런 것은 신념 체계일 뿐이다.'라고 알려 줍니다.

내가 어떤 신념에 동의하면 나는 그 신념이 지닌 집합적 에너지의 파워를 그것에 부여하게 됩니다. 신념을 거부하면 나는 그 신념 체계가 지닌 집합적 에너지로부터 나 자신을 해방시킵니다. 따라서 건강과 관련 있는 부정적 신념 체계를 믿지 않는 마음가짐이 중요합니다. 유행병과 집단적 히스테리 문제에서 이것은 아주 중요합니다. 주입되는 프로그램이 감정적 프로그램의 지원과 사주를 받으면 그 모든 것이 원인을 제공해 병이 등장할 무대를 마련합니다. 400대의 에너지 장에서 나오는 정신적 신념 체계를 갖고 있으면서 부정적인 100 수준에서 나오는 병에 대한 공포와 30 수준에서 나오는 죄책감까지 가지면 병이 생기기 위한 장치를 빈틈없이 갖춘 것입니다. 왜냐면 마음은 자기에게 인상 깊은 것을 선택해 현실로 나타낼 형체로 삼기 때문입니다. 콜레스테롤의 경우 내가 나 자신에게 한 실험은 생각이 올라올 때마다 취소하는 것이었습니다. 시간이 지나자 콜레스테롤 수치가 내려갔습니다. 그래서 아침마다 아침 식사로 계란 세 개를 먹고 치즈도 듬뿍 먹을 수 있었습니다. 나는 콜레스테롤 함량이 높은 식사를 하고 살지만 콜레스테롤 수치가 낮습니다. 어떤 때는 내 나이의 정상 수치보다도 낮습니다.

몸은 마음이 믿고 있는 바를 그대로 실행합니다. 이런 이야기는 신빙성 없는 것으로 여겨지기 쉽다는 문제가 있어 사람들이 의문을 제기합니다. "내가 어떤 것을 믿는다는 이유만으로 그것이 내 삶에 일어난다고?" 무의식의 본성 때문에 그렇습니다. 무의식이 그 일이 일어날 기회를 창조합니다. 사고가 날 때 그 점을 명확히 알 수 있습니다. 어떤 사람이 사고를 잘 당하는 것은 그의 마음속에 그 형체가 갖춰져 있기 때문입니다. 무의식적으로 그들은 적절한 타이밍에 어떻게든 자신의 몸을 적절한 지점에 들이댑니다. 차에 받히기 좋게, 계단에서 굴러떨어지기 좋게, 머리에 맞기 좋게 들이댑니다. 마음이 어떻게 그렇게 해낼 수 있는지는 염려 마세요. 마음은 길을 찾아냅니다. 사람들은 일종의 최면 상태에 빠져들어 자신의 삶에 그런 일이 나타나게 해 줄 적절한 기회에 자신을 노출합니다.

감기 바이러스의 예도 있습니다. 100명의 자원자를 대상으로 한 여러 번의 실험이 있습니다. 그들을 다량의 감기 바이러스에 노출시켰습니다. 그랬더니 모두가 감기에 걸리지는 않았습니다. 특정 비율의 사람들만 항상 걸렸습니다. 병을 일으키는 힘이 바이러스 자체에 있고 의식 안에 있지 않다면 전원이 감기에 걸렸을 것입니다. 바이러스가 그만큼 강력했으니까요. 실제로는 65퍼센트만 감기에 걸렸습니다. 나머지 1/3의 사람들은 감기에 걸릴 것이라는 믿음이 없었습니다. 그들은 그런 믿음에 대한 의심은 충분했고 무의식적 죄책감은 충분치 않았습니다. 그들은 감기 바이러스에 노출되면 감기에 걸린다는 말을 받아들이지 않습니다. 이렇듯 어떤 병도 모두가 걸리지는 않습니다. 다른 치료의 경우도 마찬가지입니다.

모든 의학적 처치에는 특정 비율의 사람들만 반응합니다. 차이가 무엇일까요? 그들은 무의식적 죄책감이 충분치 않아 죄책감이 작동을 안 하기 때문입니다. 그들이 믿어 온 생각 형체 중에 그 특정 질병하고 맞는 것이 전혀 없는 것입니다. 질병과 치유라는 동전의 양면은 모두 우리가 어떤 신념 체계에 넣은 에너지를 반영합니다. 따라서 건강은 부정성에 대한 믿음을 놓아 버리는 자발성이기도 합니다.

우리는 왜 부정성을 받아들여 믿게 될까요? 어떤 사람들은 왜 그리 쉽게 프로그래밍될까요? 잡지만 펼쳤다 하면 히스테리에 빠지는 사람들이 있습니다. 최신 질병 소식을 보고 공황 상태에 빠집니다. 이런 일은 공포의 양, 죄책감의 양과 관련 있습니다. 공포의 양은 사실 무의식적 죄책감의 양에 비례합니다. 그들은 마치 무엇을 겁내야 할지 알고 있는 듯합니다. 죄책감이 너무 많아 질병에 대해 듣기만 하면 정신적으로 프로그래밍되어 그 병이 삶에 등장하기에 충분한 상태가 된다는 것을 너무 잘 알고 있는 듯합니다.

이런 현상은 최선의 건강을 얻는 법에 대해 무엇을 시사할까요? 긍정적이고 건설적인 마음가짐을 갖고 부정적인 것을 놓아버리는 자발성에는 파워가 있습니다. 부정적 프로그램을 믿으면 마음은 파워에 어떤 영향을 받을까요? 자기의 파워를 부인하고 남 탓으로 돌리는 데 빠지면 파워를 외부에 내주게 됩니다. 용기(200)의 수준 아래의 에너지 장들은 모두 피해자가 되어 있는 수준입니다. 이런 수준에서는 자신의 파워를 자기 외부에 있는 것에 넘겨주는 일이 일어납니다. 이런 낮은 수준에 있는 사람들은 무의식적으로 자신에게 '내 행복의 원천은 나의 외부에 있다.'고 말합니다. 이들은 자신의 생존을 자기 외부에 있는 것에 의존합니다.

용기의 수준 위에 있는 진실의 수준으로 옮겨 가면 에너지 장이 긍정적으로 바뀌면서 자신의 힘을 다시 인정합니다. 이렇게 말하게 됩니다. "오직 나만이 내 삶에서 행복과 기회를 창조할 파워를 갖고 있다. 파워는 나의 내면에서 나오는 것이다." 그래서 이들은 건강은 내면에서 생겨나는 어떤 것임을 인정합니다. 자신이 바이러스, 사고, 콜레스테롤, 요산 수치의 피해자가 아니라는 것을 압니다. 그래서 그들은 그런 것들의 피해자가 아닙니다.

자신의 파워를 다시 인정하면 이렇게 말합니다. "이봐, 내 마음이 병을 일으키고 있어. 내 마음은 간하고 콩팥을 먹으면 요산 수치가 높아져서 통풍 발작이 일어날 거라고 믿고 있어. 내 마음은 영향력이 너무 강해서 그런 것을 믿으면 말 그대로 그런 것이 생기게 만들어." 자신의 마음에 그토록 큰 파워가 있음을 인정하는 것은 많은 사람에게 어려운 일입니다.

마음은 이런 말도 합니다. "난 먹는 즐거움을 포기하고 싶지 않아." 먹는 즐거움을 잃어버릴 것처럼 느끼는 것입니다. 맥아 비스킷이나 초콜릿 소스 아이스크림이나 양파 추가 햄버거를 즐기지 못하게 된다? 완전히 그 반대입니다. 이 기법*대로 하고 나면 먹는 즐거움의 양상만 달라져서 먹는 일 자체가 식욕을 일으킵니다. 나는 배고픔과 식욕이 전혀 없는 상태로 식사 자리에 앉습니다. 하지만 먹기 시작하는 순간 그 먹는 일이 식욕을 일으킵니다. 그리고 먹는 즐거움은 이전의 어느 때보다도 큽니다. 저는 지금 과거의 어느 때보다도 음식을 즐깁니다. 더 이상 죄책감이 동반되지 않기 때문입니다. 자책이나 불안이 동반되지 않습니다. 나는 너무 많은 칼로리를 먹고 있는 것은 아닌지, 몸무게가 늘게 되는 것은 아닌지 걱정하지 않습니다. 그런 걱정이 없어집니다. 그래서 먹는 즐거움은 전혀 포기하지 않게 됩니다. 먹을 때면 자신이 음식을 상당히 즐기고 있음을 알게 될 것입니다. 한 입 베어 무는 순간부터 음식을 즐깁니다. 즐거움의 상실은 없습니다. 나는 즐거움과 쾌감의 놓아 버림을 지지하지 않습니다. 반대로 즐

* 『치유와 회복』 11장 '몸무게 줄이기'에 자세히 나온다.

거움과 쾌감의 증진을 지지합니다.

　기법을 통해 우리는 자신의 미적 염원에 걸맞은 몸을 갖는 즐거움과 쾌감과 자부심뿐만 아니라 먹는 일이 주는 즐거움과 쾌감도 누릴 수 있습니다. 배고픔과 배 채움의 순환은 자존감과는 아무 관련도 없습니다. 식탐과는 아무 관련도 없습니다. 구강의 자기도취적 욕구와는 아무 관련도 없습니다. 정신분석 이론에서 뭐라 하든 구강 공격성, 구강 수동성 같은 것과는 아무 관련도 없습니다. 배고픔의 주기는 우리 사회가 선호해 온 아주 간단하고 기본적인 길들임하고만 관련이 있습니다. 어렸을 때 받은 사회적 길들임 때문에 배고픔의 주기가 몸에 배인 것입니다. 그게 다입니다. 몸은 마음 안에서 경험되고, 마음은 의식 안에서 경험됩니다. 우리가 배고픔이라 부르는 것도 실제로는 의식 안에서 경험됩니다. 그러면 배고픔은 어디에 위치할까요? 배고픔이 위장 안에서 경험된다는 것은 신념 체계일 뿐입니다. 실제로는 모든 곳에서 경험됩니다. 위장 안에서 경험된다는 생각은 어릴 때부터의 신념 체계일 뿐입니다. 몸은 아무것도 경험하지 못합니다. 배고픔은 보다 분산되고 보편화된 장소에서 경험됩니다.

　어떤 유형의 괴로움도 놓아 버릴 수 있는 기법이 또 있습니다. 아픔이든 질병이든 육체적 증상(이 경우는 우리가 배고픔이라 부르는 것)이든 '괴로움은 육체적 증상에 불과하다.'는 사실을 아는 것입니다. 앞에서 말했듯이 괴로움은 분산되어 있는 식으로 경험됩니다. 모든 곳에서 경험됩니다. 우리는 모든 경험을 어디서 할까요? 사실 모든 경험은 국지적 상황에서가 아니라 모든 곳에서 경험됩니다. 국지화는 강력한 신념 체계에서 비롯됩니다. 어릴 때부터 갖고 있는 생각들에서 비롯합니다. 배고픈 감각의 에너지에 대한 저항을 놓아 버리면 배고픔은 결국 사라져 버립니다.

흔히들 부정적 감정이 체중 문제의 원인이라고 생각합니다. 문제를 자세히 들여다보면 그렇지 않다는 것을 알 수 있습니다. 부정적 감정은 체중 문제에 대한 반응입니다. 체중 문제가 있는 사람들은 대개 죄책감의 수준으로 내려와 있습니다. 죄책감은 30의 에너지 장입니다. 에너지가 아주 약합니다. 체중 문제나 알코올 문제, 인간관계 문제 같은 것을 죄책감의 수준에서 다루려고 할 때는 큰 에너지를 가지고 해야 합니다. 그러니 500만 원인 사랑이 필요한데 30만 원밖에 없는 셈입니다. 문제가 무엇이든 30만 원으로는 얼마 진전_{progress} 할 수 없습니다. 그뿐만 아니라 에너지 장이 부정적이어서 문제 자체에 대한 기분이 좋지 않게 됩니다. 자기혐오로 가득 차게 되어 실제로 의식 안에서 진행되는 과정 자체가 파괴적입니다. 실제로 자신의 체중 문제, 식탐 문제 때문에 자살하는 사람도 있습니다. 죄책감 수준에서 처리하지 못하더라도 체념의 수준으로 올라갑니다. 체념의 에너지 장이 50 수준이라는 것은 이런 의미입니다. "내 경우는 가망 없어.

온갖 다이어트를 다 해 봤다고. 더 이상 이 문제를 다룰 에너지가 없어. 난 이 문제의 피해자야. 난 이제 손들었고 포기했어. 나는 가망 없어."

체념 위의 수준은 비탄(75)입니다. 비탄은 문제 때문에 우울한 것입니다. 후회하고 실의를 느끼고 낙담하고 의기소침한 상태입니다. 비탄 위의 수준은 체중 문제와 그 귀결에 대한 공포(100)입니다. 이 또한 부정적 감정으로, '심장마비로 죽을 것 같다.'거나 '이 병 때문에 죽을 것 같다.'는 식의 생각을 동반합니다. 이 장에는 걱정, 불안, 공황 상태 같은 것이 가득합니다. 물론 자존심도 상해 있습니다. 체중 문제가 있는 사람들은 보통 사회적으로 위축되어 있어 다른 식으로 보완하려고 합니다. 부정적인 에너지 장 때문에 자신이 부족하다고 느끼기 때문입니다. 그들은 전혀 부족하지 않습니다. 자신의 상황에 대해 그런 생각을 갖고 있어 그 부정성이 감정에 영향을 미치고 있는 것뿐입니다. 더 위의 에너지 장으로 올라가면 분노가 있습니다. 체중 문제에 분노하고 분개합니다. 불만에 가득 차 있습니다. 체중 문제를 다루는 데 150의 수준인 분노를 활용하면 효과가 있을 수도 있습니다. 죄책감이나 체념보다는 확실히 그렇습니다. 체중 문제에 충분히 화가 나면 자부심으로 올라갈 수 있습니다. 자부심은 175 수준입니다. 자부심에는 큰 파워가 있지만 자부심을 통과해 더 올라갈 필요가 있습니다. 자부심의 수준에서는 에고의 팽창이 일어나기 때문에 오래 머물기에 좋은 곳이 못 됩니다. 용기의 수준으로 올라가는 것이 좋습니다.

이제 정말로 효과 있는 방법들을 몇 가지 알게 되었으니 용기를 내서 시험해 봅니다. 용기는 200 수준이고 200은 30이나 50에 비하면 큰 파워입니다. 용기는 우리로 하여금 직면하고 대처하고 처리할 수 있게 해 줍니다. 힘을 갖게 해 줍니다. 이 문제의 진상은 이전까지는 문제를 어떻게 처리할지 몰랐다는 것입니다. 알았으면 처리했을 것입니다. 그것이 문제의 진상입니다. 놓아 버림 기법을 사용하면 문제 자체에서 풀려납니다. 체중이 그대로면 그대로인 것이고, 그대로가 아니어도 아무런 상관없습니다. 이런 상태는 무의욕(50)이 아닙니다. 체념이 아닙니다. 반대로 체중 문제에서 해방된 중립(250)의 수준입니다. 따라서 좋은 기분을 느끼면서 자발성 수준으로 올라갑니다.

310인 자발성은 에너지가 큽니다. 죄책감(30)이나 비탄(75)과 비교해 보세요. 이제 자신의 파워가 얼마나 큰지 알 수 있습니다. 그리고 이 수준에서 우리는 앞에서 이야기한 기법에 동의하고 정렬합니다. 의도의 수준이 마침내 충분히 높아졌습니다. 마침내 문제를 처리하게 되었습니다. 그리고 자신이 문제를 처리할 수 있음을 인정합니다. 자신이 역량이 충분한 사람임을 깨달아 자신감을 갖게 됩니다. 이제 문제를 처리할 파워가 내면에 있음을 깨닫고 있기에 큰 변화가 일어납니다. 그리고 자애로움의 수준으로 올라가기 시작합니다. 진정으로 자신을 사랑하려는 바람이 생깁니다. 한편, 몸을 사랑하지만 몸을 나라고 동일시하지는 않습니다. 이 몸은 내가 아닙니다. 한쪽 다리를 떼어 내도 나는 여전히 나입니다. 나는 계속해서 나이며 나는 몸이 아님을 압니다. 90킬로가 나가든 40킬로가 나가든 나라는 존재는 그런 사실에 휘둘리지 않습니다. 다만 이제는 몸을 사랑하는 법을 배워야 합니다. 그러면 몸을 정말로 소중히 여기게 되고 몸이 조그맣고 재미있는 꼭두각시일 뿐임을 알게 됩니다. 몸이 제 할 일을 합니다. 그리고 내가 몸에 주의를 덜 기울일수록 몸은 스스로를 더 잘 다룹니다. 할 일을 자동으로 합니다.

몸을 사랑하게 되면 뇌가 엔도르핀을 방출하기 시작합니다. 엔도르핀이 방출될 때 의식 속에서 진행되는 과정은 계시revelation입니다. 사물이 달리 보이기 시작합니다. 어떻게 달리 보일까요? 나의 작은 몸이 얼마나 멋진 것인지가 보입니다. 몸을 사랑하고 몸 때문에 희열을 느끼게 됩니다. 과체중일 때 몸 때문에 희열을 느낍니까? 못 느낍니다. 몸을 볼 때마다 몸 때문에 또다시 죄책감에 빠집니다. 높은 수준에서는 몸 때문에 희열을 느끼게 됩니다. 몸과 장난치고 싶어집니다. 일종의 환희를 느낍니다. 이 작은 몸에 대해 환희와 행복을 느낍니다. 몸은 폴짝대고 돌아다니고 나는 그것을 어렴풋이만 알아차립니다. 모든것임allness의 입장에서 나의 존재를 경험하고 있기 때문입니다. 경험이 일어나는 곳을 의식하게 되면 경험이 모든 곳에서 일어나고 있음을 알게 됩니다. 자신을 모든곳임everywhereness과 동일시하게 되고 위장이나 부어오름 같은 국지적인 것들과 동일시하지 않게 됩니다. 나라는 존재는 의식하는 존재입니다. 의식은 모든 곳에 있습니다. 그래서 나의 존재를 우주의 거의 모든 곳에 있는 것으로 경험하게 됩니다.

몸을 대할 때 가슴Heart에 바탕하게 됩니다. 대문자 H로 시작하는 가슴Heart입니다. 가슴Heart은 육체의 장기가 아닙니다. 자신의 존재를 소중히 여기는 품성입니다. 가슴Heart은 위대함에 바탕하고 살아 있음의 환희에 바탕하여 몸을 위대함과 살아 있음에 기여하는 것, 즐거움을 주는 것으로 여깁니다. 몸은 더불어 재미있게 지낼 수 있는 것, 더불어 놀 수 있는 것, 더불어 좋은 시간을 보낼 수 있는 것입니다. 자리에 앉아 기법을 시행할 때 일어나는 현상을 지켜보면 정말 재미있습니다. 정말 즐길 만합니다. 하루 이틀 새에 다 끝납니다. 며칠 만에 식욕과 배고픔의 주기에서 해방되고 나면 나머지는 자동입니다. 달리 할 것이 없습니다.

죄책감에 영향받거나 죄책감에 휘둘릴 때와는 다릅니다. 이제는 선택권이 있기 때문입니다. 또 다른 효과적인 요령은 냉장고에 액자를 넣어 두는 것입니다. 어른인 나의 사진을 넣은 액자입니다. 냉장고 문을 여는 순간 액자를 보고 내 내면의 아이가 냉장고 안으로 팔을 뻗게 할 것인지 말 것인지 내게 선택권이 있음을 기억합니다. 아이를 저리 가 있게 하세요. 아이는 먹고 싶은 대로 뭐든 실컷 먹을 테니까요.

이 모든 것이 아주 즐거운 경험이 될 것이고 그 과정에서 자신을 진정으로 사랑하게 될 것입니다. 내가 이야기하는 모든 자가 치유 기법은 그저 자기 자신을 사랑하는 방법, 나라는 존재 자체를 소중히 여기는 방법에 기초합니다.

마음이, 에고가 우리를 혼란스럽게 만듭니다. 우리는 내가 결정하면 몸이 행한다고 생각합니다. 실제로는 몸이 저 스스로 행하고 있습니다. 몸은 자동적입니다. 우리가 몸을 부정적 패턴에서 해방시켜 놓으면 몸은 자기 자신을 아주 잘 다루게 됩니다. 이 사실을 보여 준 과학 실험이 있습니다. 아주 어린 아이들이 저 스스로 먹을 것을 고르게 내버려 두었더니 아이들이 자동적으로 균형 잡힌 식단을 선택하더라는 실험입니다. 자연에 대한 믿음을 되찾아 몸이 몸 자신이 될 수 있게 하세요. 몸 안에 있는 천성이 자동적으로 몸의 영양상 필요를 다룰 겁니다.

사회적 프로그래밍에서 벗어나면 몸 안에서 자동적 자가 치유를 일으키는 어떤 건강한 것이 주도권을 넘겨받습니다. 그것이 자신을 돌보며 자기가 먹어야 하는 것과 먹고 싶은 것을 고릅니다. 그리고 그 일을 기막히게 잘합니다. 나의 몸은 콜레스테롤을 많이 먹고 치즈와 계란을 아주 좋아합니다. 내 식단을 보면 어떤 영양사든 기절할 것입니다. 장담하지만 내가 아침 식사로 먹는 것을 보면 어떤 영양사든 기절할 것입니다. 그렇지만 나는 콜레스테롤 수치가 정상이고 혈당이 정상이고 혈액 속의 모든 화학적 수치가 정상입니다. 나는 자연 속의 신에게 믿음을 갖고 있다고 할 수 있고, 몸은 이 지구의 아름다운 자연의 일부입니다.

우울증을 다루는 가장 좋은 방법 하나는 다른 사람들과 의논하는 것입니다. 사람들이 피드백을 줄 것입니다. 인간의 에너지는 전반적으로 신뢰할 만합니다. 다른 인간을 도우려는 놀랄 만한 자발성이 있습니다. 나는 이 사실을 뉴욕에서 알게 되었습니다. 이를테면 누가 기분이 처진 채로 건물 밖에 서 있는데, 거기 있는 도어맨에게 "뭐가 문제인지 모르겠지만 오늘 기분이 영 아니에요." 하면 놀랍게도 그는 보통 "네, 나도 그럴 때가 있는데 그러면 나는 이렇게 합니다…"라고 답해 줄 것입니다. 인류는 전반적으로 잘 도와주는 성향이 있습니다. 요청을 해 보면 깨닫게 됩니다.

치유 단체에 가입하는 것도 도움이 될 수 있다고 봅니다. 사람들은 교회에 가거나 집단 심리 치료를 받습니다. 그런 곳에는 일종의 집단 역학*이 있습니다. 12단계 그룹은 대단히 다양한 문제들, 그중에서도 특히 사회적 고립을 극복하기 위한 가장 심오하고 강력한 방법 중 하나입니다. 요즘 세상에는 도움받을 수 있는 길

* 사회 집단 내에서나 사회 집단 간에 발생하는 행동과 심리적 과정의 체계

이 대단히 많습니다. 내가 더 젊었을 때는 없었던 것들입니다.

◇ ◇ ◇

신성으로서 신이 존재한다고 인정함을 상징하는 모든 것은 실제로 뇌 안에 생리적 변화를 가져옵니다. 영적 지향이 생기거나 영적으로 헌신하거나 영적 모임에 들어가거나 영적 원칙을 실천하거나 무릎 꿇고 기도하게 되는 것이 그런 인정입니다. 이런 인정은 사람을 크게 변화시킵니다. 세상을 다르게 경험하고 다르게 보게 됩니다. 많은 사람이 자부심을 중시하는 삶을 삽니다. 하지만 영성을 중시하는 사람들을 예로 들면 500 이상의 수준에서는 상대적으로 행복할 확률이 90퍼센트 정도입니다. 그들은 행복에 너무 익숙해져 있어서 잠시라도 행복하지 않으면 불행하다고 생각합니다. 그래서 어떤 부정적인 생각이 들면 신에게 그것을 없애 달라고 청합니다. "신이시여, 이 노여워하는 생각을 이겨 내고 기분 좋은 생각으로 바꿀 수 있도록 부디 저를 도와주십시오."

나는 신에게 요청하면 가장 강력하고 효과적인 에너지 장이 가용하게 된다고 믿습니다. 그래서 신성 덕분에, 내가 기분이 영 아니라는 사실을 다른 인간에게 말할 용기가 생기고 말할 기회가 생깁니다. 그리고 말하는 동안 왠지 그런 기분이 약해집니다. 어떤 기분이 들었든 다른 사람에게 그에 대해 말하다 보면 결국에는 그런 기분이 바닥납니다. 우리는 특정한 몇 가지 것에만 우울을 느끼게 마련이라 말을 마치고 나면 우울이 대충 해소됩니다.

이것이 심리 치료가 효과 있는 이유 중 하나입니다. 심리 치료를 받으면 나의 근심을 다른 인간과 나눌 기회가 생기고 심리치료사가 나의 안녕을 자신의 주요 목표로 삼기 때문입니다. 그래서 심리 치료는 도움이 됩니다.

능동적 자살과 수동적 자살

수동적 자살은 내면의 부정적인 것에 저항하지 않는 것입니다. 능동적 자살은 그런 것을 추구하는 것입니다. 비상 대응emergency response에 가깝습니다. 능동적 자살은 필사의 비상 대응에 가깝습니다. 수동적 자살은 생존에 필요한 조치들을 취하지 못하는 것에 가깝습니다. 그리고 물론 수동적 자살은 죄책감 없이 자살하는 방법인 데 비해 능동적 자살은 죄책감을 느끼게 만듭니다. 능동적 자살은 도덕적 반대를 받습니다. 수동적 자살은 도덕적 딜레마를 회피하고 변호할 수 있는 방법입니다. 세상이 했지 내가 안 했다고 할 수 있는 방법입니다. 수동적 자살을 하는 사람들은 식사를 중단하고 필요한 약을 먹지 않고 기타 생존에 필요한 일을 하지 않습니다.

행복의 원천이 저 밖에 있는 어떤 것이라고 상상하는 사람이 저 밖에 있는 어떤 것, 즉 직함, 돈, 일자리, 인간관계 같은 것을 잃으면 어떻게 될까요? 다시 말하지만 우리는 이 점을 알아야 합니다. 행복의 원천은 내면에 있습니다. 나의 외부에 있는 어떤 것이 행복을 주었더라도 그것은 단지 방아쇠였습니다. 행복의 원천이 내면에 있는 것은 여전한데 외부 세계에서 성취한 어떤 것이 그 원천의 빗장을 풀어놓았을 뿐입니다. 그것이 풀어놓은 것은 내면에 뿜어져 나오는 행복을 경험하는 능력입니다. 그리고 외부적인 모든 것은 방아쇠였습니다.

다시 말해 돈은 우리를 행복하게 해 주지 못합니다. 내가 누구에게 "10억 원입니다." 하면서 돈이 가득 든 가방을 준다면 그는 즉시 행복을 느낄 것입니다. 하지만 그의 삶이 바뀐 것은 아닙니다. 그가 앉아 있는 의자도 똑같고 식탁 위의 청구서들도 똑같습니다. 생각, 이제 갑자기 부유해질 것이라는 생각 때문에 너무나 행복한 겁니다. 그를 행복하게 해 준 것은 돈이 자기를 행복하게 해 줄 것이라는 터무니없고 말도 안 되는 생각이었습니다.

어쨌거나 돈 때문이 아니었습니다. 돈에 대한 생각 때문이었지요. 행복의 원천이 내 외부의 어떤 것에 있다고 보면 그것이 무엇이든 그것을 잃을까 봐 두려워하며 살게 됩니다. 행복의 원천이 오직 나의 내면에 있음을 알면 외부 것의 역할이라고는 원래 내적인 어떤 것을 풀어놓는 것뿐입니다. 저 밖의 어떤 것도 나를 행복하게 해 주지 못합니다. 세상의 어떤 것도 나를 행복하게 해 주지 못합니다. 왜 그럴까요? 행복은 내면에서 뿜어져 나오는 것이기 때문입니다. 내가 할 수 있는 일이라고는 나의 내면에서 그 잠재력을 촉발하는 것뿐입니다. 내가 누구에게 "이 상자에 돈이 많이 들어 있다."고 하고 상자를 옷장에 넣은 다음 "돈이 필요할 때면 이 안에 항상 돈이 있을 것."이라고 하면 그는 기쁠 것입니다. 안심이 되고 든든할 것입니다. 상자 안에 정말로 돈이 있는지 없는지는 전혀 중요하지 않습니다. 그 안에 돈이 있다는 믿음만 있으면 됩니다.

오래전에 나온 '엄마의 은행 계좌'라는 유명한 이야기가 있습니다. 대공황 때 어느 가족이 걱정이 많았습니다. 가난 때문에 다들 일종의 공황 상태였습니다. 그러다가 엄마가 "걱정하지 마. 무슨 일 때문에 정말 정말로 돈이 필요하게 되면 내가 내 계좌에서 돈을 찾아올게."라고 하자 다들 한시름 놓았습니다. 그러다가 또 아들이 "제가 실직하면 집세를 못 내게 될 거예요."라고 말하면 엄마는 "괜찮아. 내가 은행에서 돈 찾아오면 돼."라며 안심시키곤 했습니다. 엄마의 은행 계좌로 문제를 해결할 수 있다는 생각만으로 가족들은 두려움이 가라앉곤 했지요. 나중에 엄마가 돌아가신 뒤 가족들은 엄마에게 은행 계좌 자체가 없었다는 것을 알게 되었습니다.

우울증의 기저에는 두려움이 있거나 두려움들의 조합이 있습니다. 우울증에서 벗어나는 방법 하나는 두려움을 모두 살펴보는 것입니다. 우울증은 제쳐 놓고 두려움만 처리합니다. 두려움을 살펴보고 해소하면 우울증은 사라집니다. 임상적으로 우울증은 항상 두려움에 바탕합니다. 능력이 부족해 성취하지 못할 것이라는 두려움, 미래에 대한 두려움, 신의 처벌에 대한 두려움, 자기를 인정하지 못하는 두려움 등에 바탕합니다. 이런 두려움을 처리하면 우울증은 사라집니다.

건강은 긍정적인 마음가짐에서 나옵니다. 많이 들어본 말일 겁니다. 사실 이 말을 들으면 열을 내는 사람들이 많습니다. 이 말대로라면 병이 있으면 긍정적인 마음가짐이 없는 것이 되니까요. 먼저 마음가짐attitude에 대해 살펴보겠습니다. 마음가짐이란 어떤 것이며, 건강해지는 데는 어떤 역할을 하고, 질병과 고통에서 벗어나는 데는 어떤 역할을 하는지 살펴보겠습니다.

건강하지 못한 사람은 무의식적인 죄책감을 갖고 있을 수 있다는 것을 앞에서 이야기했습니다. 그 치료법은 기꺼이 용서하는 것 그리고 필요하면 용서 실습 과정을 밟는 것입니다. 예를 들어 기적 수업은 비난하고 비판하고 공격하려는 마음의 성향을 놓아 버리도록 특별하게 고안되어 있습니다. 성급하게 비판하려 드는 습성을 기꺼이 놓아 버리세요. 메커니즘이 무의식적이라 다음 두 사실의 연관성을 알지 못할 수가 있는데, 나의 마음이 남을 비난하고 비판하기를 좋아하면 당연히 나 자신에 대해서도 비난하고 비판하기를 좋아합니다.

그런 다음 무의식적인 죄책감이 생기면 어떤 에너지가 상승해 자율 신경계와 침술 경락을 통해 나타납니다. 그 치료법은 비판하는 습성을 놓아 버리는 것입니다. 마음속 신념 체계가 원인을 제공하지 못하게 하는 방법은 앞에서 말한 대로 거부의 힘으로 신념을 부정하고 자신의 파워를 기꺼이 다시 인정하는 것입니다. 마음 자체가 병의 원인이니까요. 또한 피해자 입장을 기꺼이 포기합니다. 자신의 파워를 기꺼이 다시 인정하는 것, 이것이 건강에 필요한 핵심 요소이자 영적인 성장과 발전 전반에 필요한 것입니다. 200 미만의 부정적 에너지 패턴에서 빠져나와 자기 내면의 진실을 기꺼이 직면하면 긍정적인 에너지 장으로 옮겨 갑니다.

우리는 꽤 빠르게 이렇게 할 수 있습니다. 왜 그럴까요? 자발성이 열쇠이기 때문입니다. 내면을 살펴보려는 자발성을 가지고 이렇게 말할 수 있으면 됩니다. "사실 믿기지는 않지만 내 마음이 갖고 있는 파워가 내 몸에 병을 일으킬 수 있다고 합니다. 그래서 그 점을 기꺼이 살펴보려고 합니다. 내게는 열린 마음이 있으니까요." 열린 마음으로 기꺼이 동의하면 의도가 정렬되면서 자신이 알게 되는 사실을 받아들이게 됩니다. 자애로워지면 치유의 파워를 얻는다는 사실을 알게 됩니다. 어떻게 하면 이렇게 할 수 있을까요? 기꺼이 용서하려는 자발성을 가지면 됩니다. 그러면 연민을 가지려는 자발성으로 신속히 옮겨 갈 수 있습니다.

연민이란 어떤 것일까요? 연민은 모든 것의 내면에서 순진무구함을 보고자 하는 자발성을 의미합니다. 연민은 용서하려는 자발성과 동시에 일어납니다. 연민이 있으면 타인의 핵심을 들여다볼 수 있는 역량이 생깁니다. 그리고 타인의 핵심을 들여다보고 우리 모두의 내면에 있는 아이의 순진무구함을 발견합니다. 순진무구함은 의식의 본성에 고유한 것이어서 아무리 나이를 먹어도 절대로 없어지지 않습니다. 아이의 순진무구함이 애초에 부정적 프로그램을 받아들이는 실수를 했습니다.

아이의 순진무구함이 변함없이 우리와 함께한다는 인식을 가지세요. 아이의 순진무구함이 TV 앞에 앉아 부정적 프로그래밍을 당하면서 믿습니다. 순진하고 분별력이 없기 때문입니다. 아이의 순진무구함 안에는 아무런 경고문도 붙어 있지 않습니다. 아이의 순진무구함은 이 세상은 내가 기꺼이 믿을 만한 부정성을 가지고 나를 프로그래밍하려고 한다는 생각을 전혀 못 합니다. 사실 그런 프로그래밍을 하면 돈을 잘 법니다. 광고업의 토대는 주로 부정적 에너지 장—우리의 모든 공포, 모든 욕망, 모든 교만—을 교묘히 이용하는 것이니까요. 그러니 우리의 내면에는 순진무구함이 있고 그 순진무구함은 보호받을 필요가 있다는 인식을 가지세요.

그리고 이른바 자기 돌봄self-care에 들어갑니다. 자기 돌봄은 자신을 사랑할 수 있는 역량으로, 순진무구함으로부터 자신을 보호할 책임을 지는 것과 순진무구함 때문에 마음이 프로그래밍되었던 실수를 기꺼이 되무르는 것을 말합니다. 이제 우리는 자신을 살펴보고 내면에서 발견되는 것을 치유할 수 있습니다. 우리의 의식이 지닌 본질적 순진무구함을 알아차리고 그에 대해 연민을 가질 수 있으면 됩니다. 프로그래밍되는 것은 우리의 순진무구함입니다. 이제 그 점에 책임을 지고 이렇게 말합니다. "순진해서, 그 모든 것을 믿었습니다. 순진해서, 뭘 몰랐습니다. 순진해서, 사람들을 비판하고 비난하고 잘잘못을 가리는 것이 잘하는 일이라고 생각했습니다. 그랬던 것 때문에 아프게 되었음을 이제 알았으니, 순진해서 믿었던 것들을 놓아 버리겠습니다."

이렇게 용서할 수 있는 능력이 우리의 내면에 있습니다. 연민할 수 있는 능력에서 생기는 마음가짐을 통해 나 자신을 살펴봅니다. 우리가 본래 그릇이 크고 훌륭하다는 진실에 근거하여, 용서하는 눈으로 우리의 인간적인 면을 살펴봅니다. 그리고 우리의 진실을 제약하고 부인하던 모든 것에 대해 우리 자신을 용서하는 일에 들어갑니다.

몸은 마음이 믿는 바를 나타내고 있고 마음은 우리의 영적 입장을 나타내고 있기 때문에 몸과 마음과 영 중에서 영의 파워가 가장 큽니다. 따라서 우리의 영적 입장이 우리가 건강한 육체를 가질 수 있는지 없는지를 결정합니다. 기꺼이 마음의 파워를 인정했다면 이제 마음의 부정성 표출을 간과하지 않도록 주의 깊고 끈기 있게 노력해야 합니다. 부정성에 귀를 기울여 그것이 어떤 것인지 인지합니다. 거짓 겸손을 놓아 버리고 이런 말에 의문을 품습니다. 나는 별로 똑똑하지 못해. 나는 글씨를 잘 못 써. 나는 다른 사람들하고 똑같이 먹어도 살쪄.

이렇게 가능성을 제한하고 문제를 더 키우고 자신을 공격하는 마음속 말을 듣는 순간 당장 중단시키고 취소해야 합니다. 글씨를 잘 못 쓰는 것은 '나는 글씨를 잘 못 쓴다.'는 신념 체계가 있기 때문이지, 글씨를 잘 못 써서 그런 신념이 생긴 것이 아닙니다. 따라서 이 마음의 프로그램을 뒤집어서 인과 관계를 반대로 만듭니다. 그러면 스스로 경험함으로써 이 원리를 예증할 수 있습니다. 정신적인 것이 육체적인 것으로 나타나는 것이지 육체적인 것이 정신적인 것으로 나타나는 것이 아닙니다. 글씨를 잘 못 쓰기 때문에 글씨를 잘 못 쓴다는 결론에 도달한 것이 아닙니다. 원인이 마음속에, 신념 체계 속에, 어쩌면 어린 시절에 주워들은 한마디 속에 있기 때문에 글씨를 잘 못 쓰는 것입니다. 누가 '너는 글씨를 잘 못 쓴다.'라고 하면 그때 이후로 그 프로그램이 작동하게 됩니다.

10장

깨우침

『데이비드 호킨스의 지혜』의 이 마지막 장에서 호킨스 박사는 자신의 견해를 제시할 범위를 개인의 깨달음*에서 국가적, 세계적 차원의 깨우침으로 확장합니다. 이어지는 절에서 우리는 어떤 수준의 인생 경험에서든 깨우침을 얻으려면 똑같은 영적 원칙을 적용하면 된다는 사실을 배울 것입니다.

우리가 도전할 과제는 각자 깨우친 리더가 되어, 국가의 의식 수준과 궁극적으로는 세계의 의식 수준을 높이는 데 기여할 다음 세대의 깨우친 리더들에게 감화를 줄 수 있도록 하는 것입니다.

호킨스 박사는 이 장을, 항상 분열되어 있는 정치 풍토를 논하는 것

---

* 'enlightenment'는 원래 '깨우침'의 의미이며 불교나 힌두교에서 말하는 최종적 경지를 의미할 때는 '깨달음'으로 옮기는 것이 상례다.

으로 시작하여 우리가 행복하고 용감하게 깨달음의 길을 더 나아갈 수 있게 해 줄 헌신적 비이원성 기도의 통합 정신으로 끝맺습니다.

　지난 몇 년간 정치적 대화는 평균 의식 수준이 200으로 측정되었습니다. 내 세대에서는 280 내지 290 정도로 측정되었습니다. 즉 현재의 정치적 대화는 그 본질의 수준이 낮아졌습니다. 정확히 200입니다. 좋지도 않고 나쁘지도 않습니다.

　이렇게 된 것은 앞에서 논한 대중 매체의 영향 때문입니다. 사람들은 어떤 사람이 실제로 어떤지에 관심이 없습니다. 그 사람에게 투영된 이미지가 어떤지에 관심 있습니다. 투영된 이미지가 대중의 마음을 흔들기를 바랍니다. 그래서 능력이 아니라 인기가 대중의 마음을 흔듭니다. 마치 의료진 중에서 가장 인기 있는 외과 의사가 되는 것과 같습니다. 그 사실이 그가 최고임을 의미하지는 않습니다. 뇌종양 때문에 수술을 받아야 한다면 나는 인기 콘테스트에는 관심 없습니다. 전문성에 관심 있습니다.

　우리 사회는 전문성을 보지 않습니다. 인기를 봅니다. 인기가 표를 모은다고 생각하기 때문에 정치적 대화의 목표 자체가 매체를 매우 의식하면서 매체를 이용하려 드는 것이고, 사람들을 이끌기보다는 그들의 편견과 신념 체계를 이용하는 것입니다. 어떤 사람들은 이런 풍조가 대단한 발전이라고 생각하지만 그렇지 않습니다. 인기를 이용하는 것뿐입니다. 우리 사회에는 성차별주의와 인종차별주의가 존재하고 이제는 노인 차별주의도 존재합니다. 이 모든 '주의'들이 서로 싸우고 있습니다. 어떤 것의 끝에 '~주의'를 붙이는 순간 그것은 200 미만으로 떨어집니다. 그런 정치적 대화가 미치는 실제 영향은 200 미만입니다. 미디어를 보면 사람들이 어떤 것은 억누르고 어떤 것은 키우려고 애씁니다. 조작이 일상화되어 있다고 할 수 있지요.

정치에서 한자리하려는 욕망은 심한 허기와 같아서 이 욕망에 사로잡힌 사람들은 한자리할 수만 있다면 무슨 일이라도 하고 무슨 말이라도 할 것처럼 보입니다. 하지만 당선되는 순간 50퍼센트의 사람들에게 미움받습니다. 그들은 반대표를 던졌기 때문입니다. 선출직이 인기 있는 이유는 알기 어렵습니다. 자기도취증 때문인 것 같습니다.

선출된다는 것은 책임이 맡겨지는 것, 그 시점에서 최고의 리더가 될 능력이 있음을 인정받아 책임이 맡겨지는 것이라고 봅니다. 나는 세대가 다른 사람으로서 제2차 세계대전이 시작되었을 때를 기억합니다. 당시에 윈스턴 처칠이 총리로 뽑힌 것은 그의 능력 때문이었지 그의 인기 때문이 아니었습니다. 전쟁에서 승리한 뒤 실시된 선거에서, 전쟁에서 목숨을 구한 대중은 처칠을 뽑지 않았습니다. 처칠이 받은 것은 감사였습니다. 전쟁의 승리를 도모하고 영국 국민을 결속시킨 것에 대한 감사였습니다. 처칠의 의식 수준이 500인데도 국민들은 그를 다시 뽑아 주지도 않았습니다! 정말 크게 한 방 먹은 셈이었습니다. 그렇죠? 나라를 구하기 위해 모든 것을 희생하지만 국민들은 다시 뽑아 주지도 않는다, 이런 것이 정치라고 봅니다.

진실성은 기본이고, 인품과 진실성에 더해 능력이 있어야 합니다. 우리는 경험 많고 매우 진실하고 현실 감각 좋고 정치를 이해하고 해당 분야에서 경력이 충분한 인물을 원합니다. 그저 긍정적 특성들을 지닌 사람을 찾는 것입니다. 그리고 그런 특성들은 인종이나 성별과는 아무 상관도 없습니다. 성별이나 인종이나 피부색이나 나이 같은 것 때문에 더 나은 정치인일 수는 없습니다. 그런 것 때문에 더 나은 의사일 수는 없는 것과 같습니다. 나는 뇌외과 의사의 피부색에 신경 쓰지 않습니다. 지역 최고의 뇌외과 의사를 원할 뿐입니다.

민주주의라는 정치 형태는 이삼백 년 이상 지속되지 못합니다. 그리고 때로 민주주의는 단지 제한이 가해졌거나 방향이 바뀐 덕분에 살아남습니다. 미국에서 민주주의는 얼마나 되었죠? 아직은 꽤 잘 작동하는 것 같습니다. 하지만 더 많은 무지한 사람과 더 많은 이기적인 사람 그리고 의식 수준이 낮은 사람들이 개인적 이득 때문에 투표하게 될 것입니다. 그들은 지역 사회의 이익이나 주민의 이익을 위해 선의로 투표하지 않고 이기심 때문에 투표합니다.

200 미만으로 측정되는 수준은 모두 자기도취적입니다. 오로지 나, 나, 나입니다. 나한테 무슨 득이 되냐고 합니다. 200 미만인 인구의 비율이 더 커질수록 민주주의의 존속에 더 큰 위협이 됩니다. 그들은 사회에 대한, 같은 미국인에 대한 자신의 의무를 소홀히 합니다. 그리고 어떤 고유의 가치관에 근거해 결정을 합니다.

의식 수준을 높이는 것에 대해 이야기하면 목적의식이 있는 것처럼 들립니다. 의식 수준이 올라가려면 이렇게 하면 된다고 이야기하는 것 같습니다. 하지만 우리가 할 일은 진실한 것의 가치를 재확인하는 것뿐입니다. 한결같은 존중으로 그 가치를 재확인하는 것입니다.

전쟁과 평화

사람들은 전쟁과 평화가 서로 반대된다고 생각합니다. 전쟁과 평화는 전혀 반대되지 않습니다. 사람들은 아무도 총에 맞지 않으면 평화롭다고 생각합니다. 하지만 평화롭지 않습니다. 전쟁 덕분에 먹고사는 것들이 아주 활기차기 때문입니다. 사실은 전쟁 덕분에 평화 시위도 있는 것입니다.

평화는 진실이 우세할 때의 자연적 상태입니다. 평화는 장입니다. 장 자체 속에서 자연적 상태는 평화입니다. 진실이 우세하면 자동으로 평화가 옵니다. 전쟁은 폭력과는 아무 상관도 없습니다. 전쟁은 거짓이 우세할 때의 자동적 상태와 상관있습니다. 전쟁의 반대는 평화가 아닙니다. 그러므로 전쟁이 거짓이라면 전쟁의 근간은 무지, 즉 진실과 거짓을 구별할 수 없는 무능력이라고 할 수 있습니다.

평화는 진실이 우세할 때의 자연적 상태입니다.

『의식 혁명』이 매우 충격적인 것은 인류 역사상 처음으로 진실과 거짓을 구별하는 법을 밝힌 책이기 때문입니다. 이 책에 대해 자만심을 느낄 '나'가 없기에 나는 그저 『의식 혁명』 집필의 목격자였다고 할 수 있습니다. 이 책이 나옴으로써 인류의 카르마가 바뀌었습니다. 책이 나오기 전까지는 역사상 누구도 진실과 거짓의 차이를 알려 줄 수 없었습니다. 높은 수준에 이른 신비가들은 알려 줄 수 있었는데, 그들은 안전한 장소에 머무르며 앞에 나서지 않았습니다.

전쟁의 근간은 무지입니다. 역사 채널에서 나치 독일의 역사를 보면, 거기서 히틀러 청소년단이 어떻게 성장했는지를 보면 가슴이 아픕니다. 그들은 자기들이 보이 스카우트 캠프에 가는 것으로 알았기 때문입니다. 그들은 의욕에 불타 함께 손잡고 조국을 위해 용감한 일을 했습니다. 순진했습니다. 인간의 마음은 하드웨어일 뿐이어서 진실과 거짓을 구별할 능력이 없습니다. 사회가 설치하는 것이 소프트웨어이고 하드웨어는 바뀌지 않습니다. 기적 수업에서는 순진함은 어떤 일이 있어도 더럽혀지지 않는다고 말합니다. 하드웨어는 소프트웨어에 영향받지 않습니다. 사회가 소프트웨어를 설치합니다.

우리는 이 순진한 내면의 아이를 갖고 있습니다. 지난 세기에 이 순진함 때문에 1억 명의 사람들이 죽었습니다. 1억 명. 그래서 예수 그리스도는 "문제는 단 하나다. 무지. 그들을 용서하라. 그들은 자기들이 무슨 일을 하는지 모른다."라고 했습니다. 무지. 붓다는 "단 하나의 죄는 무지."라고 했습니다.

세상을 이롭게 하는 일곱 단계

1. 자문 위원회를 구성합니다

자문 위원회advisory council 구성이 모든 사람을 기쁘게 하지는 못하겠지만, 어떤 유형의 학술 연구나 임상 연구든 결국에는 이런 위원회의 조사 결과에 근거해 권고 사항을 내놓습니다. 내가 권했듯이 연구에 투자하기 전에 연구 설계, 연구자, 연구 의도의 진실성 수준을 측정하는 것이 아주 중요합니다. 나는 국제 정치와 여러 정부의 수준, 정부 유형들의 수준을 연구했고 역사를 거슬러 올라가면서 정치 지도자들을 연구했습니다. 그리하여 인식과 미디어상 이미지가 아니라 실상에 바탕한 외교 과학의 기본 구조라고 생각되는 것에 도달했습니다. 정치적 관점과 기타 관점에서 우리 사회를 연구하고 전쟁의 역사를 살펴보고 여러 전쟁의 세부 사항을 분석해서 몇 가지 제안 사항에 도달했습니다.

자기들이 입법하는 사안에 대해 정치인들이 갖고 있는 지식의 수준은 지극히 낮습니다. 예를 들어 그들은 의학이나 사회의 온갖 측면이나 국제 무역 등에 관한 법률을 통과시키지만 그런 것에 관한 그들의 지식은 아주 형편없습니다.

사회와 문명에 재앙을 일으키는 일이 거듭되고 또 거듭됩니다. 다양한 형태의 정부를 측정해 보면, 민주주의는 최상위에 가깝지만 최상위는 아님을 알 수 있습니다. 흥미롭게도 자문 위원회나 이른바 과두제oligarchy에 기반한 정부는 훨씬 더 높게 측정됩니다. 측정치가 5 높은 것은 상당히 중요합니다. 정치 체제들을 조사할 때는 그 개념만 측정합니다. 415인 과두제가 정치 체제 중에서 가장 높습니다. 민주주의는 410으로 상당히 높습니다. 이로쿼이 부족 국가*는 약 400, 연립 정부는 345, 사회주의는 300, 군주제는 200이고 나머지는 그 이하입니다.

과두제는 매우 오래된 체제이고 미국 사람들에게는 생소한 것

---

* 북아메리카 원주민 부족들의 연맹체로, 미국 정부의 체계가 세워지는 데 중대한 영향을 미쳤다.

이 아닙니다. 대다수 부족 사회가 생존해 온 것은 숭배받는 부족 원로들의 현명함과 명철함 덕분입니다. 추장은 원로들의 과두제 평의회와는 다른 것입니다. 미국은 원로 평의회가 없는 것으로 보이지만 대통령의 자문 기구인 내각이 있습니다. 정치적 권력이 있는 직위들은 모두 정치적으로 임명된 사람들입니다. 중요한 것은 내가 어느 당에 속해 있고 내 친구가 누구이고 내가 누구에게 의무가 있는가 하는 것입니다. 누구에게 빚을 갚아야 하는가가 핵심입니다. 진실성과 진실에 각별히 정렬하기에 어떤 특별한 입장성도 없이 사회와 세상에 유익한 것을 제시하자면, 우리에게는 원로 평의회council of the elders가 필요하다는 것이 나의 믿음입니다. 그리고 현재 원로 평의회에 해당하는 것은 자문 위원회입니다.

옛날에 진짜로 과두제였을 때는 원로 평의회가 권력을 가졌습니다. 그리고 미국 정부의 성격상 실제로 그렇게 운영될 수는 없었습니다. 헌법이 그렇게 제정되어 있지 않습니다. 그러나 내각 수준을 넘어서는 어떤 것이 필요합니다. 그것은 정치인들이 아니라 정치가들로 구성되어야 합니다. 정치가는 정치인보다 훨씬 높게 측정됩니다. 정치인은 나름의 신념과 목표가 있기 때문입니다. 정치가인 처칠은 제2차 세계대전 동안 영국 사람들을 결속시켰습니다. 그런 일을 가능케 하는 것은 영적 에너지입니다.

자문 위원회는 더 이상 이익 볼 것이 없는 사람들로 구성됩니다. 그들은 부족한 것이 없습니다. 아무것도 필요하지 않습니다. 부족한 것이 없게 된 사람은 무슨 일을 할까요? 도움이 되도록 자신을 제공합니다. 사업에서 엄청나게 성공한 사람들을 예로 들면, 그들은 더 이상 돈이나 직함이나 권력이 필요하지 않습니다. 하지만 그들은 지혜가 있습니다. 세계에서 가장 큰 기업을 세우는 법, 제너럴 모터스가 돌아가게 하는 법을 압니다.

개인적으로 이익 볼 것이 아무것도 없는 사람들의 지혜를 받아들이세요. 그들은 나라의 문제에 대해 지혜를 공유하고 있고 그래서 정치인들에게 컨설턴트가 되어 줄 수 있습니다. 그들은 무엇을 하라고 알려 주지는 않을 것입니다. 하지만 그들은 이렇게 움직이면 저런 귀결이 있을 수 있음을 당신이 잊고 있다는 것을 압니다. 진정한 정치가라면 이런 식으로 지적할 것입니다. "내가 그렇게 움직인다면 천천히 해서 반대를 불러일으키지 않도록 할 겁니다. 그러지 않으면 역효과를 일으킬 겁니다. 그래서 좌절하게 될 겁니다. 첫 표결을 통해 개정안을 얻을 겁니다. 하지만 그런 뒤에 파장이 밀어닥칠 것이고 그것에 당신이 쓸려 나가게 될 겁니다."

자문 위원회는 정책과 의사 결정을 인도하기 위해 있는 것입니다. 사안을 전후 맥락에 비추어 고찰해서 그 긍정적인 면이나 부정적인 면이 어떤지 알려 줄 수 있기 때문입니다.

2. 악성의 메시아적 자기도취증 진단법을 익혀, 위험한 리더들이 세상을 위협하기 전에 식별하고 저지합니다

이 일은 지극히 중요합니다. 공교육에서 다룰 만한 사안입니다. 우리는 성장할수록 이렇게 정치인 행세를 하는 정신 이상을 인지하고 식별하는 능력이 향상됩니다. 이런 것에 대해 잘 알아서 인식이 있으면 일이 벌어지는 초기에 알아보게 됩니다. 자기도취자들이 게슈타포나 게페우*를 창설하기 전에, 최고의 장군들을 모조리 죽이기 전에, 지식인들을 몰살하기 전에, 유대인들을 죄다 독일 밖으로 추방하기 전에, 사회에서 온갖 것을 희생시키기 전에 알아봅니다. 그러지 못하면 뒤늦게 "오 이런, 우리가 실수했나?" 하게 될 수 있습니다. 1000만 명이 죽습니다. 1000만 명이 죽고 나서야 사람들은 "으, 우리가 제대로 결정한 건지 모르겠네." 합니다.

자문 위원회가 하는 일 중 하나는 외교계 사람들로 하여금 지금 어떤 것을 다루고 있는지 인식하게 하는 것입니다. 우리는 "상냥하고 친절하게 해 주면 그들은 우리를 사랑할 것입니다." 같은 어리석은 주장을 듣습니다. 알다시피 말도 안 되는 이야기입니다. 그런 주장을 측정하면 '아니다.'라고 나올 것입니다. 악성의 가짜 남성성은 여성성을 혐오합니다. 그들의 의식은 여성성을 혐오합니다. 그런 억압적이고 전체주의적인 문화에서 여자

---

* 구소련의 국가 비밀경찰

와 어린이가 놓여 있는 처지를 측정해 보면 개와 같은 수준이라고 나옵니다. 그들은 소유도, 공공장소 외출도, 여행도, 장래 희망도 허용되지 않습니다. 따라서 무사히 생존하려면 통제 불능 상태가 되기 전에 악성의 메시아적 자기도취증을 인지하고 진단할 수단이 있어야 합니다. 그들이 지식인들이나 인지 가능한 사람들을 모조리 죽이고 나면 너무 늦기 때문입니다.

악성의 메시아적 자기도취증을 인지하고 진단하지 못한 대가로 지난 세기에 1억 명의 목숨을 잃었습니다. 내 일생 동안 이 한 가지 무지로 인해 1억 명이 목숨을 잃었습니다. 그리고 진단은 아주 쉽습니다.

3. 위험할 정도로 잘못된 이념적 추세를 유행병처럼 번지기 전에 식별합니다

오류가 진실로 위장하면 순진한 마음, 특히 악한 마음은 진실과 거짓을 구별하지 못합니다. 그래서 그럴듯해 보이는 것을 세련되고 우월하고 엘리트적인 것으로 받아들이고들 있습니다. 이 때문에 학계의 진실성 수준이 떨어졌습니다. 이제는 대학교수들이 초등학생도 믿지 않을 터무니없는 것을 이야기하고 스스로 그런 것을 진지하게 받아들입니다.

다른 증상도 있습니다. 자기중심적인 목적을 촉진하기 위해 진실을 왜곡하는 것입니다. 나는 여러 책*에서 최근의 철학들을 조명했습니다. 다양한 형태의 상대주의를 퍼뜨리는 가장 저명한 철학자들을 모두 측정했고, 마침내는 상대주의적 인식론의 왜곡된 해석학에 도달했습니다. 쉽게 말하자면 『이상한 나라의 앨리스』에서 "그것은 내가 그것이 뜻하도록 뜻한 바를 뜻해."라고 하듯이 진실을 왜곡하는 방법에 도달했습니다. 사전 속 의미대로 의미하지 않게 하는 방법입니다. 극단적으로 말하면 이런 것입니다. 우리에게는 발언의 자유가 있고 "발언은 표출이기도 하다."라고도 할 수 있습니다. 즉 발언speech은 표출expression을 뜻합니다. 이것은 내가 원하는 일을 언제 어디서나 무엇이든 할 수 있음을 뜻합니다. 발언이 언제 더 이상 발언이 아니게 될까요? 발언이 표출을 뜻한다고 해석하면 표출은 행동이므로 KKK단은 완전히 합법적인 것입니다. 그렇지 않습니까? 폭동 선동도, 반역죄도 마찬가지입니다. 그러면 암살도 안 될 것 없을까요? 아, 암살은 누구를 다치게 하죠. 이 점이 진실과 거짓 사이의 유일한 경계선일까요? 그렇다면 다른 누구를 육체적으로 다치게 하지만 않으면 어떤 식으로든 말하고 행동해도 됩니다. 이렇게 하는 것은 우리를 가장 낮은 차원으로 끌어내립니다. 원시 부족보다 낮게요. 원시 부족들은 육체적 손상의 유발 여부만 따지는 수준보다 도덕적 진실성과 사회적 책임의 수준이 훨씬 높았습니다.*

---

* 특히 『진실 대 거짓』과 『현대인의 의식 지도』에 중점적으로 나와 있다.

4. 전문성을 지닌 매우 성공적인 민간 기업과 계약해서 대단히 중요한 일을 수행하게 합니다

자문 위원회는 세상의 추세를 알아볼 수 있습니다. 한편으로 우리는 의식 수준을 측정해서 다양한 철학의 에너지 수준을 알아낼 수 있습니다. 상대주의의 가해자/지지자들이 극우 파시스트 신정 국가들과 손잡고 있다는 사실이 가져올 결과는 미국이라고 부르는 이 문명을 파괴하기에 충분합니다.

이제는 그런 것을 측정하세요. 비선형 동역학에서는 반복과 또한 가지가 결합됩니다. 그 또 한 가지는 초기 상태에 대한 민감한 의존성입니다. 최신의 가장 명성 높은 컴퓨터 하나에서 소수점 이하 26번째 자리에 결함이 발견될 때 "소수점 이하 26번째 자리인데 뭐." 할 수도 있습니다. 하지만 반복을 하면, 즉 해당 키를 수도 없이 누르면 건물 전체가 무너질 수도 있습니다. 스스로 임명한 자문 위원으로서 말하건대, 이런 미세한 결함과 무수한 반복의 결합은 우리 사회를 무너뜨리기에 충분합니다. 자문 위원회는 그런 것이 유행병처럼 퍼지기 전에 알아챌 것입니다. 내가 관찰한 바로는, 대단히 중요한 일을 수행할 민간 기업을 활용하기 위해서는 측정을 하는 것이 아주 간단하고도 효과적입니다.

5. 세상에서 실제로 무슨 일이 벌어지고 있는지 알려 주는 의식 측정 기법을 활용하여 정확하고 정교한 첩보 능력을 갖춥니다

전통적인 첩보 활동을 살펴봅시다. 대기업을 경영하는 사람이 경쟁자가 무슨 일을 꾸미는지 모른다면 머지않아 망할 것입니다. 진주만 공습이나 9/11 테러 같은 것이 일어나기 전 미국의 첩보 활동이 지닌 진실성 수준은 완벽한 실패의 수준이었습니다.

이익 볼 것도 손해 볼 것도 전혀 없는 자문 위원회라면 "전문가 진단을 받아야 합니다. 추측이나 정치적 시각으로 진행하고 운영하면 안 됩니다."라고 할 것입니다. 그러는 것은 마치 수술실에 가족을 들여보내는 것과 같습니다. 손 들어 보세요. 뇌 수술을 하는 동안 환자의 가족이 어깨 너머로 지켜보게 할 사람 있습니까? 내가 의사라면 절대 안 됩니다.

자문 위원회와 측정 기법을 활용할 수 있으면 우리는 문제의 파악도 훨씬 잘하고 문제를 다룰 전략도 훨씬 나아질 것입니다.

6. 이 책과 강연 시리즈에서 설명하는 기법으로 얻을 수 있는 정확하고 구체적인 정보를 기반으로 하는 국제 외교를 발전시킵니다

국제 외교. 어느 국가의 핵 전략 의도는 어떤 것일까? 그들의 핵 전력 역량은 어떨까? 이런 것은 정치인들의 추측에 맡길 것이 못 됩니다. 우리의 생존은 진실과 사실이 무엇인지 아는 데 달려 있습니다.

정치로 해결될 일이 아닙니다. 자문 위원회는 정치를 초월한 것입니다. 자문 위원들은 국가와 세계 전반에 힘이 되고 이로운 경우가 아니라면 정치에 관심이 없습니다. 몇몇 강연에서 이야기했듯이 나는 미국의 일부 대표자들이 다른 나라 지도자들에게 보인 행태에 당황했습니다. 중국의 주석을 인터뷰하던 TV 인터뷰 진행자가 생각납니다. 중국의 주석은 전 세계에서 가장 큰 국가의 수반인데, 이 인터뷰 진행자는 중국이 이 정책을 검토해야 하고 저 정책을 채택해야 한다는 식으로 계속해서 이야기했습니다. 중국의 주석은 그를 매우 잘 상대했지만, 내가 보기에 그 인터뷰 진행자는 무례하고 모욕적으로 행동했고 세심하지 못했습니다. 자문 위원회라면 세계의 지도자들 앞에서 거슬리게 굴지 말라고 조언했을 것입니다.

7. 다른 국가들과의 관계를 원활하게 하려면 힘의 정치보다는 무역 동맹을 활용합니다

200 미만에서 국가의 유일한 관심사는 '그게 우리에게 무슨 이득이 있는가?'입니다. 우리에게 이득인 한 가지 사실은 중국이 미국에 경제적 위협이 될 수 있다고 추정되고 있긴 하지만 원래는 더욱 심각한 적이 될 수 있었다는 점입니다. 지금도 어떤 사람들은 그들이 적이 될 수 있도록 불을 지피고 싶어 합니다. 그들이 그럴 이유가 있을까요? 중국의 경제 성공은 전적으로 미국과의

교역에 기반하고 있습니다. 나는 월마트 같은 기업이 세계의 모든 외교관을 합친 것보다 중국과의 전쟁을 예방하는 데 더 크게 기여하고 있다고 생각합니다.

국제 무역 협정은 전쟁을 못 하게 만드는 한 가지 방법입니다. 단순히 다른 나라를 매수하는 것이 아닙니다. 나는 매수를 지지하지 않습니다. 미국이 미국을 혐오하는 나라에 지원금을 제공하고 그 나라가 그 돈으로 미국을 파괴할 미사일을 만든다면 자문 위원회에서는 "말도 안 되는 일"이라고 할 것입니다. 그렇습니다. 무역은 특정 요인들에 좌우되는 것이라는 사실을 고려해야 합니다. 그런 요인을 고려해야 우리의 안보가 보장됩니다. 미치광이는 자국민도 죽일 것이라 미치광이를 국가 원수로 얻은 경우라면 그 나라는 탄도 미사일이 필요해집니다. 사담 후세인은 자국민을 개라고 불렀습니다. 히틀러는 "파리를 불태워라. 독일을 불태워라. 전쟁에서 졌으니 독일인은 죽어 마땅하다."라고 했습니다. 이런 자들이 본색을 드러내 가장 둔감한 사람도 그들이 어떤 인간인지 알아볼 정도가 되었을 때는 너무 늦은 것입니다.

요컨대 암은 조기에 진단하라는 조언입니다. 진단이 늦어 암이 신체의 모든 주요 장기로 전이되면 안 됩니다. 의사로서 나는 죽음, 파괴, 기아, 전쟁의 공포라는 인류의 질병을 예방하기 위한 조기 진단에 측정 기법을 사용하는 데 큰 관심이 있습니다.

이 기법을 사용하는 데 비용이 얼마나 들까요? 전혀 안 듭니다. 그리고 한 번 사용하는 데 2초면 됩니다. 핵 전쟁 능력이나 의도, 지도자의 수준 등 세계 어느 나라의 상황이든 5분이면 확인할 수 있습니다. 전 세계에서 벌어지고 있는 모든 외교와 첩보 활동을 통해 현재 파악된 것보다 더 많은 것을 5분이면 알아낼 수 있습니다. 이처럼 진실과 거짓을 구별할 수 있다는 것은 상상도 못 할 정도로 놀라운 일입니다. 국제적인 첩보 공동체가 알아낼 수 없는 사실을 1초 만에 알아낼 수 있습니다. 게다가 그들이 알아내는 것은 가능성이나 개연성일 뿐이라 나중에 정보가 틀린 것으로 판명될 수도 있습니다.

의사로서 나는 사회의 이익과 전쟁의 예방을 위한 지혜의 봉사 차원에서 근육 테스트를 사용하는 데 관심 있습니다. 지혜의 봉사는 진실의 추구이자 신에 대한 봉사이기 때문입니다. 지혜의 봉사는 사랑과 헌신적 비이원성의 표출로서 인류 전체에 봉사하기 위해 자신의 재능, 능력, 에너지, 경륜을 활용하는 이타적인 봉사입니다. 이런 것을 헌신이라고 부릅니다.

이 장을 마치며 호킨스 박사는 모든 존재의 근원, 무한한 침묵과 연결되어 센터링*과 감사를 느낄 수 있게 해 줄 기도문을 제공합니다.

---

* 저자가 다른 저서에서 언급한 책인 『센터링 침묵기도』 참조

헌신적 비이원성 기도

그러므로 나는 신의 음성이란 것은 침묵이며 우리는 신의 음성 속으로 침잠하는 것이라고 생각했습니다. 우리는 신이 존재함을 나타내는 침묵 속으로 침잠합니다. 생각의 뒤, 생각하는 상태의 뒤에는 무한한 침묵이 있습니다. 그리고 무한한 침묵은 모든 존재의 근원입니다. 생각들 밑에 심오한 침묵이 있습니다. 우리가 할 일은 그 침묵을 알아차리게 되는 것뿐입니다. 우리가 할 일은 그 침묵이 거기 있음을 깨달음으로써 그것을 알아차리게 되는 것뿐입니다.

우주에서 나는 모든 소리 뒤에는 침묵이 영원히 존재합니다. 숲에서 나는 소리 뒤에서 숲은 침묵합니다. 새 소리는 침묵과 아무 상관 없습니다. 침묵 위에 소리가 있어도 침묵은 유지됩니다. 하지만 우리가 소리를 들을 수 있는 것은 단지 소리가 침묵을 배경으로 존재하기 때문입니다. 침묵은 소리의 정중앙에 있습니다.

침묵에 초점을 맞추세요. 침묵은 불협화음과 재앙이 한창일 때도 항상 존재합니다. 총알이 날아다니고 비행기가 추락하고 지옥문이 활짝 열려도 무한한 침묵 외에는 아무것도 없습니다. 그 침묵과 동일시하고 그저 알아차림을 유지하세요. 일상생활을 하고 할 일을 다 하면서 침묵의 존재를 늘 알아차리세요.

그것은 우리에게 센터링centering을 제공합니다. 센터링 유형의 열성기도상태prayerfulness는 무한한 맥락인 침묵을 항상 알아차리고 있는 것입니다. 신이 존재한다는 것의 실상은 무한한 침묵입니다. 그런 뒤 그 침묵 속에서 마음에 품고 있는 것은 실제로 나타나는 경향이 있습니다. 인과 관계가 아니라 잠재력 현현에 따른 결과로 나타납니다.

저희의 존재가 비롯하는 무한한 침묵으로서 당신이 신성하게 존재하심에, 오 주여, 당신께 감사드립니다. 아멘.

우리는 시작할 때와 똑같이 글로리아 인 엑스첼시오 데오Gloria in Excelsis Deo*로 마칩니다. 당신이 신성하게 존재하심에, 오 주여, 당신께 감사드립니다. 여러분은 내가 받은 선물입니다. 신이 내게 주신 선물입니다. 신이시여, 감사합니다.

---

* 저자에 따르면 '오, 주여, 모든 영광이 당신께 있습니다.'를 의미한다.

영적 구도자의 가장 귀중한 자질

특별 보너스로 호킨스 박사의 마지막 강의 중 하나를 공유합니다. 영적 구도자의 가장 귀중한 자질에 관한 내용입니다.

우리는 알고 있다는 확신을 가지고 시작합니다. 알아 두세요. 영적으로 지향한다면 여러분은 발전할 것입니다. 그러니 안도감을 가지고 시작하세요. 불안을 느끼거나 자신에게 회의를 느끼지 말고, 영적으로 진화하고 싶어 하는 사람은 누구나 필요한 도움을 받게 된다는 것을 아세요. 성공이 보장되어 있습니다. 자기 회의감을 없애세요. 나는 자격이 안 된다거나 능력이 안 된다는 생각, 내 인생에서 적절한 시기가 아니라는 생각을 모두 없애세요. 언제나 인생에서 적절한 시기입니다. 내게는 추구하고 탐구할 자격이 있다는 사실을 주저 없이 받아들이세요. 신에 대한 진실에 전적으로 항복하겠다고 결심하세요. 신에 대한 진실에 항복하고, 나의 영적 진화가 나에 대한 신의 의지에 정렬되어 있다는 사실을 믿으세요. 늘 자기 회의감 대신 안도감을 가지고 시작하세요. 나에 대한 신의 사랑과 뜻을 보여 주는 살아 있는 증거는 나 자신의 존재라는 선물입니다. 내가 존재한다는 사실이 나에 대한 신의 사랑과 뜻이 존재한다는 가장 좋은 증거입니다.

그리고 영적 구도자의 다른 귀중한 자질들도 있습니다.

• **거룩함, 공덕, 선함, 자격 있음, 죄 없음 등을 놓고 타인과 자신을 비교하지 마세요.**

자신을 타인과 비교하지 마세요. 타인이라는 존재는 중요하지 않습니다. 중요한 것은 나라는 존재입니다. 그런 것은 모두 '더 나음'에 대해 우리가 갖고 있는 인간적 관념이라는 점을 깨달으세요. 그리고 신은 인간적인 관념에 구애받지 않습니다.

• **'신에 대한 두려움'이라는 개념은 무지임을 인정하세요. 신은 평화와 사랑이지 다른 어떤 것도 아닙니다.**

신에 대한 두려움을 이야기하며 신을 이용해 위협하는 사람들이 많습니다. 신은 사랑과 평화일 뿐 다른 어떤 것도 아닙니다.

사람들은 자신이 신에게 벌을 받고 있다고 생각하지만 그것은 사실이 아닙니다. 그들이 벌을 받고 있는 것은 신성과 정렬되어 있지 않기 때문입니다.

- **신이 '재판관'이라는 묘사는 죄책감에서 생겨난 망상 내지는 에고 고착이라는 점을 깨달으세요. 신은 부모가 아니라는 점을 깨달으세요.**

대다수 사람의 마음속에서 신은 착하게 굴면 보상과 사랑을 주고 못되게 굴면 벌을 주는 부모가 되어 있습니다. 그런 존재는 그냥 부모일 뿐입니다. 신은 부모보다 큰 어떤 것이라는 점을 깨달으세요.

- **(200 미만으로 측정되는) 부정성을 피하고 (540 이상으로 측정되는) 무조건적인 사랑에 도달한다는 목표를 지향하세요.**

예수 그리스도는 우리가 무조건적인 사랑에 도달하기를 원했습니다. 그리스도는 무조건적인 사랑의 수준에 도달하고 나면 영혼은 운명이 확정되고 안전하다는 것을 알고 있었습니다. 이 것은 유대교, 이슬람교, 불교와 같은 다른 위대한 세계적 종교들의 가르침과 본질적으로 동일합니다. 때로 영적 구도자들은 자신이 올바른 스승을 따르고 있는지 또는 올바른 책을 읽고 있는지 혼란과 의문을 느끼게 됩니다. 여러분이 알아야 할 것은 올바른 스승들과 올바른 책들은 서로 본질이 거의 동일하다는 점입니다. 외관이 아니라 본질이 거의 동일합니다.

- **구원과 깨달음은 다소 다른 목표들이라는 점을 깨달으세요.**

깨달음은 지금까지의 나라는 존재를 넘어서는 어떤 것이 되는 일을 다룹니다. 구원은 에고의 정화를 필요로 합니다. 깨달음은 부정성을 놓아 버리고 에고를 제거하는 일을 다룹니다. 깨달음의 목표는 단순히 좋은 사람이 되는 것보다 다소 더 힘든 것입니다. 깨달음은 좋은 인간성이 아닌 어떤 것입니다. 비선형적 영역에서 사람의 의식 수준을 진척시키는 일입니다.

- **개인적인 내가 깨달음을 추구하고 있는 것이 아니고 의식 자체의 특성이 동기 유발 요인이라는 점을 명확히 하세요.**

우리는 '나는 이렇다.' '나는 저렇다.'고 생각하기를 좋아합니다. 실제로는 의식 자체가 이러저러할 뿐입니다. 영적 영감과 전념이 우리의 내면에서 수행을 합니다. 모든 사람은 영적으로 나아가는 힘이 있습니다.

- **가장 중요한 목표가 이미 성취되어 있음을 깨달으면 편안함이 불안감을 대체합니다.**

우리의 목표는 길 위에 있는 것 자체입니다.

- **영적 사랑, 영적 성장은 성취하는 것이 아니라 생활 방식으로 삼는 것입니다.**

영적 성장은 방향을 정하는 일이어서 방향을 정하는 것 자체가 보상을 가져옵니다. 그래서 중요한 것은 사람의 동기가 삶에서 향하는 방향입니다. '내가 얼마나 멀리 왔을지' 또는 '다른 사람들이 내가 얼마나 멀리 왔다고 생각할지' 점수를 매기는 득점표를 지니고 있는 것은 전혀 도움이 안 됩니다. 여러분이 보고해야 할 유일한 사람은 여러분 자신입니다. 그리고 신을 추구하는 동기는 신입니다. 신성의 영향을 받지 않고서는 누구도 신을 추구하지 않습니다. 멋대로 하도록 내버려 둔 인간은 결코 그런 생각이 안 나기 때문입니다.

- **앞으로 나아가는 모든 걸음이 모두에게 이로움을 아세요.**

영적으로 진전함에 따라 그 진전이 모두에게, 모든 인간에게 가치 있는 것을 가져옵니다. 집단의식 때문에, 향상되는 모든 사람은 한 사람도 빠짐없이 의식 수준의 상승에 도움 됩니다. 의식 수준이 올라가면 전쟁, 고통, 무지, 공격, 질병의 발생률이 낮아집니다. 자신을 발전시키는 것은 앞으로 나아가는 모든 걸음이 모두에게 이롭다는 사실을 모든 사람이 알도록 돕는 것입니다. 사람의 영적 전념과 노력은 생명에게 주는 선물이자 인류에 대한 사랑입니다. 단지 자신을 위해 하고 있다고 생각하는 일이 실제로는 주변의 모두에게 이로움을 알면 좋습니다. 단 하나의 살아 있는 존재를 친절히 대하면 모든 사람에게 이롭습니다.

- **신에게 가는 시간표나 정해진 경로는 없습니다.**

각 개인의 경로가 독특하긴 하지만, 거쳐 가는 지형은 상대적으로 모두가 공유합니다. 자신을 최대한 향상시키거나 죄스러움과 이기심을 극복하려고 애쓰는 등의 과정에서 어떤 괴로움을 겪든 그 괴로움은 인류 전체가 공통으로 겪는 것임을 깨달으세요. 사람들은 일요일 아침마다 교회에 몰려가서 다들 같은 문제를 개선하려고 열심히 노력합니다. 덜 이기적이 되고 더 잘 베풀고 더 자애로울 길 등을 찾습니다.

- **영적 작업은 인간 에고의 구조에 내재되어 있는 인간의 공통 결함을 극복하고 초월하는 일입니다.**

자신에게 어떤 결점이 있든 단순히 개인적인 것이 아닙니다. 결점은 자신만의 것이 아닙니다. 인간의 에고 자체의 문제입니다. 그리고 이 문제는 진화의 문제입니다. 현시점에서 인류가 어느 정도까지만 진화했다는 것이 문제입니다. 사람들은 자신이 개인적이라고 생각하고 싶어 합니다. 하지만 에고 자체가 개인적이지 않습니다. 사람들은 '아, 나와 나의 발전, 나와 나의 죄, 나와 나의 어려움.'이라는 식으로 생각하고 싶어 합니다. 하지만 그들이 말하는 것은 그들의 개인적 자아가 지닌 문제가 아닙니다. 문제는 에고 자체에 있습니다. 그러니 더 이상 에고를 개인적인 것으로 받아들이지 마세요. 문제라는 것이 사실은 인류 전체와 공유하는 집단적인 문제임을 깨달으면 죄책감을 좀 덜 느끼게 됩니다. 중요한 것은 개인적인 나가 아닙니다. 중요한 것은 뇌 자체의 구조에서 비롯하는 인간의 에고입니다. 게다가 우리는 인간으로서 이 행성에서 사는 일까지 경험하고 있기도 합니다. 우리는 인간의 공통 결함을 극복하고 초월하고 싶어 하고 그 결함은 인간 에고의 구조에 내재되어 있습니다. 나의 에고가 아니라 인간의 에고입니다. 따라서 결함은 인간의 에고가 지닌 특징이라고 할 수 있습니다.

- **우리는 인간이 됨과 함께 에고를 물려받았습니다.**

에고는 뇌와 뇌 기능의 산물입니다. 그리고 세부 사항은 에고가 어떻게 표출되어 왔는지 그 과거가 담긴 카르마에 따라 다릅니다. 에고와 뇌 기능은 서로 다른 것입니다. 에고에는 과거 카르마도 추가됩니다. 카르마는 서구 세계에 그다지 잘 알려져 있지 않지만, 일단 카르마를 손에 쥐면 매우 유용한 도구임을 알게 될 것입니다.

- **열정적으로 기도하면 더욱 의욕적으로 전념하게 되고 수월하게 나아가 게 됩니다.**

우리는 주변의 모두에게 사랑으로 봉사하고, 열정적으로 전념하고, 기도하고, 신에게 호소합니다. "사랑하는 신이시여, 부디 저의 이 노력을 도와주세요." 그러면서 자신의 좋은 카르마를 모두 불러냅니다. 친절하게 대한 모든 사람, 교회 헌금함에 넣은 모든 돈, 길 건너게 도운 모든 할머니, 먹을 것을 준 모든 배고픈 강아지를 떠올립니다.

- **신의 은총은 모두가 받을 수 있는 것입니다.**

이것이 우리에게 가장 격려가 되는 사실입니다. 도움을 청하면 누구나 신의 은총을 받을 수 있습니다. 역사적으로, 현자sage의 은총은 헌신적인 영적 구도자가 받을 수 있는 것입니다. 영적 스승의 의식, 특히 현자의 의식은 세상으로 뿜어져 나옵니다. 현자의 은총은 스승의 의식이 실제로 물리적으로 존재함으로써 전달됩니다. 나는 그것이 글을 통해서도 전달되기를 바라지만 스승의 파워가 학인의 의식으로 전달되는 것이 의식의 법칙입니다. 따라서 유감스럽게도 사람은 영적 진화의 어느 시점에서 스승이 실제로 육체적으로 존재하는 곳에 있어야 합니다. 다행히, 만날 수 있는 스승들에게 파워가 충분히 있습니다. 시간이 지남에 따라 파워가 축적되기 때문입니다. 따라서 한때는 살아 있었지만 이제는 산몸 안에 없는 위대한 스승들의 영적 파워를 여전히 접할 수 있습니다. 그것이 한 현자로부터 다음 현자의 의식으로 전달되기 때문입니다. 그러나 스승의 의식이 물리적으로 존재하는 곳에 있는 것은 확실한 가치가 있습니다.

• **에고의 강인함은 아주 가공할 수 있습니다.**

그래서 높은 영적 존재가 지닌 파워의 도움 없이 에고가 저절로 초월될 수는 없습니다. 깨달은 스승이 지닌 의식의 장이 물리적으로 존재하는 곳에 있으면 에고의 장악력은 줄어들고 그것을 초월할 힘은 커진다는 간접적인 이익이 있습니다. 그렇게 되는 것은 여러분 자신의 의도 덕분입니다. 그런 일이 일어나기를 바라지 않는 사람에게는 그런 일이 일어나지 않습니다. "난 이 인간 말을 경청하지 않을 거야. 주의를 기울이지 않을 거라고. 아주 허풍쟁이네."라고 말하는 사람은 그 말대로 될 것입니다. 바뀌는 것 없이 그대로이게 됩니다. 그러므로 회의주의와 의구심은 전혀 큰 도움이 되지 않습니다. 에고의 강인함은 가공할 수 있습니다. 높은 영적 존재가 지닌 파워의 도움 없이 에고가 저절로 초월될 수는 없습니다.

다행스럽게도, 지금까지 살았던 모든 위대한 스승이나 화신이 지닌 의식의 파워는 여전히 남아 있으며 얻을 수 있습니다. 명상을 통해 스승이나 그의 가르침에 집중하면 그 스승의 파워가 구도자에게 가용하게 됩니다. 오랜 세월에 걸친 위대한 존재들의 의식이 지닌 파워는 지금도 존재하고 있으며 이것은 사실로 측정됩니다. 그 파워는 지금도 모든 학인에게 가용하며 그것이 그들의 카르마적 권리입니다. 그러하다고 여러분 스스로 언명함으로써 지금까지 살았던 모든 위대한 스승들의 의식으로부터 혜택받는 것은 여러분의 권리입니다.

데이비드 호킨스 박사(1927~2012)는 '영성 연구소'의 설립자이자 '헌신적 비이원성의 길'의 창시자입니다. 그는 의식 분야의 선구적인 연구자로 명성이 높았을 뿐만 아니라 저자, 강연자, 임상의, 의사, 과학자로도 유명했습니다. 그는 가톨릭과 개신교와 불교의 수도원에서 조언자로 봉사했고, 주요 TV 프로그램과 라디오 프로그램들에 출연했고, 웨스트민스터 사원, 옥스퍼드 포럼, 노트르담 대학교, 하버드 대학교 등 세계 각처에서 강연했습니다. 2012년에 별세할 때까지 그의 삶은 인류의 향상에 바쳐졌습니다.

*호킨스 박사의 저작에 관해 정보를 더 얻으려면 veritaspub.com을 방문하세요.

옮긴이 │ 박찬준

서울대학교 물리학과를 졸업했다. 1994년 세계 최초의 전자책 서비스 '스크린북 서점'을 열어 2000년까지 운영했다. 데이비드 호킨스 박사의 저술과 강연 내용을 연구하는 모임(cafe.daum.net/powervsforce)에서는 '찰리'로 알려져 있다. 옮긴 책으로 데이비드 호킨스의 『놓아 버림』, 『성공은 당신 것』, 『데이비드 호킨스의 365일 명상』, 어니스트 홈즈의 『마음과 성공』, 헬렌 슈크만의 『기적수업 연습서』 등이 있다.

데이비드 호킨스의 지혜

1판 1쇄 찍음 2023년 11월 15일
1판 1쇄 펴냄 2023년 11월 22일

지은이 │ 데이비드 호킨스
옮긴이 │ 박찬준
발행인 │ 박근섭
책임편집 │ 김하경
펴낸곳 │ 판미동

출판등록 │ 2009. 10. 8 (제2009-000273호)
주소 │ 06027 서울 강남구 도산대로 1길 62 강남출판문화센터 5층
전화 │ 영업부 515-2000 **편집부** 3446-8774 **팩시밀리** 515-2007
홈페이지 │ panmidong.minumsa.com

도서 파본 등의 이유로 반송이 필요할 경우에는 구매처에서 교환하시고
출판사 교환이 필요할 경우에는 아래 주소로 반송 사유를 적어 도서와 함께 보내주세요.
06027 서울 강남구 도산대로 1길 62 강남출판문화센터 6층 민음인 마케팅부

한국어판 ⓒ ㈜민음인, 2023. Printed in Seoul, Korea
ISBN 979-11-7052-353-6 03840
판미동은 민음사 출판 그룹의 브랜드입니다.